Winner of the
Nobel Prize
in Literature

虚 伪 的 教 育

虚伪的教育

HYPOCRITICAL
EDUCATION

莫　言
Mo Yan

浙江文艺出版社
Zhejiang Literature & Art Publishing House

•

2018年11月，在阿尔及利亚

2006年9月，在日本福冈亚洲文化大奖颁奖典礼上演讲

2010年8月，在浙江龙泉管师仁故居

2005年，在香港公开大学荣誉博士授予仪式上

2019年6月，在牛津大学摄政公园学院荣誉院士授予仪式上

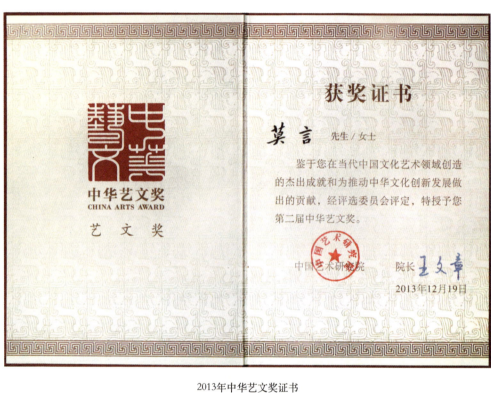

获奖证书

莫言 先生/女士

　　鉴于您在当代中国文化艺术领域创造的杰出成就和为推动中华文化创新发展做出的贡献，经评选委员会评定，特授予您第二届中华艺文奖。

中国艺术研究院　　院长 王文章

2013年12月19日

2013年中华艺文奖证书

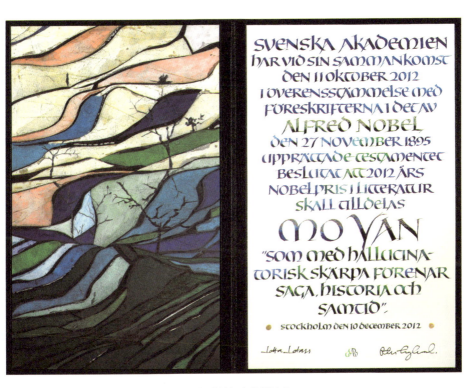

2012年诺贝尔文学奖证书

望星空

莫言

去年，魂魂到的"彗木相撞"过后，我颇有感触，便摹仿着一些著名写作者的笔调，写了一篇题为"望星空"的"随笔"，自知浅薄，便塞在抽屉里。今日翻出来，读一遍，似乎也没太多毛病，索性抄出来，权抵文债吧。

不久前，彗星的碎片（可不是一般的碎片，每块都有数公里之巨）撞击了木星。在这颗神秘的星球上，发生了绝对是"惊天动地"的大事件。如果那里有什么生物，它们的命运将会十分悲惨。在彗木相撞的那些日子里，全世界几万颗眼睛都盯着天上这颗与地球息息相关的星。据说西方国家的电视台一天二十四小时滚动播出着有关彗木相撞的消息，绝对是新闻热点。但在我国，传媒却保持着足够的冷静，以近乎机械的口吻向国人转述着国外的科学工具获得的资料，好像彗木相撞是某个大洋深处的小岛国上发生的一次小小的自然灾害一样。

在那些日子里，我一直在想，假如有一天，同样的命运落在了地球上，人类该怎么办？过去，"杞人忧天"是讽刺某些人的，现在，

《望星空》手稿

目录

第二辑

第一辑

望 星 空

去年,轰轰烈烈的"彗木相撞"过后,我颇有感触,便模仿着某些著名散文家的笔调,写了一篇题为《望星空》的随笔,塞给家乡的一家内部发行的刊物。但是却感到言犹未尽,今日翻出来,将原文润色后,再续上一条尾巴,吐尽我心中的随感吧。原文如下:

不久前,一串彗星的碎片(每片都有数公里之巨),撞击了木星。在那颗神秘的星球上,发生了"惊天动地"的大事件。如果那里有什么生物,那它们的命运将会十分悲惨。在彗木相撞的那些日子里,全世界亿万双眼睛盯着天上这颗与地球息息相关的星球。据说西方国家的电视台一天二十四小时滚动着播出有关彗木相撞的消息,是绝对的新闻热点。但在我国,媒体保持着足够的冷静,以近乎麻木的口吻向国人转述着国外的科学工具获得的资料。好像彗木相撞是在某个大洋深处的小岛上发生的一次小小的自然灾害一样。

在那些日子里,我一直在想,假如有一天,同样的命运落在了地球上,人类该怎么办? 过去,杞人忧天是讽刺某些人的,现在,是否应该学习那些忧天倾的杞人,有那么点忧天的意思呢?彗星的碎片既然可以"亲吻"木星,谁又敢担保它不会"亲吻"地球呢?这样的"亲吻"是真正的天崩地裂,不是闹着玩的。

有一位名叫王红旗的人,写了一本文采飞扬的奇书《神秘的星宿文化和游戏》,在彗木相撞的那些日子里,这本书陪伴着我,给了我很多的教益。王红旗认为:在不太久远的古代,小行星的碎片或者彗星的碎片,确曾光顾过地球,并造成了几乎毁灭人类的巨大灾难。王认为我国古代那几个著名的神话传说,如女娲补天、后羿射日、嫦娥奔月、夸父追日等,都与那时代的一次巨大的天文事件有关。

那是一颗足够大的天外星体与地球相撞的事件,当该星体进入地球的大气层后时,剧烈的摩擦使它发出了灼目的光芒,发出了难以形容的巨响,并且极有可能分裂成了多块碎片(十日并出),然后是风云突变、石破天惊、地动山摇、山呼海啸、天地变色——这些巨大的字眼就是事实的写照,后来变成了大形容词。这次事件,极大地震惊了处在混沌状态中的远古人类,使他们抬起了仰望星空的眼睛。这次天文事件开启了他们的心智,历史的意识由此产生,哲学也由此及彼地产生了。

《淮南子·天文训》曰:"昔者共工与颛顼争为帝,怒而触不周之山,天柱折,地维绝,天倾西北,故日月星辰移焉;地不满东南,故水潦尘埃归焉。"不周山正是这次撞击事件造成的巨大陨石坑。据王的解释,"不周",是不完全的圆形。可能是那个天体带有一个棱角吧?这次事件的可怕后果就是"天倾西北,故日月星辰移焉",英国著名学者李约瑟敏锐地指出,这是中国古代关于地球自转轴倾角的最早知识,当然也是人类历史上最早的关于地球自转轴倾角的知识。王认为如非亲身经历,绝难编造出来。由于地球自转轴倾角的变化，以及撞击过后的巨量尘埃（"黄帝与蚩尤战于涿鹿之野，蚩尤作大雾弥三日"），不排除破碎的高温天体落入大海后引起的海啸（"在扶桑之东，有一石，方圆四万里，厚四万里，海水注者，莫不燋尽"）、陨石落地引起的森林大火等，远古人类的生存环境发生了突然的巨变，相当一部分人在事件过程中和事件过后的洪水、火灾、恶劣的环境中死去，活下来的人，都是与大自然顽强斗争后的胜利者。所以，远古神话传说，既是那场巨大灾难的记录，也是我们的远古祖先为了生存与大自然顽强斗争并最终取得了胜利的记录。

我想，所谓的盘古、女娲、后羿、嫦娥、夸父、精卫，应该是我们的远古祖先的英雄群体的名字或者是他们心造的英雄。盘古开天地是祖先们的集体行为，女娲炼石补天、后羿举弓射日、夸父持杖逐日、精卫衔石填海亦当如是解。嫦娥奔月则被王红旗理解为对月亮（抑或是那发光的天体碎片）的献祭。这使我联想起英国作家劳伦斯的著名小说《骑马出走的女人》。印第安人用女人祭奠月亮的行为应该是远古巫术的延续吧？当然，这些美妙的传说肯定是产生于那次大事件后的若干年，发生在新的自然环境形成若干年、人类重新安居乐业后。那场大灾难是通过一代代的传说，甚至是形成了一种潜意识，遗传给将历史事件神话化了的后代的，一直到文字产生，才被记录到《山海经》里。想想《山海经》这本奇妙无穷的天书的创作者和流传者，也是一桩令人心驰神往的事情。

世界上所有民族的古老神话传说都惊人地相似，都有开天辟地、十日并出、洪水滔天之类的内容，这恐怕很难说是偶然的。地球毕竟很小，那次天文事件所产生的后果，并不仅仅影响到女娲们、后羿们、嫦娥们，那时候人类是否就形成了体征鲜明区别的种族也未可知，人类是不是由一种猿进化来的也很难说。我想"远古神话传说"是一个复杂的概念,神话和传说本不是一回事。尽管传说久远了就具有了神话的色彩,这也不完全是祖先们对科学知识了解不够所造成的现象。传说本身就是个添油加醋的过程,如果再有文人一加工,那更要乱套,非搞得光芒四射不可。就连司马迁也是如此。根据考古发现,汉朝人的身材普遍比今人矮小,可那项羽在司马迁笔下,已经是巨无霸了。神话应该是比较近代的产物,是理想的产物、现实的折射,如牛郎织女之类。而传说,即便是被传神了的,也总是有一个真实的事件为内核。所以,看起来神乎其神的女娲补天、嫦娥奔月、羿射九日等远古传说,反倒具有了历史的价值,而牛郎织女、仙女下凡之类,则一般地只有文学的和伦理学的价值。

彗木相撞的情景(已经观测到的)与《山海经》《淮南子》等古籍中所记载的,有惊人的相似之处,如:无法用语言形容的光亮、突破了木星深厚的大气层矗立数千公里的巨大烟柱等。木星尽管比地球大一千三百多倍,但这次撞击,也令它哆嗦了良久。(油然想起"石油工人一声吼,地球也要抖三抖"的豪言壮语,心中泛起难言的凄凉。)据王红旗说,近年来在地球上发现了几个巨大的陨石坑(烟波浩渺的太湖也有陨石坑之嫌)。由上述推想,地球确是遭受过类似彗木相撞的浩劫的。这说明,地球并不是安全的,所以,杞人忧天是有道理的,新的杞人忧天的时代,应该开始了。

那场远古浩劫,也许可以算作人类的一个转折点,而彗木相撞,该不该算作一个新的转折点呢? 这是真正的"上天示警"。我想人类应该认识到:地球本来很小,国与国的疆界、社会制度的差异、阶级之间的争斗,与彗木相撞比较起来,简直是荒唐可笑了。假如有一天哪一颗一直在流浪的小行星之类的天体亲近了地球,即便它撞在了纽约,上海也不会舒服。人类实在是应该大度一点。多一点豁达大度,少一点鸡肠小肚;多一点襟怀坦白,少一点阴谋诡计;多一点堂堂正正,少一点蝇营狗苟。我想,当年美国宇航员站在月球上时,他代表的并不仅仅是"美帝"。假如有一天,中国人改变了一颗对着北京撞来的小行星的轨道,让它与地球擦肩而过,我们所拯救的也不仅仅是北京的市民和中国的首都。由此推想,我们这些平民百姓也应该想开一些,最名贵的钻石也是石头,在沙漠里,它的价值还不如一块西瓜皮。至于争权夺利、投机倒把、打小报告修理朋友、为了头上的乌纱帽媚上欺下、卖友求荣等等,就更加没有意思了。

当然一切还会照旧。彗木相撞的观测和研究使我感到人类的伟大也使我感叹人类的不可救药。即便明天就会有天外来客撞击地球,日本的大米也不会白送给朝鲜,美国的边境也不会对全世界开放。一般的百姓会好一点,但顶多也就像《编辑部的故事》里的那些人,多吃一碗饭——还是先顾自己的肚子,死到了临头还是难改自私的天性。至于各个国家的元首们会干些什么就很难想象了。据我的一个很有些见识的朋友分析,说一旦地球面临着灭顶之灾,各国的元首,就会坐上火箭飞上月球去找嫦娥玩耍。我知道他这是戏言。几十个总统,待在一个荒凉的月球上干什么?尽管早就为他们储备了足够的水和氧气以及美味食品,但没有足够的子民供他们领导,他们很快会感到没有意思。所以我想,当地球面临危机时,这些大人物不会往月球上飞,他们要做的大概是这样两件事:一是严密地封锁消息,不让老百姓知道;二是发射飞弹之类的东西拦截撞向地球的天体。

写到此处,突然想起了离我的老家不远的潍坊市寒亭区双杨镇华疃村的村民栾来宗和他的孙子栾巨庆。栾氏祖孙是有名的"星痴",穷毕生精力研究太阳系八大行星运动轨迹和地球气象、地壳运动的关系,并写出了《行星与长期天气预报》《星体运动与长期天气、地震预报》两部专著,取得了令世人瞩目的成果。两个朴素的农民,并没受过学校教育,吃着地瓜干子喝着凉水,能有如此高远的目光和辽阔的胸襟,并且在神秘莫测的天文学领域仅仅靠着悟性和肉眼的观测就获得了丰厚的知识,的确令锦衣玉食者汗颜。在爷爷栾来宗的时代,潍坊出过很多举人和进士,其中获得了高官厚禄者也不少,但从对人类的贡献和人的价值的角度看,他们加起来也比不上一个乡巴佬栾来宗。他们的眼睛盯着金银财宝和官帽上闪烁的顶子,栾来宗的眼睛却在仰望着灿烂的星空。

——一九九四年八月二十八日于高密

　　写此稿时间距今也不过一年多点,但彗木相撞这件惊天动地的大事,早已经被我忘到了脑后。一年来我该吃就吃该睡就睡,绝对没有因为写过这样一篇貌似深刻的文章而影响了自己的食欲和睡眠。该怎么着还是怎么着,并没有因此而超脱点。由此可见,文章大都是一时冲动的产物,作家如我者,也虚伪得很够意思了。人尚如此,地球呢? 就像十世纪的科学物理学奠基人伽利略受到宗教裁判所审判时所庄严地宣布的那样:"它仍然在转动!"可惜的是,当宗教裁判所在广场上架起火堆,面对着熊熊烈火,伽利略动摇了。他怕被烧死,屈服了,说地球不转了。尽管他心中明白,它依然在转动。这种软弱和动摇是人之常情,并没有什么耻辱。布鲁诺宁折不弯,结果被活活烧死在罗马的圣彼得广场上,这样的好汉子是人中的翘楚。前几年罗马教廷宣布给布鲁诺平反。神学终于向科学投降了,只是这投降来得太迟。还是科学,还是真理,是人世间最为宝贵的,是人类的共同的财富,是任何的恶势力也扼杀不了的。

　　1969 年 7 月 20 日 22 时 56 分(美国东部时间),美国宇航员阿姆斯壮①步入了历史。他从登月舱的最低一级伸出了穿着靴子的左足，在月球上踏上了人类的第一个脚印。接着他说了一句永垂不朽的话："这是个人的一小步，是人类的一大步。"

地球上的亿万人，从电视上看到了阿姆斯壮迈出这难忘的一步，从广播里听到了他这句难忘的话，观众和听众之多，在人类的历史上也是空前的，但是，这些人群里，不包括中国人。那个时候，绝大多数的中国人和我一样，不知道地球上还有电视机这种东西，知道有收音机，但也很少见到。我们能够见到的是那个挂在村子中央木杆上的高音喇叭，听着它每天三次对着我们哇哇乱叫。开头总是放出被奉为时代最强音的《东方红》的旋律，结束时总是放出《国际歌》的旋律，不算是最强音，也算是次强音吧。"东方红，太阳升，中国出了个毛泽东……他是人民的大救星……"请注意，也是天文现象啊。一个人代表着一颗星，《三国演义》里常有这样的描述，凤雏先生在千里之外的落凤坡前战死，卧龙先生在荆州就看到代表着他的那颗星陨落了："只见正西上一星，其大如斗，从天坠下，流光四散。"诸葛亮不但能够看到别人的星，还能看到自己的星。他在五丈原被司马懿的固守战术搞得心烦意乱，无计可施，夜间出帐，仰观天象，说："三台星中，客星倍明，主星幽隐，相辅列曜，其光昏暗，天象如此，吾命可知。"姜维劝他禳星，他只好死马当成活马医，布坛做法，可惜被魏延冲破，终究天命难违。他的对手司马懿也是观星高手——这位大元帅白天不出来夜晚出来望星空——"忽一夜仰观天文，大喜，谓夏侯霸曰：'吾见将星失位，孔明必然有病，不久便死。'"诸葛亮越算越神，临死前让杨仪将自己的遗体放在龛里坐定，嘴里塞进去七粒米——陕西的小米——脚下置明灯一盏，这样竟然能使他的将星不从天上落下来。嘱咐妥当了，"是夜孔明令人扶出，仰观北斗，遥指一星曰：'此

---

① 现通译为"阿姆斯特朗"。——编者注

吾之将星也。'众视之,见其色昏暗,摇摇欲坠。孔明以剑指之,口中
念咒,咒毕,急回帐中,不省人事"。装神弄鬼,达到了登峰造极的程
度。却说司马懿夜观天象,见一大星,赤色,光芒有角,自东北方流向
西南方,坠入蜀营中,三投再起,隐隐有声。懿惊喜曰:"孔明死矣!"
在中国古代的文学中,类似的关于星斗和人的关系的传说比比皆是,
说是完全的迷信未必公允,这是人类仰起头来观望星空这一具有革
命意义的行为的副产品。凝目仰望灿烂星空,科学的历史才真正
开始。

把毛泽东比作太阳和星斗,感情上可以理解,但如果深究,就有
了讽刺意味。据说毛泽东的老乡和亲密战友彭德怀就对《东方红》中
把毛比作太阳和救星提出过异议——他后来的倒霉不可避免。如果
真的坚持辩证唯物主义立场,那么,美国宇航员在月球上行走的时
候,正是唯心主义和封建迷信在中国横行的时候。我们村子里那个
大喇叭里,每天都在打着不知什么人的响亮耳光:开头唱《东方红》,
捧出了一个人民的大救星;结尾唱《国际歌》,又说"从来就没有什么
救世主,也不靠神仙皇帝,要创造人类的幸福,全靠我们自己"。这样
的喇叭,绝对不敢播送美国人登上了月球的消息,我们是几十年后才
知道了这消息的。后来我知道,在那个时代,北京城里就有了电视台
和电视机,尽管数量很少。我胆大妄为地想象着:毛泽东和他的那
些战友们,围坐在电视机前,观看着美国人登月的情景……他们的脸
上会出现什么样子的表情呢? 他们的心中又在想些什么呢? 那时
候,数亿的老百姓在饿着肚子搞"无产阶级专政下的继续革命",刘少
奇在开封监狱里奄奄待毙,数百万解放军集结在中苏边境,准备和
"新沙皇"开仗。

两位美国宇航员在月球荒凉的表面上,为一块牌子揭幕,那牌子
上写着:

公元一九六九年七月

地球人类初次在此登陆月球

我们代表全人类和平而来

后来还有人批评上面的月球留言是美国人的虚伪，但我想为此碑揭幕的阿姆斯壮和艾德宁是顾不上虚伪的，因为那纷纷攘攘、载不动千愁万恨的、悲欢离合的地球，正在他们头上宁静的天空中高悬着，宛如一个身披蓝裙、风情万种的美人。

1965 年，毛泽东主席重上井冈山时，写下了"可上九天揽月，可下五洋捉鳖"的豪言壮语。上九天揽月，这世间最美的事情，被美国人抢了先，还剩下的事情就是下五洋捉鳖了。想想这个伟人心中的滋味吧。他在 1950 年代就写下了"问讯吴刚何所有，吴刚捧出桂花酒""寂寞嫦娥舒广袖，万里长空且为忠魂舞"的美丽诗句，他对月亮可谓情有独钟。美国宇航员即将升空前，幽默的通讯员在电话里告诉他们："有一个古老的传说，说是有一个美丽的中国姑娘已经在月亮里住了四千年，你们不妨去找她玩玩。此外，月亮里还有一只中国大兔子，应该不难看到，因为它的前腿抬起，站在一株桂树下面。""好吧，"阿姆斯壮回答，"我们一定要找到那位兔子姑娘。"

想想毛主席心中的滋味吧。

很快，用小白球牵线搭桥，中美建交。饶有趣味的是，尼克松送给毛主席的礼物竟然是从月亮上取来的泥土和岩石。

我已经在妄议故人和伟人的道路上越滑越远，赶快打住，以免写出更加大逆不道的昏话。但有一个伟人出现在我们的眼前：他全身瘫痪，只有几根手指还能动弹。他用这几根手指，操纵着电瓶车在剑桥大学的校园里缓缓行走，看到他的人，无不肃然起敬。他就是被全世界尊为继爱因斯坦之后二十世纪最伟大的理论物理学家斯蒂芬·霍金教授。霍金研究的是宇宙中最神秘的现象——黑洞。黑洞也是星体,是最亮的星。最亮的星是看不见的,因为这种星的引力之大连光线都逃脱不出来。我看过霍金的名著《时间简史》,这是一本很少有人能够看懂的、但是却十分畅销的书。我也看不懂,看懂了谁还去搞文学呢。霍金的学生当·佩奇写道:"有一年,霍金一家带我去威尔斯郡威耶河附近的乡间别墅,这个房子在山顶上,有一段铺好的道路通到房子里。他开始上坡并超过我不少,然后他就拐入到房子,但是这刚好在斜坡上。我注意到他的轮椅慢慢地向后倾倒下来。我刚想上前去扶他,但是没有来得及,他就向后翻滚到灌木丛里去了。看到这位研究引力的大师,被地球的微弱引力所征服,是令人震惊的一幕。"目睹此景,谁能不震惊呢?霍金的往后倾倒,说明了无论多么伟大的头脑也摆脱不了客观规律的制约。所有的人都应该向科学和真理投降(连罗马教廷都投降了,连霍金教授都往后倾倒了),因为科学和真理是忠实于客观规律的。

现在想起来,因为彗木相撞就鼓吹大家忧天是不对的,人既是大自然的奴隶也是大自然的主人。"宇宙间最不可理解的事情,就是宇宙是可以理解的。"(爱因斯坦语录)大自然想了解自己,它把这个光荣的任务交给了人。科学和技术,才是通向共产主义的唯一的金桥。从某种意义上说,美国人竖立在月球上的纪念碑是一块共产主义的基石,它使地球缩小了。它开阔了人类的视野,它使人类又一次抬起头仰望星空,它唤起了人作为人的光荣感觉。我自信没有背离马克思主义的基本原理,连垄断资本都是科学社会主义的物质基础嘛。

1989 年 10 月 18 日,美国亚特兰蒂斯号宇宙飞船发射了价值十五亿美元的伽利略号探测器,按预定轨迹,它将于 1995 年底飞抵木星,让我们再一次仰望星空,看看太阳卫星中这颗"大哥大"的美丽面貌,看看它的众说纷纭的大红斑,看看被彗星的碎片砸出来的周山或者是不周山,看看那些至今还不被我们所了解的神奇景象。人类在探测宇宙中的每一个成果,都应该是全人类的骄傲。我们能够成为一个人，真是无比的荣耀。我们渺小得可怜，但我们也伟大得可以。千千万万年之后，当人类的子孙分布到许多星球上之后，他们会不会迷惘地问："据说我们来自地球，但地球在哪里呢?"

　　于是，我们就成了与女娲、盘古、后羿、夸父比肩的英雄。

　　　　　　　　　　　　　　　　　　一九九五年八月

虚伪的教育

不久前,由北京的几家报刊牵头,发起了一场对现行语文教育的声讨。说"声讨"似乎激烈了点,那就改成"讨论"吧。这场讨论,激起了很大的反响。很多可以说是义愤填膺的文章纷纷见诸报端,而且,据说这些文章已经引起了有关部门的注意。

我是一个没有受过完整的学校教育的人。文化大革命时,因为家庭出身中农,也由于我敢于跟那些当了红卫兵头子的老师对抗,所以,小学还没毕业就被赶出了校门。后来到了部队,发表了一些文学作品后,才考进一所部队艺术院校学习。我没有进过一天中学课堂,对现在的中学语文教育,基本上不了解。我有一个正在读中学的女儿,她经常来问我一些语文方面的问题。她可能以为当了作家的父亲解答几个中学语文方面的问题不成问题,但面对着她的问题,我从来没给过她一个肯定的回答。我总是含含糊糊地谈谈我的看法,然后要她去问老师并且一定要以老师的说法为准。我的不自信是因为我没按部就班地念中学,骨子里深藏着自卑。但读了那些受过完整教育、甚至正在教语文的人写的文章,才知道他们的境遇与我差不多,心里多多少少地得了一点安慰。

认真地读了那些讨论文章,又粗粗地翻看了女儿的语文课本,我感到,我们现在的语文教育,从教材的选定到教学的目的,已经形成了一个相当完整、自满自足的体系,要彻底改变是不可能的。有的文章,对我们几十年基本不变的教材提出批评。其实,教材仅仅是教育目的的产物,也就是说,有什么样的教育目的,就有什么样的教材。文化大革命前,我们的教育目的是要培养"又红又专的无产阶级革命事业的接班人";文化大革命后,随着政治形式的变化和发展,换了一些提法,但骨子里还是老一套。而教育目的,不是几个编审教材的书生能够决定的。我看到了那个编教材的人吞吞吐吐地发言,知道他们有难言之隐。正因为国家的教育目的带有如此强烈的政治色彩,所以,也就只能编出这样的教材。就是这样的教材,在文化大革命期间还给彻底地否定了,因为它还不够"红",还不够"无产阶级",那就只学《毛主席语录》。我在小学学习五年,有两年就是把一本大开本的《毛主席语录》当了语文教材。文化大革命结束后,又把文化大革命前的教材当成了好东西,几乎全盘恢复。其实,文化大革命并不是突然发生的,而是建国以来共产党所犯错误长期积累后的必然爆发。共产党"文革"前所犯的错误,在我们的语文教材中得到了充分的体现。"文革"后,共产党在不断地纠正"文革"前的错误,但我们的语文教材却没有跟着变化。于是也就出现了被许多人猛烈抨击的现象:在不提阶级斗争多少年后,我们的语文教材中还有那么多"革命"文章。文学界早就对统治了中国散文界几十年的那种类型化散文提出了强烈的批评,这些虚假成性的文章早就没人要读,但我们的教材还把它们当成光辉的范文,硬逼着老师升虚火、强抒"无产阶级"之情,硬逼着九十年代的学生,去模仿他们那种假大空的文体。也许,这些文章的作者,在写这些文章时,抒发的确是他们当时的真实感情,但这些人现在活着的也不写这样的文章了,他们批评起共产党的错误来,比我们这些所谓的"有问题"的作家还要刻薄。他们自己也未必承认,那些被选进了教材,教育了几代中国人的文章,就是他们最好的文章。他们未必不对当年自己在"左"的思想指导下的创作进行反思。他们现在的创作也是充满了"人情味"、充满了"不健康的情调"的呀!这些最"革命"的作家早已变成了美丽的蝴蝶满世界飞翔着传播爱心,但我们还在强逼着孩子们学习他们那些咬牙切齿的文章。

长期以来,在我们国家里,"人道主义""人性",都被打上了"资产阶级"或是"小资产阶级"的标签,进一步发展就是谈情色变,经常被引用的就是鲁迅那句话,"贾府的焦大不会爱上林妹妹",其实鲁迅也不是焦大,他也不敢肯定地说焦大不会爱上林妹妹。共产党进城以后,多少"焦大"改造了家庭,娶了成千上万的"林妹妹"做老婆。但人们不敢面对现实,尤其不敢面对自己的内心。鲁迅先生通过阿Q揭示了部分"国民性",鲁迅先生还用他那些匕首般的杂文,揭示了中国人的虚伪。这是更为普遍的"国民性"。因为虚伪,我们口是心非;因为虚伪,我们亦人亦鬼;因为虚伪,我们明明爱美人,却把美人说成是洪水猛兽。更为可怕的是,长期的虚伪,形成了习惯,使我们把虚伪当成了诚实。我们明明满口谎言,却并不因为说谎而产生一点羞赧之心。这就来了,明明我的儿女公费留学后全都不回来了,我还是理直气壮地批评那些不回来的留学生;明明我的儿女在国外过着好日子,我却义正词严地批判资本主义社会的腐朽性。明明我们知道教材里许多文章是假话空话,连文章的作者自己也不相信,但我们还是逼着孩子们当成真理来学习。明明我们每个人都有那种"病态"的"资产阶级"感情,但我们却硬要消灭学生头脑中的这种感情。我们教材中的有些文章作者明明是表达了自己的"资产阶级"感情,我们却硬要给人家进行"无产阶级"的解释。

问题还是回到我们的教育目的上来吧。我们的语文教育最终要达到的目的,并不是要学生能够用独具特色的语言来抒发自己的思想感情（允许模仿着教材上的光辉样板抒发"无产阶级"感情）；我们要培养的是思想"健康"的接班人，并不需要感情细腻的"小资产阶级"；我们恨不得让后代都像一个模子里做出来的乖孩子，绝不希望培养出在思想上敢于标新立异的"异类"。国家鼓励人们在自然科学领域标新立异、发明创造，但似乎并不鼓励人们在意识形态领域里标新立异，更不希望你发明创造。尽管国家有宗教政策，允许人们不相信马克思主义而相信基督教、伊斯兰教或是佛教，但在我们的学校里则决不允许有任何非马克思主义思想的存在。由此决定了我们的教材必然具有强烈的政治色彩；由此决定了我们要通过语文教育达到政治教育的目的。于是，语文就变成了政治的工具。于是，我们的孩子们的作文，也就必然地成为鹦鹉学舌，千篇一律，抒发着同样的"感情"，编造着同样的故事。我读过我女儿的从小学到高中的应试作文，几乎看不出什么变化。倒是她遵照她的中学老师的嘱咐写的那些对她的考试毫无用处的随笔和日记，才多少显示出了一些文学的才华与作为一个青春少女的真实感情。可见孩子们也知道，写给党和国家看的文章，必须说假话，抒假情，否则你就别想上大学。如果我们的这种教育方法真能把我们的后代培养成除了相信马克思主义之外什么都不相信的"红色接班人"，那就这样搞下去吧！但事实恰恰相反，孩子们在上学期间就看出了教育的虚伪，就被训练出了不说"人话"的本领，更不必说离开学校进入复杂的社会之后。

仔细一想，我们的孩子用两种笔调写文章的现象，在某种意义上是继承了传统。在漫长的封建社会里，那些学子们，用一种笔调写应试的八股文，用另一种笔调填词赋诗写小说。作八股文是正业，关系到个人前程；填词赋诗写小说是副业，是野狐禅。《儒林外史》中鲁编修家的小姐，发现自己的新婚夫婿只会写诗根本不会写八股文，气得当场昏厥，可见不会写八股文连漂亮的小姐也不爱。那时的文人，在文学方面有所成就的，大概有两种情况：一是屡试不第，绝了科举的望,于是就通过文学的方式来抒发心中的愤懑,譬如蒲松龄;二是科场得意后,官场上不得意,被贬到天涯海角,但饭还能吃饱,闲来无事,就写诗填词,发泄感情,打发岁月,如苏轼等人。当然流芳百世的是他们的诗词小说,而不是让他们金榜题了名的八股文章。考中了举人进士的人成千上万,但大都在历史的长河中湮灭了名字,蒲松龄的名字却永垂不朽。我们的孩子,一旦考上大学之后,大概再也不会用那种笔调写那种应试文章,就像用一块砖头敲门,门敲开了,砖头肯定要扔掉。九十年代的语文教育,实在不应该为了帮学生雕琢一块砖头费这样大的力气。这就让人想起了高考。

即便有朝一日高考与中考进行了革命性的改革,语文教材也编订得让人满意,我们的孩子是不是就必然地提高了文学素养,并由此进而提高了人的素质了呢?我想也未必。这未必的原因就是虽然我们有了好的教材,有了好的考试方法,但我们未必有那么多好的、起码是合格的语文老师。好的老师,能通过自己的言传身教,让学生学到许多课本上没有的东西。好的老师哪里来?当然主要是通过师范学校的培养。城市的情况我不甚了解,仅就我所接触的农村而言,其实真正优秀的学生是不报师范的。即便是师范毕业的优秀学生,也并不一定去当老师。必须承认在我们的社会中,最上等的职业还是当官;当官的工资尽管不比教师高,但人们都知道,大多数当官的并不靠工资吃饭。他们合法地享受着最好的东西,他们即便不贪污不受贿也可以活得比老百姓好得多。无论什么人下了岗,当官的也不会下岗。常常听说某地拖欠教师的工资,可从来没听说过什么地方拖欠了书记或是县长的工资。一个中学教师被任命为哪怕是穷乡的乡长,都要摆酒宴庆贺;但如果让一个乡长去当中学教师,他很可能要上吊。当然,真正优秀的人也未必当得上官。在这样的现实面前,就很难保证教师队伍的质量。有了好的教材,没有好的老师,恐怕也无济于事。所以,我想我们的语文教育改革,实际上牵扯到方方面面。什么时候当官的都想当教师了,别说语文教育中存在的这点问题,再大的问题也会迎刃而解。

我认为,语文水平的提高,大量阅读非常重要。在目前教育经费普遍不足的情况下,让学校拿出大量的钱来购买图书很不现实,我们为什么不能像"文革"前那样,把语文教材分成《汉语》和《文学》两本教材呢?我幼时失学在家,反复阅读家兄用过的《文学》课本,感到受益很大。我最初的文学兴趣和文学素养,就是那几本《文学》课本培养起来的。另外,我觉得,我们没必要让中学生掌握那么多语法和逻辑之类的知识,这些知识完全可以放到大学中文系里学。我感到,一个人如果不能在青少年时期获得一种对语言的感觉,只怕一辈子都很难写出漂亮的文章。至于语法逻辑之类,八十岁也可以学得会,而且很可能因为有了多年的使用语言的实践,学起来会事半功倍。让孩子们像拌黄瓜菜一样去学那些枯燥的逻辑、语法,毫无疑问是一桩苦差事,我们完全可以把语文课教学搞得妙趣盎然。实际上,绝大多数的人,一辈子也用不到自己的母语的语法,一个基本上不懂语法的人,完全可以正确地使用母语说话和写作。既然我们提倡学以致用,何必花那么多的时间去学那些对大多数人无用的东西呢?如果我们的中学语文教育能进行这样的改革,我们的大学中文系就多了一条存在的理由。大学中文系培养的就是精通汉语语法和逻辑的专门家,他们研究汉语的发展与历史,他们毕业后可以教中国人学汉语,也可以教外国人学汉语。那就不会像现在这样,一篇文章,小学生在学,中学生也学,大学生也在学。我想,如果把语文比喻成一台钢琴,那么,的确需要一些人学设计、学修理,而绝大多数的人,只要学会演奏就行了。肖邦未必能修理钢琴,沈从文未必能写出一本语法方面的书,而写了很多语法书的吕叔湘,好像也没能写出一部很好的小说。

一九九七年

毛主席老那天

一、小　引

　　之所以选这样一件大事来写，是因为近年来看了不少跟伟大人物套近乎的文章。拉大旗作虎皮，不但有效，而且有趣，至于是否恬不知耻，何必去管。譬如邓小平去世后，我就看到了文坛上几个一辈子以整人为业、写了许多没有人味的文章的"革命"作家的自作多情的悼念文章。其中一篇文章的题目叫作《敬爱的邓政委救了我》。乍一看这题目，着实是唬人，还以为他跟邓小平有非同一般的关系，很像二野的师长旅长的口气，最次不济也是邓小平的炊事员、马夫什么的。但读了文章，才发现根本就不是那么回事。这个人其实是被刘邓大军俘虏过来的国民党兵，撕下帽子上的青天白日徽章就算参加了革命，然后就一直在革命队伍里混事。别说他没见过邓政委，只怕连肖永银、皮定均等二野的中层干部都没见过。现在，那些真正的老革命都去世了，就由着俘虏兵们信口雌黄了。反正他们知道，那些真正的老革命不会从棺材里跳出来找他们算账。这篇文章的大意是：1978 年，邓政委下了一个令，给全中国的右派摘掉了帽子，他是右派,也摘掉了帽子。其实,中国那批右派里,有铁骨铮铮的好汉,有天真的知识分子,但也有卑鄙的告密者、整人的急先锋、玩弄权术的小阴谋家、聪明反被聪明误了的小可怜虫。他们当中有的人如果当了权,只怕比"四人帮"还要厉害,把他们划成右派,的确是个误会。我的天,原来邓政委就是这样救了他。其实,给右派摘帽那会儿,邓政委还没掌大权呢,那会儿还是英明领袖华主席领导我们,要感谢也应该感谢华主席。我相信,这个人当年一定也写过感谢英明领袖华主席的文章。

二、小　引

油然想起,我在军队工作时,认识了中央警卫局的一个志愿兵,具体工作好像是在食堂做饭。他说跟我是老乡,我也就认了这个老乡。我这个小老乡有一个爱好,喜欢对人说中南海里的事,好像中南海是他家的责任田似的。这伙计还有一个习惯,喜欢直呼党和国家领导人的名字。譬如提到江泽民,我们总是习惯称作"江总书记"或是"江主席",我这小老乡却一口一个"泽民同志",还有"李鹏同志""瑞环同志""乔石同志"等等。我问他,你们这些在"海"里工作的同志,是不是能够经常见到"泽民同志"他们? 他肯定地回答:当然了,经常见。泽民同志喜欢拉二胡,坐在葡萄架下拉,我们围在旁边听。李鹏同志经常到食堂来排队打馒头,我总是选个大的给他。

我不敢说我这小老乡是在造谣,因为现在的事情真假难辨。某部机关食堂里一个志愿兵就能替人办中南海的出入证,明码标价,货真价实。这是被揭露出来的事实,不是我的捏造。

三、小　引

前面两段小引说明,只要你厚颜无耻,只要你胆大如匪,那么,你就可以跟无论多么大的人物挂上钩。这就为我这篇文章找到了根据。原来我想，自己不过是个草民，谁当官我也是草民，毛主席死了与我有什么关系？现在我不这样想了。现在我想，毛主席的死与我大有关系。不但与我有关系，甚至与我家的牛有关系。毛主席不死，无产阶级专政下的继续革命就不大可能改变，阶级斗争不可能取消；如果有文学，也不会是现在这样子的文学，而那样子的文学我是不会写的；如果毛主席活到现在，我肯定不会当上所谓的"作家"。毛主席不死，人民公社决不会解散，人民公社不解散，社员家就不会自己养牛。所以说，如果毛主席活着，就不可能有我家那头牛。由此联想下去，那个写了《敬爱的邓政委救了我》的"革命"作家，其实您首先应该感谢的还是毛主席；如果他老人家真像我们千遍高呼万遍歌唱的那样"万寿无疆"了，您那顶右派帽子就安稳地戴到死吧。说句不好听的大实话，毛主席不死，邓政委被第三次打倒后，大概就很难再爬起来了。

四、正　文

1976 年 9 月 9 日上午，我们警卫班的战士，有的坐在床上，有的坐在凳子上，在班长的主持下，讨论头天晚上看过的电影《决裂》。这部电影后来被说成是"四人帮"反党集团炮制的大毒草。这棵大毒草的故事梗概是说江西的共产主义劳动大学抵制邓小平刮起的"右倾翻案风"的事。葛优他爹葛存壮在影片里扮演了一个专讲"马尾巴的功能"的老教授，演过《平原游击队》的郭振清在本片里演了大学的党委书记。这个党委书记领着一群文化考试不及格、凭着两手老茧子上了大学的学生跟走资派斗争。斗争的结果好像就是大家都不必在课堂上听教授讲俄罗斯的黑土地和马尾巴的功能，然后大家在思想转变了的老教授的带领下，到村子里去给贫下中农阉小猪。好像还说到过有一个中农出身的学生受资本主义思想的影响,自己偷着去给人家阉小猪结果把猪给阉死了。这头小猪的死当然也要算在邓小平的账上。大家义愤填膺或者是伪装出义愤填膺的样子,狠批着邓小平妄图搞资本主义复辟,让我们贫下中农重吃二遍苦、重受二茬罪的滔天罪行。我们一个战友名叫刘甲台的,批着批着竟呜呜地哭起来了。班长问他哭什么,他说被邓小平气的。我们班长马上就号召全班向刘甲台学习,说批邓一定要带着强烈的阶级感情,否则批不出水平。

刘甲台的表演让我想起了当兵前在村子里参加忆苦大会、看忆苦戏、吃忆苦饭的事。我们村每次开忆苦大会,上台忆苦的总是方家二大娘。方家二大娘比刘甲台厉害,刘甲台讲到半截才哭,方家二大娘从台下往台上走时就用袄袖子捂着嘴号啕大哭,就像演员在后台就开始高腔叫板一样。方家二大娘是个很有政治头脑的忆苦专家。批刘少奇时她能把自己在地主家的磨房里养孩子的事跟刘少奇联系上,说这事全是刘少奇害的。批林彪时她又说是让林彪给害的。批邓她肯定又会说,都是邓小平给害的,让自己在地主家的磨房里生孩子。如今回头想想,那个地主是不折不扣的大善人。寒冬腊月,大雪飘飘,一个邋遢不堪、浑身虱子的叫花子倒在雪地上,要生孩子了,叫天天不应,呼地地不灵,贫下中农们也不讲阶级感情出来救她,这时,那个地主把她扶到自己家,安置在暖和和的磨房里,地下还铺上了一层金黄色的麦秆草,让她把孩子生在草上。生完了孩子,还给她喝了几碗热粥。不是大善人是什么?后来给全国的地富反坏摘了帽子,方家二大娘的口气马上就变了,她再也不骂地主心肠如毒蛇、让自己在磨房里生孩子,而是说那地主是自己的救命恩人。

闲话不说,书归正传。轮到我发言了,我也想学刘甲台,哭出一点眼泪,赢得班长的表扬。但心里没有悲和恨,挤鼻子弄眼,死活也哭不出来。其实,我特别希望能恢复高考,因为像我们这种中农子弟,永远不可能被贫下中农推荐上大学,哪怕你手背上都磨出了老茧。当时,所谓的贫下中农推荐上大学,纯属一句空话。每年就那么几个名额,还不够公社干部的子女们抢的,哪里轮得到村里人?但如果是凭考试分数,我也许还有希望。因为我的大哥就是在"文革"前考上了大学。尽管内心里对《决裂》有看法,但我还是装出一副深受了感动的样子,痛骂了资产阶级的教育路线,痛骂了邓小平妄图复辟资产阶级教育路线的狼子野心。痛骂之后就是歌颂,歌颂无产阶级文化大革命的伟大成果;文化大革命有啥成果,其实我也不知道。从这里也可以看出,中国老百姓里,除了张志新、遇罗克等人敢于舍命坚持真理,其余的绝大多数,都跟我一样,是一些人云亦云的糊涂虫。让批刘少奇咱就跟着批刘少奇,让批邓小平咱就跟着批邓小平。有时候心里有那么点别扭的感觉,也闹不清是怎么回事。但我想,即便我像张志新一样发现了真理,也未必有勇气挺身而出。手里掌握着真理,又不敢挺身而出,这种痛苦肯定比感冒严重。所以,从这个意义上,人生就"难得糊涂"了。想当年郑板桥创作这句座右铭时,大概就是这意思。说到这里,忍不住又想瞎扯几句:孔夫子说"知之为知之,不知为不知,是知也",我理解这话,就是要敢于承认自己觉悟低,不要像有的人那样,林彪当副统帅时,祝他"永远健康"的调子喊得比谁都高,但等到林彪一出事,马上就换了一张脸,说:我早就看出来了,跟在毛主席身后,一脸的奸臣相。

我们正批着邓小平,业务科的一个参谋满脸神秘地走进来。我们单位人少,干部战士之间的关系很随便。这个参谋是高干子弟,据他自己说他的爹跟着国家领导人多次出国访问,还把一些模模糊糊的发了黄的照片给我们看。虽说是高干子弟,但他却出奇的吝啬,好占小便宜,夜里值班时,常从窗口钻进厨房偷鸡蛋,被我们警卫班擒获过多次。因此他在我们班里一点威信也没有。他一进来我们班长就往外轰他:"滚滚滚,没看到我们在批邓?"他不说话,过去拧开了班长床头柜上那台红灯牌收音机,顿时,中央人民广播电台男播音员那沉重、缓慢的声音响彻全室:各位听众请注意,各位听众请注意,中央人民广播电台将于今天下午两点播放重要新闻,请注意收听……

我们这些农村来的孩子,谁也没听过这样的广播。有什么事直接说不就行了么,为什么还要等到下午两点? 我们班长毕竟是老兵,政治经验比我们丰富,他的脸顿时就严肃起来。他盯着那参谋的小瘦脸,低声问:“会有什么事呢? 会有什么事?”参谋把班长拉到门外,低声嘀咕着,不知说了些什么。班长进屋后,看了我们一眼,好像要对我们说什么,但最终还是没说。我们都盯着他看,他说:散会吧,各人把东西收拾收拾,给家里写封信吧。班长说完这句话就走了,他跟我们的管理员是密友,两个人经常通宵达旦地研讨马列主义,我们看到他钻进了管理员的宿舍,知道他们俩又研究国家大事去了。山中无老虎,猴子称大王,班长走了,刘甲台为了王,他说:要打仗了,肯定是要打大仗了,我估计是第三次世界大战爆发了,弟兄们,准备着上战场吧!

刘甲台的话激得我热血沸腾,打仗好啊,我太盼着打仗了。因为家庭出身不是贫下中农,政治上不受信任,见人矮三分,自卑得很,上了战场,用勇敢、用鲜血洗刷耻辱,让他们看着,中农的儿子作战勇敢,不怕牺牲,牺牲了也给爹娘挣一块烈士牌子,让他们在村子里昂起头,挺起胸,再也不必见人点头哈腰。我甚至想象到了自己英勇牺牲的情景,像董存瑞炸碉堡,像黄继光堵枪眼……我被自己感动得眼睛潮湿了……

熬到下午两点,所有的干部战士都集中到食堂里。餐桌上摆着我们班长那台刚换了四节新电池的红灯牌收音机,一拧开开关,充足的电流冲得喇叭嗡嗡地响。电池是我到村里的供销社里去替班长买的,遵班长嘱开了发票。我把电池和发票交给班长时,班长悄悄地对我说:毛主席死了。

班长的话像棍子一样把我打懵了。这怎么可能呢？毛主席怎么能死呢？谁都能死，毛主席也不能死啊！

两点还没到，收音机里就播放开了哀乐。这一年我们已经听了好几次哀乐，先是周恩来死，接着是朱德死，但他们死时，中央人民广播电台也没提前预告，看来毛主席真死了。看战友们的神情，我知道其实大家都知道毛主席死了。那个参谋双手捧着一个玻璃杯子，小脸肃穆得像纪念碑似的。我们的首长拉着长脸，一支接一支地吸烟。哀乐完，中央人民广播电台的男播音员用沉痛的声音说：……

用省略号是因为我忘了广播词儿，去查当年的报纸又太麻烦，随便编几句又显得很不严肃，所以只好用了省略号。

当广播员说到毛主席因病医治无效不幸逝世时，那个参谋手中的玻璃杯子掉在了地上，跌得粉碎。然后他就去找笤帚、撮子把碎玻璃弄了出去。当时我就感到这个杯子碎得没有道理，现在想起来更觉得没道理。他是那样吝啬的人，提前就知道毛主席死了，双手攥着杯子，怎么会掉在地上呢？这分明是表演，而且是拙劣的表演，但我们的领导还是表扬了他，说他对毛主席阶级感情深。

毛主席死了，上级立即发来命令，让我们进入一级战备状态。原来我们只有枪，没有子弹，进入一级战备，马上就发了子弹。我们用半自动步枪的，每人发一百颗子弹；用冲锋枪的，发一百五十颗子弹。一下子发了这么多子弹，子弹袋子装得满满的，心里也感到沉甸甸的。上岗时，子弹上膛，一搂扳机就能放响。领导也背着手枪查岗，好像战争随时都可能爆发。我们单位人很少，营房跟老百姓的房子紧密相连，村子里的人几乎每天都到我们院子里来，有来借工具的，有来找水喝的，还有几个姑娘，跟我们的几个干部谈恋爱，进出我们营区，就像到自己家似的。进入一级战备，领导给我们警卫班下了令，老百姓一律不准进营区。我们执行命令，把老百姓堵在门外，一般的老百姓没有意见，但那几个姑娘有意见，有意见也不让进。紧张了两天,等毛主席的追悼会开过,大家就懈怠了。尽管上级还没撤销一级战备的命令,但领导把我们的子弹收了上去,说是怕出事。交了子弹,我们就更加懈怠了。我们单位在那几天里,匆匆忙忙地去买了一台十四英寸的黑白电视机,尽管信号微弱,画面跳动、扭动,几乎没法看,但村子里的老百姓还是来了。他们围在大门口要进来,我们执行命令不放他们进来,他们就发牢骚:还还"军民团结如一人呢",还还"军民鱼水情"呢,忘了我们给你们抬担架送军粮那会儿了!这个村抗日时期是革命根据地,三十年代入党的就有四十多人,省里、县里都有这村里的人当官,最大的一个在中央当部长,不好惹的。我们领导怕弄出矛盾来,就让我们把电视搬到院子里,然后开大门放人。我们一开大门,老百姓就像潮水一样涌了进来。

毛主席死了!这句话、这个事实,像巨雷一样惊得我们目瞪口呆;连我这样的草民百姓,都为国家的命运担忧,都认为中国的日子过不下去了。但后来的事情发展变化得有点天翻地覆的意思,毛主席死了,天并没有塌下来,老百姓也并没有因为他死了而活不下去,从某种意义上说还活得不赖。现在,连老百姓也知道毛主席生前犯了许多错误。但许多人,起码是我,并没有感到当年把毛主席当成神是可笑的;许多人,起码是我,想起毛主席,还是肃然生出若干的敬意。毛主席之后,在中国,再也不会有谁能像他那样,以一个人的死去或是活着,影响千万人的命运。

一九九七年

美人不是人

　　什么样的人算美人？每个时代有每个时代的标准，每个民族有每个民族的标准。"情人眼里出西施"，这说明每个人也有每个人的标准。《诗·卫风·硕人》："手如柔荑，肤若凝脂，领如蝤蛴，齿若瓠犀，螓首蛾眉。"手指如初生的茅草一样纤细白嫩，皮肤像凝冻的脂肪一样洁白柔滑，脖子如天牛的幼虫一样白嫩颀长，牙齿如瓠瓜的种子一样洁白整齐，额头宽广光滑如同蝉的脑袋，眉毛修长好似蛾子的触须。接下来还有两句："巧笑倩兮，美目盼兮。"仪态生动，神韵飞扬。这大概是最经典的美人描写，每一个比喻都形象卓越，合起来一个美貌佳人便栩栩如生。一开始便登峰造极，令后人望而却步。所以宋玉虽然才高八斗，说起他家东邻那个美人来，也只能是"增之一分则太长，减之一分则太短；著粉则太白，施朱则太赤"。含糊其词，那美人是个什么样子，谁也不知道。乐府民歌描写美人罗敷也学了宋玉这种偷巧的办法："行者见罗敷，下担捋髭须。耕者忘其犁，锄者忘其锄。"罗敷到底是个什么模样？不知道，你自己去想象吧。旧小说里写美人动不动就是"沉鱼落雁之貌，闭月羞花之容"，极尽夸张之能事，但美人还是一个抽象的幻影。到了《金瓶梅》《红楼梦》的时代，才有一些比较具体的女性肖像描写,使我们知道林黛玉很瘦、薛宝钗较胖。自从有了照相术,有了电影、电视,我们才可以把天南地北的美女尽收眼底,才可能对她们有了点感性的认识。

什么样的女人才算美丽的女人呢?虽然人各有其标准,但大概的同一性还是存在的。美丽的女人身材可以有高有矮,体态可以有胖有瘦,但都应该比较匀称。当然汤加国的女人以肥为美,是一种特殊的情况;非洲某些部落里那些文身、钻鼻的女人也当别论。美丽的女人脸型可以圆也可以尖,眼睛可以大也可以小,鼻子可以高也可以低,嘴巴可以阔可以窄,头发可以黄也可以黑,但总之要和谐,所谓和谐,也就是要看着顺眼,起码是看着比较顺眼。

看着顺眼是美丽女人的最低标准,这样的女人是成群结队的。尤其是现代物质生活的丰富,现代化妆术的进步,大多数的女人都能把自己收拾得让人看着顺眼。如果要从这成群的美女中选出几个超级美人,也就是国色天香,选择的标准就不仅仅是和谐或是顺眼了。恰恰相反,从美人群里选美的标准也许是不和谐。确切点说,就是要选择有鲜明特点的女人作美人。这特点当然不是生理缺陷。大家可以想想巩俐曾经有过的虎牙,索菲亚·罗兰那张大嘴和那副厚唇。燕瘦环肥,都是令人难忘的特点。宋玉《登徒子好色赋》中所描画的那个一切都恰到好处的女人,其实算不上什么美人,起码不是现代意义上的美人。

因为职业的关系,我也算看了不少文学作品,让我难忘的女性形象,不是貂蝉也不是西施,而是我们山东老乡蒲松龄先生笔下的那些狐狸精。她们有的爱笑,有的爱闹,个个个性鲜明,超凡脱俗,不虚伪,不做作,不受繁文缛节束缚,不食人间烟火,有一股妖精气在飘洒洋溢。你想想那几个世界级名模吧,她们那冷艳的眼神,像人吗?不像,像什么?像狐狸,像妖精。所以我说真正的美人,全世界也没有多少,她们不能下厨房,也不能缝衣服。我认为跳孔雀舞的杨丽萍算一个可以与蒲松龄笔下的狐狸精媲美的小妖精,她在舞台上跳舞时,周身洋溢着妖气、仙气,唯独没有人气,所以她是无法模仿、无法超越的。

一九九七年十二月

世上什么气味最美好

从科学的角度讲,气味也是一种物质。气味是物质的分子——也许比分子还小——散布在空气里,被吸入人的鼻腔,刺激了嗅觉细胞,然后通过末梢神经传达到脑神经,再由大脑中负责分辨气味的那部分,把嗅到的气味分门别类,让我们得知嗅到的是香是臭或是其他。这个极其复杂的过程其实是在极其短暂的时间内完成的。味觉的记忆对于某些作家来说,比视觉的记忆、听觉的记忆、触觉的记忆还要重要。法国大文豪普鲁斯特的不朽巨著《追忆似水流年》就是从对一种小甜饼的气味的回忆开始的。当那种特殊的甜饼的气味和味道在他的口腔和鼻腔内弥漫开来时,逝去的往昔生活画面便在他的脑海里展现开来。

1980年代初,德国作家聚斯金德写了一部著名的小说《香水》,在西方引起过很大的轰动。他在书中写了一个嗅觉极其发达、对气味特别敏感的制造香水的天才。无论多么高贵的香水,无论它是用多少种香精配合而成,只要在他的鼻尖下一放,他就能马上把各种成分以及含量给条分缕析出来。他十分钟内做的工作,可能要耗费掉一个高级香水调制师终生的精力。他有一句名言：在这个世界上，谁掌握了气味，谁就掌握了人的心；谁控制了人类的嗅觉，谁就控制了整个世界。他精心研究了并改进了当时法国香水制造业从百花和动物油脂中萃取香精的工艺，制造出了许多种轰动一时的名贵香水；与他制造出的香水相比，当时法国同行业者制造出的香水，变得一文不值。他为雇用他的香水制造商创造了大量的财富，但他也要了他的雇主的性命。后来，他躲到一个深山洞里，不吃不喝，像一具僵尸，待了七年。再后来，仿佛是在神的感召下，他出了山。有一天晚上，他突然被一阵若有若无的高贵而美好的气味吸引了。他的心激动得几乎要停止跳动。梦寐以求的东西就在眼前。仿佛是在魔鬼的引导下，他闭着眼睛，循味而去，好像一条追逐气味的狗。他穿过大街和小巷，在不知不觉中，进入了伯爵的花园。在那里，他终于找到了发出香味的源头：伯爵的十三岁的女儿。他的鼻孔大张着，他的眼睛依然闭着，他一步步地逼近了他的猎物。当他站在少女的床前时，他的鱼样的眼泡里，竟然满含着眼泪。后来，他又用了两年的时间，精心钻研用动物油脂萃取人体气味的技术，然后利用了他自己没有气味的便利，将这个最高贵的少女打死，将她身上所有的气味占为己有。在这之前，他已经杀死了二十四个少女并萃取了她们的气味。他用二十五个少女的气味制成了世间最奇异的香水，无论什么人，只要一嗅到这香水的气味，爱心便会像大海一样泛滥成灾……

以上所说，尽管是小说家言，但还是有他的道理。据科学家们说，自然界中大概有四十万种气味，好闻的和不好闻的各占一半，而在这二十万种好闻的气味中，最高贵的、最难合成的，就是妙龄少女的气味。这是一种鲜嫩如花的气味，这是一种朝气蓬勃的气味，这是一种生命青春的气味，这是一种象征着世界未来的气味。随着化学和物理学的发展，人类已经可以合成几乎所有的气味，但人类大概永远合成不了少女的气味。少女犹如含苞待放的花朵,她一旦长大成人,就如鲜花盛开,而盛开的鲜花总是在放出浓香的同时也放出衰败的气息。

一九九七年十二月

饮美酒如悦美人

前几年,为了写作长篇小说《酒国》,我钻研了大量的有关酿酒与饮酒的著作,方知看似简单的酒,其实是一门深奥的大学问。一个人即使倾毕生精力,也不一定能把其中的知识穷尽。

在没写《酒国》之前,我的饮酒,就像土匪也似,大杯小盏,只管往嘴里倒,追求的是那种虚假的痛快淋漓、一醉方休的豪气。自从研究了酒类学著作后,才知道这种饮法是被古代的雅人们鄙称为"醉猪"的,的确也如醉猪没有多少区别。真正的饮酒大师,首先要选酒具,其次要选环境,然后要选酒友,当然更要选酒。我们是俗人,不大可能像古人那样饮出文化和潇洒,只能是喝得尽量文雅一点、潇洒一点、好看一点。我们不能也不必太讲究。酒具嘛,有玛瑙杯最好,没有玛瑙杯用青花瓷杯也可以将就了。关键当然还是酒,这是最重要的,否则就像巧妇难为无米之炊。好酒有了,好杯也有了,接下来的事情就是开喝了。当然如果要追求完美,最好有一个文心绣口的美貌佳人,坐在你的身旁,露出一双玉腕,腕上悬着沉甸甸的玉镯,口中喷吐着兰麝之气,替你或是替我把盏。席上像《红楼梦》里的薛蟠公子那样的人也不可少,少了这样的宝贝就没有意思了。当然我们不是贾宝玉也不是柳湘莲,人家都是大雅人,可不敢随便冒充,随便冒充要遭人家耻笑的。好了,现在真正是万事俱备,就等开喝了。这般雅兴,行令是不可少的。不过最好的酒令已被宝二爷行了;最调皮的话如"洞房钻出个大马猴""一根鸡巴往里戳"之类也被薛大爷说了。万般无奈,我们只好从日本引进卡拉OK,喝到五迷三道之际,抢过话筒、咧开喉咙吼几句,全不管像鬼哭还是像狼嚎。要不就把酒场上流传的顺口溜儿念上一段,温柔地揭露一下腐败,也轻松地嘲弄一下自己。现在的官家酒场大概也就如此了。

而真正懂酒的人,是从不与人共饮的,就与美人不可分享的道理相似。当然上溯些年头,把心爱的女人当作礼物送给朋友的例子也很多,好像李白就送给杜甫一个歌女。杜甫因生活困难又把歌女给卖了。李白是喝豪酒的典范,杜甫是喝穷酒的代表。他俩都是大诗人,但在喝酒方面却算不上高手。真正的大师级品酒高手,品酒时眼里根本就没有酒。在他们的眼睛里,酒就是女人,美酒就是美人。没开瓶时大师观赏酒的颜色,如同抚摸美人润滑的肌肤;开瓶后大师细嗅美酒的气味,如同亲近了美人的芳泽。第一滴美酒入口,就如同亲吻了美人的芳唇。然后渐入佳境,所谓酒不醉人人自醉,如沐春风,如坐春雨。达到这种境界后,饮酒的过程就变成了与美人交流的过程。有精神的交流也有肉体的交流,当然更重要的是精神的交流。

我有一个尊敬的老朋友,是某大学酿造系教授,三十年代即获美国加利福尼亚大学酿酒学博士。他就是一个以酒为妻、以酒为友的大师。在他的眼里,抑或说在他的心里,任何一瓶酒,都是一个活的生命。他对我说:每一滴酒都有自己的尊严。你只可尊重她,不可侮慢她;你只能欣赏她,不能亵渎她。当你在灯光照耀下,举起盛满嫣红酒浆的高脚玻璃杯,当酒浆在杯中闪烁着宝石般的光芒,事实上就等于甚至胜于一个盛装美女款款而来,这时候你的心应该像天空一样澄澈,你的灵魂应该像圣子一样虔诚,你应该感谢上帝。我应该感谢上帝,是他赐给了我们这高贵的液体,就如同把女人赐给男人一样。

一九九八年

杂 谈 潇 洒

一、戏说潇洒

据《辞海》说,潇洒就是"洒脱,毫无拘束"。但实际生活中,我们对潇洒的理解要比《辞海》的解释宽泛得多。台湾电视连续剧《京城四少》的主题歌《潇洒走一回》唱遍了大江南北以后,潇洒更成为人们嘴边上挂着的话。尤其是那些发了一点小财的,混上了一个小官的,泡上了一个小姐的,更是说也潇洒,唱也潇洒,醒也潇洒,醉也潇洒。一时间大家都潇洒得很严重,好像感冒流行一样。但流行的东西总是来去匆匆,这几年人们就把潇洒渐渐忘却,沉重的表情笼罩着更多的脸,可见原先的潇洒并不是真潇洒。

我想潇洒其实是一种心态,一种对待生活的态度,一种减轻压力的方式,在某种意义上也可以说是一种阿 Q 精神。骨子里的潇洒也许有,但是不会很多。经过训练,或是模仿,用一种拿得起放得下的方式处理自己的物质生活和感情生活,这也算潇洒,尽管未必出于本性,但还是大有利于个人和社会。因此我觉得即便是伪装潇洒也还是一件好事,值得提倡。当然这里也有误区,即便是伪装潇洒也还是需要一定的文化层次,也还是需要一定的精神境界。不是有了钱就必定潇洒、有了钱想潇洒就能潇洒的。有一些穷得不名一文的人,也许是潇洒的大师。

我曾在一个朋友的引导下,去见过号称京城最潇洒的人。这人的最辉煌的潇洒业绩就是在某高级饭店和老外比赛摔进口的高级名酒——自然是每瓶数千元的——走一步摔一瓶,从一楼摔到三楼——真正是一步千金——据说那老外摔到二楼就败下阵去——这也可算作民族的胜利——但我见了这个著名的潇洒人物后,只觉得他那副暴发户的嘴脸可恶可厌。他浊气逼人,俗不可耐;连伪潇洒都不是,是小人得志。但他身边那几个小蜜嗲嗲地对我说:莫作家,好好写写我们老总吧,他是天下最潇洒的男人。

真正的潇洒人物有没有呢?现代很少有;古代有,但也潇洒得不甚彻底。试举几例为证:三国时东吴的大都督周瑜,其潇洒是出了名的,你看他在群英会上设计骗那蒋干时,真是谈笑风生,挥洒自如,纵酒放歌,绝对潇洒。周瑜的潇洒得之于他的资质风流。仪容秀丽,能文能武,还精通音律,"曲有误,周郎顾"。他是潇洒人的经典类型。但他为了一个荆州,气得吐血,就不够潇洒。周有一个憨厚的朋友鲁肃,为人慷慨大度。周向他借粮,他家只有两囤米,但是他毫不犹豫地指着其中一囤说:这一囤归你了。鲁肃的潇洒是一种大智若愚的潇洒,一种傻乎乎的潇洒,这也是一般人学不了的。但鲁肃也是三番五次去讨要荆州,可怜巴巴的,被诸葛亮当猴耍,也就不潇洒了。诸葛亮头戴纶巾,手摇羽扇,动不动还要抚上一会瑶琴,好像也很潇洒,但他的潇洒太表面,表演的成分太多,显得很假。其实他是最不潇洒的,没出山时就天天研究天下大势,为出山做准备。让刘玄德三顾茅庐,显得有点过戏;出山后殚精竭虑,鞠躬尽瘁,事无巨细,亲自动手,别人做他不放心,最后活活累死。一个潇洒的人是不会、也不必这样的。

连周瑜、鲁肃、诸葛亮这样的著名人物都潇洒得不够彻底,那还有什么人潇洒呢？且看下回分解。

二、再说潇洒

怎么样才算真潇洒？上次未能说明白，这次接着说。大概而言，真潇洒就是要看破世情，明白地球很小、宇宙很大；要明白人生短暂，像早晨挂在草尖上的露珠；眼所见、耳所闻、身所历的一切，都是比过眼云烟还要短暂的东西。当然真要做到这一步，那也很可怕。那样的话，历史就不能发展，社会就不能进步，人生就没有目标，大家一齐出家去做和尚。都做了和尚也不彻底，因为和尚也还是要吃饭。如果都是和尚尼姑，那必然的还要让他们和她们结婚，否则就断了人种，而断了人种，还潇洒个什么劲。所以即便是我说的真潇洒，也还是相对而言、比较而言。

要做到相对潇洒也很难，但也不是难于上青天。在榜样的表率下，我们还是有可能向潇洒状态进步。

我要说的潇洒榜样有两个，一个是唐代大诗人李白，一个是晋代大文人阮籍。

李白的故事大家都能说出几个，就像他的诗大家都能背出几句一样。他起初是一点也不潇洒的。他年轻时醉心仕途，说难听点就是个官迷。而人一旦迷上了当官，就绝对潇洒不起来了。想当官的人必须不要脸不要皮，必须丢掉自尊和人格，必须像李白说的那样"摧眉折腰事权贵，使我不得开心颜"；你想开颜，就别想当官，这个问题一点也没得商量。李白低眉弯腰事过权贵，写"云想衣裳花想容"这样的肉麻诗词拍皇帝小老婆的马屁，想借此捞个官做。可惜皇帝不买他的账，只赐他个翰林供奉，无职无权，闲人一个。这与李先生的胸襟抱负相去太远，使他不得开心颜。于是他满怀着牢骚，沉浸到酒乡里去了。这既是借酒浇愁，又是装疯卖傻。从此沾染上喝酒的坏毛病，成了不折不扣的酒鬼。起初是半真半假,到后来弄假成真,酒瘾养成,一天没有酒也不行了。醉着的时候渐渐地比清醒的时候多了,由此也就进入了潇洒状态。那些伟大的诗篇也就写出来了。当然也没醉到不省人事的程度。杜甫说他"天子呼来不上船,自言臣是酒中仙",这是诗人的夸张,其实李白不敢这样狂。真是天子呼他,他不敢不上船,除非他醉得丧失了意识。吃不到葡萄就说葡萄酸,稍稍升华一点,就成了潇洒的低级状态。李白比这要高许多,因为他是天才。

阮籍在喝酒装疯方面是李白的老师。因为魏晋之际政治比盛唐时要黑暗许多,所以阮籍酒精中毒的程度也比李白要深许多。鲁迅先生在他的名著《魏晋风度及文章与药及酒之关系》里对阮先生的行状有精彩的描绘,譬如一醉三月不醒,譬如死了母亲面无悲凄之色,照样喝酒吃肉,而当吊唁的人走了,却大哭数声,吐血一斗。当然他三月不醒其实是很清醒,面无悲色其实心中很悲痛。他的潇洒的确是装出来的,不如此随时都可能脑袋搬家。在这种情况下,保命变成第一要事,所以他不会追求虚荣,也不会贪图名利。从这个意义上讲,潇洒也是逼出来的。

我记得小时候曾听说一个大年夜接穷神的故事。那时刻所有的人家都是接财神的,唯有一个叫花子接穷神回家过年。他想,我已经穷到沿街乞讨了,"穷到要饭不再穷",大家都去接财神,留下穷神多孤单,我就把它接回来过年吧。于是他公然接穷神,令众人刮目相看,进入潇洒境界。所以,也可以说,一个人的生活状况到了某种极端状态,也就虱子多了不痒,离潇洒半步之遥了。

有没有自觉自愿的潇洒呢?且看下回分解。

三、还说潇洒

第一篇开宗明义我即说过:潇洒是一种精神状态,是一种对于人生和自然的觉悟。第二篇我想说明的是：有些潇洒是逼出来的，潇洒也是一种无奈。我们可以举出很多的例子，从古到今。但有没有天生具有的潇洒呢？有。

在民国初年，我们村子里就出了一个这样的潇洒人物。他还是我们家的远房亲戚呢。这个人出身农民家庭，大字不识一个，但是他先天生成一种宁静的心态和超越时空的智慧。我爷爷很认识他，我所知道的有关他的潇洒传说都来自我爷爷之口。爷爷说：王大化那人不是人。不是人是什么？是神。爷爷说有一次王大化去赶集，买了一个大盆，背在背上。走到离家不远的桥头上，有一个淘气小子，一头撞在那盆上，咣当一声响，把个大盆碰得稀碎，瓦片哗啦啦地掉在桥石上。爷爷说大家都为王大化鸣不平，齐声喊打，把个小淘气吓得小脸蜡黄。可人家王大化先生笔直地往前走，连头也不回，好像背后什么事情也没发生一样。爷爷说有人喊：王大化，你的盆破了！王大化依然不回头。爷爷说，事后有人问王大化知不知背上的盆破了，大化说知道。那人纳闷道：知道为什么不回头？大化道：既然已经破了，回头有什么用？

还有一个潇洒人物，也是民国初年的人，姓王名锡范，字叫剑三。时人称其为剑三先生。这人与我们家也有点瓜蔓子亲戚，我爷爷要称呼他表叔。我爷爷的哥哥十几岁时曾在他家当过小听差，耳闻目睹了许多有关剑三先生的潇洒事迹，这些事迹通过大爷爷的口进入我的耳、进入我的脑，成为我的精神财富。我曾以剑三先生为模特写过一篇题名《神嫖》的小说，最初发表在台湾的《联合文学》上。

说那年春节，一向不近女色的剑三先生莫名其妙地动了凡心，吩咐下人们去找烟花女子。下人们问找几个，剑三先生说把全城的都给我拉来。下人们看着剑三先生瘦弱的身体，偷笑不止。于是都兴奋得不行，扑向烟花巷，把小城里的妓女一共二十八名全部装上车拉回剑三先生的家。当城里人家烧香摆供祭祀祖宗时，剑三先生家的大客厅里,却点上了数十根比胳膊还要粗的大红蜡烛,照耀得满厅通明,如同白日。客厅的方砖地上,铺上了猩红地毯;客厅四角上,安上了四个大炭盆,炭火熊熊,烘烤得房间里温暖如春。婊子们吃饱喝足后,就漱口刷牙,重整粉面,等着侍候剑三先生。那些下人们,更是抓耳挠腮,等待着看剑三先生行乐。他们心里都在猜测,剑三先生要用什么样的方式来消受这二十八个美女呢?剑三先生在书房里喝酒念诗,好像忘了这码事。看看夜色渐深,城里过年的鞭炮响成了片。婊子们打起哈欠,下人们也有了倦意。有一个下人去问剑三先生婊子们如何处理,剑三先生说,让她们脱了衣服等着。婊子们嘻嘻哈哈地乐着,把身上的绫罗绸缎脱下来,赤裸裸的二十八条身子,四仰八叉躺了满厅。这时,剑三先生端着一个大酒杯晃晃荡荡地来了。他甩掉鞋子,赤着脚,一边喝着酒,一边踩着女人们的肚皮走了一圈。然后他说:给她们每人十块大洋,送她们回去。

这是典型的对待女人的中国方式,潇洒出了仙风道骨,但也可以作别样的理解。

四、穿得潇洒

粗粗地一想,潇洒其实是一个男性专用词。夸奖女子的首选词应该是美丽、性感等等。再一想,潇洒与衣着有着密切的关系。一个泡在澡堂里的汉子,无论他是如何不得了,也很难说他潇洒。又一想,潇洒好像和西装革履没有什么关系。西装笔挺,革履鲜明,只能给人以严肃、板正的印象,跟潇洒沾不上边。潇洒和飘逸的联系很密切,和宽松的联系也很密切。潇洒可以是柳树,但绝不可以是松树。飘逸和宽松又和长袍的联系很密切。于是我马上就想起了"五四"时期的郁达夫、戴望舒等人,尽管这些人也穿过西装革履。另外潇洒好像和高挑的身材与清瘦的面容联系很密切,一个大腹便便的男子无法用潇洒来形容。现代社会中潇洒的男人越来越少,会不会与服装的演变有关系呢?

满清一朝,潇洒的人物比较少。你看他们的官服,不宽松的袍子外边再套上一件紧身的马褂,袖口又弄成个紧巴巴的马蹄状,脑袋上再扣上一顶痰盂似的帽子,帽子上还要插上两根野鸡毛翘翘着,典型的一副小丑打扮。在这样的包装下,无论多么洒脱的灵魂也被禁锢得没了生气。穿上这样的服装人只能弯腰驼背做出奴才相,连林则徐也潇洒不起来。

明朝的服装比清朝宽松,潇洒人物就多一些。第一潇洒的自然是开国皇帝朱元璋。他作的诗打破常规,无拘无束,堪称天下第一:一片两片三四片,五片六片七八片,天地茫茫一大片,风雪梅花俱不见。他还在开国的大典上跟大臣们说:伙计们,咱原本是趁火打劫,没承想弄假成真。他随口诌出一首诗就把诗的严肃性给消解了;他随便一句话就把皇帝的神圣性给否定了。明朝的第二个潇洒人物也许是唐伯虎。他喜欢画美人,他画的美人都很丰满,这是盛唐的审美观。他躲在桃花坞里画美人,根本没去点什么秋香。他如果点过秋香,就变成了凡夫俗子。

历史上最潇洒的时代当数魏晋,那时候的衣服最为宽大。人们只披着一件大袍子,里边不穿任何内衣。睡觉时也不脱。按鲁迅先生的说法,他们喜穿肥大衣服是因为吃那种热量很大的神仙药,令皮肤燥热发痒,衣服瘦了搔痒不方便。又因为长期不换衣服,招了虱子,于是就有了扪虱而谈的潇洒形状。当然魏晋时文人的潇洒与黑暗的政治有关,但也不能说与宽大的服装无关。

春秋战国时最潇洒的是楚人,你看那出土帛画上的楚国男子形象,那真是宽衣博带,衣袖犹如鼓荡起来的风帆。穿上这样衣服的男儿真是飘飘欲仙,随时都可能化为大鸟,飞升到云头上落脚。屈原认为这样的衣服还不够潇洒,他认为最潇洒的衣服应该是"制芰荷以为

衣兮,集芙蓉以为裳",不但宽松,而且滑爽;不但清凉,而且芬芳。穿
上这样的神仙八卦衣,你不想潇洒也得潇洒。

潇洒当然要有内在的气质,让一个原本鸡肠小肚的人穿上道袍,
他还是潇洒不起来。但我想总会比他穿着紧身衣时潇洒一些。我发
现凡有潇洒气质的人没有喜欢穿紧身马甲的,他们都喜欢宽衣大袖。
他们伟大的肉体一如他们伟大的灵魂,是不愿意受到任何束缚的。
如爱因斯坦穿着睡衣逛大街,毛泽东穿着肥大的棉衣,一边拉开裤腰
捉虱子,一边与美国记者纵谈天下大势。

五、睡得潇洒

人的一生中,半数的时间是在睡眠中度过。有的人睡得还要多
一些;有的人可能睡得少一些。总之,睡觉与吃饭一样是人生的重要
内容也是重要问题。能睡得潇洒是人生一大幸福,失眠是人生一大
痛苦。所谓睡得潇洒就是睡得香、睡得甜、睡得沉,打雷放炮也惊
不醒。

人要想睡得潇洒,第一是要头脑简单。你看那些初生婴儿吃了
就睡,睡醒了再吃,吃饱了再睡。为什么能这样呢? 因为他脑子里没
有那些乱七八糟的事。我们小时都这样,都经历过睡得潇洒的幸福
岁月。但长大后,如果再像婴儿那样啥也不想,那我们就成了弱智或
是白痴。不想事是不可能的,为了睡得潇洒一点,我们要尽量少想一
点事。

要想睡得潇洒,第二是不做或尽量少做亏心事。俗话说得好:
心中无闲事,不怕鬼叫门。这所谓的闲事,就是亏心事。这一条对职
业强盗、职业流氓、职业奸商等等职业性的坏蛋是不起作用的,他们
是上帝派下来专干坏事、借以点缀社会、与好人形成反差的,就像《水
浒传》里那个天煞星李逵,是上帝专门派下来杀人的一样。他们如果

失了眠,绝不会是因为干了一件坏事,而很可能是干了一件好事。毛泽东有一段著名的语录:"一个人做点好事并不难,难的是一辈子做好事,不做坏事。"把这话反过来说好像也有道理:一个人做点坏事并不难,难的是一辈子只做坏事,不做好事。好人偶尔做了一件坏事,只要不是故意的,只要是存心改过,也就不必念念在心放不下,影响潇洒的睡眠。

要想潇洒地睡眠,第三是要出大力流大汗。很少听说拉人力车的失眠,很少听说挖煤的工人失眠,也很少听说白日挥汗如雨的农夫睡不着觉。我没在城里拉过洋车,但在村里当过多年的农夫,深知在田里苦做了一天之后,晚上摸不着炕头的滋味。什么睡前洗脚、刷牙呀,在农夫的词典里没有这些词。什么蚊子、跳蚤,全不在乎。扔下饭碗,一头栽到炕上,立马就进入黑甜之乡,连个梦也顾不上做。现在的城里人尽管很少有出大力流大汗的机会,但多做些体力运动对睡觉有好处。

第四条呢,就是要有点阿Q精神,或者说是要向阿Q学习。阿Q他老人家每当在外边受了什么委屈,回到土谷祠里翻来覆去睡不着时,就扇自个儿两个耳光。如果挨了别人的打,就说被儿子打了;如果受了富人的侮辱,就说我们先前比你们富得多;然后就获得了精神上的胜利,香甜地睡过去了。这阿Q精神对达官贵人没有什么用处,但对于我们小小老百姓,却是须臾不可离开的法宝。

除了上述四条之外,肯定还有许多催人入眠的方式和方法。政治家大多是靠安眠药,有的文人依靠美酒。据说有些孤独的女人靠自慰……在我的心目中,最佳的睡眠环境应该是:夜深人静,潇潇的秋雨或者霏霏的春雨落在窗前的花叶上。近处是窸窣的雨打花叶声;远处传来狗的朦胧叫声。床上是新晒过的、散发着阳光香气的被褥。桌上一支红烛高烧,照耀着一本打开的线装书。看书到倦时,有体态轻盈、吐气如兰的小狐狸精送来一壶滚烫的绍兴黄酒,外加一碟花生米,再加一碟豆腐干。然后欣赏着小狐狸精的明眸皓齿,不知不觉中把酒喝尽。微醺中,与小狐狸精相扶上床,在薄寒中宽衣解带,然后颠鸾倒凤,耕云播雨。再然后,便相拥相抱,沉沉睡去。

这种情景只在《聊斋志异》里读到过,生活中或能一遇,此生无憾矣!

六、笑得潇洒

人生一世,谁也不能不笑。即便是个傻子,也要傻笑;即便是个蠢驴,也要蠢笑;即便是个奸贼,也要奸笑;即便是个娼妓,也要浪笑……还有多种多样的笑:大笑、微笑、苦笑、佯笑、冷笑、淫笑、皮笑肉不笑……一笑千金。笑一笑十年少。笑面虎。笑里藏刀。哄堂大笑。弥勒佛笑口常开。大英雄笑傲江湖。大文豪嬉笑怒骂皆成文章……没有笑就没有生活,没有笑也就没有文学。

小时候看《说唐》,知道了程咬金大笑三声而死的趣事。

看《三国演义》,曹操兵败赤壁,率残兵败将,逃到乌林地方,见树木丛杂,山川险峻,乃仰天大笑,众将不知何故,操说:"吾不笑别人,单笑周瑜无谋,诸葛亮少智。若是我用兵之时,预先在这里伏下一军,如之奈何?"一语未了,就听到一声炮响,斜刺里杀出一彪人马,正是常山赵子龙也。好一阵掩杀,曹操仓皇逃得性命。又往前走了一段,曹操又仰天大笑。众人道:曹丞相您又笑什么?曹操曰:"吾笑诸葛亮、周瑜毕竟智谋不足。若是我用兵,就在这里伏上一支兵马,以逸待劳,我等纵然脱得性命,也不免重伤矣!彼见不到此,我是以笑之。"话未毕,早见四下里狼烟突起,一彪人马拦住去路,当先一员大将,正是燕人张翼德。自然又是一阵好杀。曹操狼狈逃窜。逃到华容道上,他又一次仰天大笑,众人说您就别笑了吧,曹操说:"若是让我用兵,在这里埋伏上一支兵马,就没有活路了!"一声炮响,关云长来了。

曹操这三笑,是真正的英雄的笑。他把战争当成了艺术。他虽然输了,但是还在为对手的作品的不尽完美处感到遗憾。直到三笑笑出了三支兵马,才消除了他的遗憾。尽管他一败涂地,但他还能为敌人的完美杰作而喝彩,非大英雄难有如此潇洒的表现。

1970年代后期,大陆文化开禁,引进了香港电影《三笑》,演义的唐伯虎点秋香的故事,真令我如醉如痴,连看了三遍,连其中的唱词都能背诵。秋香那三笑,真是巧笑倩兮,美目盼兮,迷死人兮。她的笑容在我的心中留下了深刻的烙印,至今没有磨灭。女人的笑原来是这般的迷人,是这般的美妙,是这般的具有勾魂摄魄的魔力。

接下来该是清朝人蒲松龄老先生的《婴宁》了。这个小妖精爱笑成癖,动不动就笑得低头弯腰,不可自制。她笑得毫无来由,毫不做作。一片清纯,无比天真。音容笑貌,宛若在眼前。她到底笑什么?笑世间可笑之事,笑世间可笑之人。

毛泽东说:"人世难逢开口笑,上疆场彼此弯弓月,流遍了,郊原血!"

李白说:"仰天大笑出门去,我辈岂是蓬蒿人。"

谈笑风生,是古人的风度。进入现代社会后,人们每日为生活奔忙,会笑的人越来越少,发自性情的笑、天真无邪的笑、潇洒风流的笑,渐被做作矫饰的笑、虚伪阴险的笑、苦涩拘谨的笑所代替。男人要不苟言笑,女人要笑不露齿。而且笑有了价钱可以买卖。金钱把笑都给腐蚀了。而今我说:不要那么多钱财,不要那么多斗争,不要那多规矩,不要那么多科学,不要那么多文明,让人们恢复笑声和笑容,让人们尽情地笑、开心地笑、毫无顾忌地笑、真诚地笑、潇洒地笑,这世界会因此而变得比现在更美好。

七、吃得潇洒

吃是人类最低级、最重要的本能之一。为了吃,人们才辛勤劳动、努力工作;也是为了吃,奴隶才甘于忍受皮鞭和枷锁。在为了延续生命这个低级层次上,吃与潇洒是没有什么联系的。要想吃得潇洒,前提是肚子基本上不饿——英雄除外。现代的人们,尤其是发达社会里比较富裕的人们,他们的吃,往往不是因为肚子饿,而是因为习惯和交往的需要,醉翁之意不在酒,吃饭之意不在饭。所以他们或是她们的吃,都带上了浓厚的表演色彩和商业色彩。

有两种潇洒的吃:一曰武吃,一曰文吃;武吃武潇洒,文吃文潇洒。

先说武吃。西汉人司马迁先生在他的名著《史记》中写着:项羽设下鸿门宴,想借机杀了刘邦。正在危急之时,樊哙带剑拥盾闯入军门。一进大帐即瞪着眼逼视项羽,"头发上指,目眦尽裂",项羽按着剑跪直了身子惊问:你是干什么的?张良说:他是沛公的参乘樊哙。项羽说:壮士!赐之卮酒!项羽的手下人搬给樊哙一大斗酒,想借机整治他。樊哙弯腰谢罢项羽,只手接过斗酒,一仰脖子,咕嘟咕嘟就喝了下去。项羽说:赐给他猪腿!手下的人故意找了一条半生不熟的猪腿搬到他的面前。樊哙把手中的盾扣在地上,接过猪腿放在盾上,拔剑砍着猪肉,一阵狼吞虎咽,将偌大一条猪腿吃得只剩下骨头。樊哙看起来是在吃肉,实则是借吃示威。刘邦能从鸿门宴上逃脱了性命,与樊哙这顿大吃不无关系。

《水浒传》中的好汉武松,在上景阳冈打虎之前,吃了三斤牛肉,喝了十八碗"透瓶香",如果没有这一顿大吃大喝,只怕他要被老虎吃掉。武松同一阵营的弟兄,如鲁智深、李逵等人,也都是武吃的模范。鲁智深大闹山门,一个人吃了半条狗。李逵更野,一次烧吃了假李逵两条腿。他们吃相凶恶,豺狼饕餮,不讲文明,不讲礼貌,动不动还要掀桌子打人。但为什么我们不厌恶他们反而欣赏他们呢?答案很简单:因为他们是英雄。胡吃海塞是他们英雄行为的重要组成部分,没有这一部分,英雄就不是英雄。常人贪吃是下贱,英雄贪吃是潇洒。

再说文吃。文吃的行为一般发生在大家小姐身上。如《红楼梦》里的林黛玉,每顿饭只吃一条蟹子腿,再多吃一根豆芽菜就说吃撑了。当然林黛玉是小说中人物,不是真人实事。但我们相信生活中确有林黛玉式的娇小姐。再比如中国一个有名的作家,自言每天只吃几粒松子、喝几口泉水,像小鸟一样生活。林黛玉是女性文吃的代表;这作家是男性文吃的代表。公子王孙这种吃法是潇洒;暴发户或破落户子弟这种吃法就是做作。

要想吃相文雅,前提是肚子不饿;如果饥肠辘辘,面对着热气腾腾、香气扑鼻的山珍海味,即便能管住拿筷子的手,也无法管住眼睛,你没法子不让你的眼睛放出贪婪之光。我初进城市时,屡屡在宴会上出丑,遭到文明人的嘲笑,弄得我很恼火。母亲教我一个办法,让我每次出去赴宴前,先在家里吃上俩馒头,没有馒头就煮上一斤挂面条,总之要吃得饱饱的,吃得见了食物就想吐,这样到了宴会上,自然就吃相文雅了,自然就吃得潇洒了。

还有一种半文半武的潇洒吃法。譬如晋朝的大书法家王羲之,他的兄弟们为了能被当朝宰相选中做女婿,都打扮得衣冠楚楚,有的看书,有的写字,唯有他躺在东边的床上吃烙饼。宰相慧眼识英杰,一眼就把他看中了。

八、骂得潇洒

人为什么要骂人?这个看起来不成问题的问题真要完全正确地

回答实际上也不容易,但要粗略地回答一下也还是能够的。我想人之所以要骂人,无非是心中愤怒,或是胸有积怨,不吐不快。骂是一种发泄,是一种机体自我保护的方式,是一种减轻压力的调节阀门。骂人几乎是一种本能。小孩子学说话,正经话教他半天也学不会,唯有骂人的话,没人教也会,好像无师自通一样。骂人不是好事,但人生一世,无论是圣贤还是豪杰,从没骂过一个人、从没吐过一个脏字的人大概还没有吧?孔夫子骂没骂过人我们已无法考查,但从他的学生记载下来的有关他的言行的书中,我们知道老先生脾气挺大,经常对不争气或是办事说话不如他意的学生大发脾气,一发脾气难免就要带出脏字。所以我猜想圣贤如孔夫子,也是骂过人的。古人骂人是怎么个骂法,我们也不得而知了。孔夫子痛斥他的一个学生是"朽木不可雕也,粪土之墙不可圬也",用的还是写诗的方法,比,或是兴,不涉及生殖器与性活动。司马迁先生在他的《史记》里也没记下几句今天意义上的骂人话,范增被项羽气得发昏,也不过骂了句"竖子不足与谋!"。"竖子",据权威的解释就是"小子"之意,这在今天看来,实在算不上骂人,甚至还有几分亲切。可根据范增的口气来看,这在当时应是一句骂人很狠的话。而在今日的中国,骂人最狠的话,必是与生殖或生殖器有密切关联的,所以我怀疑这"竖子"或许还有另外的解释。——突然想起,乡下女人骂儿子,"你这横生竖养的东西",大概可以理解为,一个人出生时胎位不正,先伸出一只手,或者是先伸出一只脚。这样的出生方式,在旧时代,多半会要了母亲的命。这样的儿子,不是妖孽也是畜生。——所以我认为"竖子"者,是出生时先伸出一只脚的家伙。

三国时的人,骂起人来也还是文质彬彬。祢正平裸衣骂曹,洋洋千言,把曹操骂得汗流浃背,也没有涉及生殖器和性活动。最恶的话,也不过说曹操的部下是"饭囊、酒桶、肉袋",这也不是真正意义上的骂人。诸葛亮骂死王朗,基本上是政治攻击。这绝对是小说家言,不是历史。想那诸葛亮和王朗都是政治家,在当时那种混乱的社会环境中,不会不明白"成则王侯败则贼"的道理。你汉家的天下,不也是从人家手里抢来的吗?用那么一通废话,怎么可能把王朗给骂死?如果历史上真有这么档子事,我猜想要么是王朗该死,该死不骂也死;要么是诸葛亮用了今天的骂法,日妈日祖宗的一顿胡日,但儒雅风流的诸葛亮绝不会如此下作,所以这事是罗贯中编造的。但不管真假吧,《三国演义》毕竟给我们提供了潇洒骂人的古典样板。其实,祢正平和诸葛亮这两场著名的大骂,十分像我们今天电视台组织的大学生辩论会,双方都在强词夺理,心里边并不一定真的同意自己捍卫的观点。

单从书上看,骂人骂得与今天相似的时代,应该是产生《金瓶梅》的时代。骂人的状元当数潘金莲。她老人家可不跟你遮遮掩掩,一张口就直奔主题,离不开裆中物和它们的形状。这些话尽管不是好话,但没有这些话也就显不出潘金莲那个泼劲。当然潘金莲也不是顶峰。我在乡下务农时,最喜欢看邻居的老娘们打架。所谓打架,并不是真动手;基本上是文打,也就是对骂。那时我们那儿家家都有几间晒粮食的平房,就跟高高的舞台一样。打架的老娘们在傍晚的夕阳照耀下,站在自家的平台上,开始对骂。骂的内容当然是围绕着生殖器,她们的天才就在于连续骂上一小时,也不会重复一句话,如果谁重复了,谁就等于失败了。那时候我才明白,原来汉语中有那么多词汇可以用来修饰生殖器和形容性交行为。

后来我来到了北京。原以为京华乃文明首府,居民当如古人,不会骂人。但我很快就明白,北京人张嘴就是"操""丫",真要骂起来,还是那几句,没有文采,更没有风度。甭说比不上我家乡那泼大嫂,连潘金莲都不如。

习惯成自然,听惯了北京人的脏口,也就觉不到脏,就像他们自己也觉不到他们张口就是那个一样。

把与某人的女长辈性交当成对某人的最大侮辱,据说这是中国的特色;外国人是不是完全不在乎呢? 我不知道。这也是一个看似简单其实相当复杂的问题。这问题涉及道德也涉及文化;涉及历史也涉及现实;涉及心理也涉及生理。我想,什么时候人们不把性活动当成侮辱人的最极端手段了,社会就应该有了巨大的进步。

一九九八年

洗脚的快乐

在著名的影片《大红灯笼高高挂》中,导演张艺谋在巩俐的脚上大做了文章。观众也许还没忘记,剧中每个有幸即将陪着老爷睡觉的女人,都要享受捶脚、捏脚的待遇。这围绕着脚所做的一切,无疑是为即将与老爷进行的性活动做准备。在这部影片里,脚被赋予了强烈的性象征。

在古典名著《水浒传》中,押解林冲去沧州的差人董超和薛霸因为受了林冲仇家的贿赂,沿途变着法儿折磨林冲,其中最恶的一招,就是用滚水给林冲洗脚。烫得林冲叫苦连天,满脚鼓起燎泡。第二天早晨,又故意给林冲一双新草鞋穿,把那些燎泡全部磨破,让林冲的脚血流不止。这里的洗脚,是苦难的象征。

著名文学家鲁迅先生的日记中,有午休时"洗脚",或是"夜,洗脚"等等和洗脚有关的记载。那些研究鲁迅的专家们,谁也没从这里读出疑问来;在他们心目中,洗脚就是洗脚,没有别的意思。有一个细心的文学批评家李庆西却从这里发现了蹊跷。鲁迅先生的日记并不是流水账,比洗脚重要得多的事情他都不记,为什么却要把洗脚这样的琐事记进去呢? 即便是要记,那也应该天天记,为什么每隔十天半月才记一次呢？难道先生半个月才洗一次脚？为什么午休起来还要洗脚？李氏研究了鲁迅先生记日记时的身体状况，得出了一个有趣的结论：先生日记中记载的"洗脚"，实际上是性交的隐语。

前不久，我去长春参加全国书市，会场人多嘈杂，吵得我头痛欲裂，吃了好几片去痛片也止不住，趴在床上苦熬着，连晚饭也没吃。

晚饭后，一个朋友道："去洗脚吧，洗洗脚，你的头就不痛了，我敢担保！"

我们一行四个人，搭上一辆出租车，告诉司机说去能洗脚的地方。司机诡秘地笑笑，说："老板放心！"

司机的态度引起了我许多幻想。像我这种没见过世面的雏儿，总是喜欢想入非非，但一旦要动真格的又没有那个胆量。司机拉着我们串胡同，天上下着毛毛细雨，地上积着一汪汪的污水，车轮把积水溅得斜飞。这个城市的出租车司机都特别野，把车开得像瞎耗子似的，东一头西一头地乱闯，开车的不怕，坐车的倒是心惊胆战。在这样的夜晚，在这样的胡同里，坐着这样的出租车，怎能不让人想入非非呢？

在一家灯光昏暗的发廊前，司机停了车，说："到了，这家是最好的了。"

我们提心吊胆地走进发廊，立即就有一个又胖又黑的女孩子从黑影里跳出来，宛若一头黑豹。她说："哥呀，可把你们给盼来了！"

这是明显的虚情假意，但我们听了好像也没有什么反感。然后就问我们要什么样的服务，我们说洗脚。黑小姐把我们带进格子间，让我们躺在床上，然后进来几个或胖或瘦的女子，每人一个，手把着吊栏踩我们，踩完了，还问舒服不舒服。我说不舒服，这是女权主义运动，把男人打翻在地，再踏上一只脚嘛！踩完了，便让我们坐起来，把我们的脚放到一盆水里，水是酱色的，小姐说水里有十几种名贵中药。泡了十几分钟，小姐说好了。然后就让我们躺下，她们替我们擦干了脚,然后就在我们的脚上又搓又揉又拉又捏。说不上是痛是酸还是麻。出门时,我们走得扭扭捏捏,好像古代的千金小姐。

我的头更痛了。

一九九八年

杂 谈 读 书

　　关于读书的方法,实在是个看似平常但却很难说好的大题目。这原因大抵有二:一是在人类社会中,从古到今,但凡认识了一些文字的人都读过书,这种行为与吃饭穿衣一样,渐渐地成为一种本能,就像一般不必教导别人如何吃饭穿衣一样,读书也是无须教的;二是古往今来的读书人,尤其是那些饱学之士,大都留下了一些关于读书的理论,其中不乏真知灼见,但更多的是人云亦云——这丝毫没有贬低的意思,读书尽管人各有法,但万变不离其宗。所以,时至今日,实在没有必要由我等半路出家的野文人就这个话题来说三道四,尤其是更不应该写成文章发表在指导中学生阅读的刊物上。

　　我的女儿也是一个中学生,她学的数、理、化、外,我早就不敢插嘴,对她学的语文,我也不敢贸然地进行“指导”,因为我说的不一定对,万一错了,影响了高考的成绩,那就了不得! 所以我女儿有时候碰到语文方面的问题向我请教,我只敢含含糊糊地谈一些我的看法供她参考,然后还是希望她能去问老师,并要她一定以老师的说法为准。

　　大概想了一下,人类的阅读活动,大概可以分为两类。一类是为了愉悦,如少年读连环画,成年人读言情、武侠,原本就没想从这阅读中获取什么知识,但知识自然地也被获取着,情感自然地也被教育着,这就是所谓的"寓教于乐"吧。二是功利性很强的学以致用,如读技术方面的书籍。文学批评家和作家读文学方面的书籍,基本上也是一种实用的目的,批评家是为了写批评文章,作家是为了写自己的书。

自然科学方面的知识我懂得很少,所以不知道自然科学家读自己的专业书籍时的心态。他们的读,是否最终也是为了写?但搞文学的,读书破万卷,最终是为了下笔如有神,目的性很强。所以读书的方法也就显得很重要。因为有史以来,即使是专业性很强的书籍也已是汗牛充栋,一个人从有阅读能力开始,即便天天读书,读到老死,怕也难把那些已经写出来的书读完。我每次去图书馆查阅资料或去书店买书,就会有一种狗咬泰山无处下嘴的感觉,就常常感到自己的写作毫无意义。人类的知识积累,从某种意义上说,几乎是一种灾难,它给我们带来的压力实在是太大了。你不可能什么都知道,但你有时那么迫切地想什么都知道。人生有限,学海无涯,这就使处在这无法解决的矛盾中的人类永远潇洒不起来。我甚至幻想,将来有一天,人类能够把历代积累的知识编成一种程序密码之类的东西,通过生物工程,使孩子一生下来就遗传在脑子里。当然这是不可能的,但又好像不是不可能的。电子计算机已经大大地改变了人们的阅读和写作方式,随着科学的进步,人脑的秘密终究会被揭开,那时候,学习的问题很可能变成一个化学的或者是物理的问题。即便是现在,很多入了电脑网络的人,他们的阅读方式已经跟捧着大厚书本的读者不一样了。他们做学问的方法,已经有了革命性的变化。再下去几百年呢?真是想也不敢想。

像我这样的人,此生大概很难在网上潇洒了,也不大可能去变换职业,因此也就只好沿袭着几十年来养成的习惯读着写着,等待着被淘汰。我没读完小学就回家劳动,但因为认识了一些字,具有了阅读的能力,便想方设法把村里人家的藏书借来看。村里藏书有限,没有选择的余地,只能是借到什么读什么。又因为是借来的,读起来也就快。这时期的阅读没有什么方法好讲,就像对一个饥汉没有必要讲究食品的色香味美一样。后来有了一些条件,书多了,读不过来,这才需要讲点读书的方法。这些方法也早经前人讲过,无非一是翻来覆去地精读,二是走马观花地浏览。对我来说,精读的大多是语言有特色之作,浏览的是语言无特色,但故事很精彩的。前者是为了寻找语感,后者是为了了解别人曾经讲过什么样的故事,扩展一点就是别人曾经用什么样的方法讲述过什么样子的故事。当然,有时候,为了掌握一些必需的材料,那就要带着很强的目的性和方向性去读。这样的方法,与查字典没有太大的区别。

总之,对中学生朋友来说,除了老师的话,谁的话也不要太当真,哪怕他是什么样子的学者、权威。

一九九八年

谈 读 书

　　说实话我并不喜欢读书。如果可能,我更愿意坐在电视机前看一些能让我轻松愉快的节目,但我必须不停地读书,因为这是我工作的重要组成部分。书是知识的海洋,没错;书是灵感的源泉,没错;书还是很多很多美好比喻的喻体,但读书实在是件痛苦的差事。我现在把读书与我当年在农田里劳动相比,当年我如果不劳动,土地不生产粮食,我就会饿肚子;现在如果我不读书,就写不出书,写不出书我也会饿肚子。任何工作,如果跟吃饭问题联系在一起,就不会给人带来愉快。当然我也曾经体验过读书的乐趣。那是在我童年的时候,书很少,好不容易借到一本就如获至宝,家长反对我读这些没用的"闲书",牛羊等待着我去放牧它们,我躲起来,不顾后果,用最快的速度阅读,匆匆忙忙,充满犯罪般的感觉,既紧张,又刺激,与偷情的过程极其相似。

我 与 税

　　在很长一段时间里，"税"这个字眼，在我的心目中，似乎只跟旧社会和资本主义有联系。最流行的说法是"国民党的税多，共产党的会多"，会多当然比税多浪漫。在我小的时候，每逢生产队里要往上缴公粮时，总有一些觉悟不高的人发牢骚。队长就语重心长地说："皇粮国税，谁敢抗？"听老人们说，历朝历代，抗皇粮国税都是要砍头的。我当然知道我们缴的公粮与队长和老人们所说的皇粮国税不是一码事。我们缴的是爱国粮，有一个阶段也叫"忠"字粮。缴爱国粮时我们很不情愿，因为这些粮食是给城里的人吃的，我们对城里的人本来就有意见。都是社会主义国家的人，都受毛主席领导，凭什么我们辛辛苦苦打出来的粮食要给他们吃？而且爱国粮只收麦子，不收粗粮，我们每年打的麦子，缴完公粮后，就所剩无几了。当时可以放的为数不多的几部电影里，有一部《列宁在十月》，其中有一个穿得破破烂烂的富农跟列宁叫板——事情过去了这么多年，准确的台词忘记了，那富农的话的大意是：没有洋布我们穿土布，没有皮靴我们穿草鞋，我们的生活与你们城里人没有关系，凭什么要我们的粮食？我当时的觉悟很低，感到这个俄罗斯富农的话简直就是代替我们说的，替我们这些最被人瞧不起的农民出了一口气。是啊，你们工人有什么了不起？你们干部有什么了不起？你们城里人有什么了不起？没有你们我们照样活，但没有我们你们吃什么？但列宁同志却斩钉截铁地说——因年代久远，列宁同志的话也记不清了，大意是：工人阶级和农村里的贫农是阶级兄弟，和你们富农是敌人，你们富农如果胆敢不把粮食缴出来，就要消灭你们。我知道列宁的话肯定是没错的，但心里总是有点别扭。当时，我们农民与税没有任何关系，那时似乎也有农业税一说，但也就是在生产队会计的账本上出现几个数字，跟农民无关。当时没有个体工商业者，国营的工商业是不是缴税，我身在农村，不知道。

最早知道有缴税这码事，是在六十年代初期。我的爷爷是个很好的木匠，他从自家的树上砍下一些树杈，做成小凳子拿到集市上卖。我经常跟着爷爷去赶集，去时帮爷爷背着凳子。如果生意好，爷爷就会买一毛钱的炒花生或是两个炉包给我吃。卖了很多次，一直没人过问。有一天，来了一个夹着皮包的人，让爷爷缴税。爷爷与那人争吵起来，那人提起我们的小凳子，说没收了。爷爷大怒，与那人争吵起来，吸引了半个集的人围上来看热闹。后来我父亲赶来，向那个夹皮包的人缴了税，还说了许多好话，才把我们那些小凳子要回来。爷爷心中不服，回家发了很久的牢骚。

后来我去赶集买猪饲料，又碰上一件与征税有关的事。一个衣衫褴褛的女人，在集上卖馒头。馒头不多，也就是十几个，用一个小筐斗盛着。好像还没开张，那个夹皮包的人来了，上去就要那个女人缴税。女人哭哭啼啼地哀求，说家里有病人，看病要用钱，只好将仅有的一点白面蒸成馒头来换钱。夹皮包的人不听，抢过女人的筐斗，把馒头没收了。众人围着看，心中都有些不平，但没人敢说话。这时，从后边挤上来一个黑眉虎眼的军官，一把将筐斗从税官手里夺过来，还给那个女人。税官看看军官的怒容，低声嘟哝着就走了。

后来改革开放了,人民公社散了伙,农民们分了田单干,过去是光缴粮食不缴钱,现在是又缴粮食又缴钱,但还是不叫税,叫作"提留"。国家尽管白纸黑字地规定了农民应缴提留的数目,但下边的干部根本不按照上边规定的数字征收,当然他们有许多对付上边的办法,下去查也不一定查出来。不久前听说农村也要"费改税",农民们齐声欢呼,但干部们叫苦连天,最近听说又不改了,可见干部们的叫苦还是比农民们的欢呼管用。与六十年代相比,现在农村收税的人也多了。六十年代一个集上只有一个收税人,现在一个集上很多收税人。过去农民赶集卖菜不收税,现在工商所来收管理费,税务所来收商品交易税;过去自家杀猪不收税,现在要收屠宰税;过去自家栽种几棵果树不要钱,现在乡里要收林果税……总而言之,跟税断绝关系几十年之后的农民重新与税建立起了亲密的联系,但这时我已经离开农村进了城市。

我个人与税打交道是成为作家之后的事。国家规定,稿费和版税应缴的个人所得税由出版社和杂志社代扣,所以尽管我已经缴了二十年的税,但个人并没有直接与税务人员打过交道。我希望这条规定最好不要改变,如果每收到一笔稿费或是版税都要自己去税务所缴纳,那该有多么麻烦。

挣钱是件让人高兴的事,但缴税让人高兴不起来。这是人之常情,中国人如此,外国人也如此。但开征个人所得税,毕竟是一个巨大的进步。作为一个公民,挣了钱纳税,是天经地义的事。公民应该有纳税的意识,这是常识,大家都很明白。但我觉得在培养公民的纳税意识时,还应该唤醒公民的纳税人意识。也就是说,要让大家明白,政府本身没有钱,党除了党员缴纳的党费之外,本身也没有钱,而那点党费要维持如此庞大的一个党的开支,无异于九牛一毛。明白了政府的钱和党的钱都来自纳税人,那许多问题的提法似乎都要改变。比如说政府在某处修建了一个公共厕所,报纸上就会说这是政府为人民办的第 N 件好事。这说法乍一听很有道理,但深究起来就有点勉强。只能说是政府办了一件应该办的事,而不是政府对人民的恩赐。因为这建厕所的钱和决定建厕所的人的工资以及他们享受的一切待遇,都是纳税人的钱。市长、书记,其实都是纳税人的雇员,用咱们习惯的说法就是"勤务员"或者"公仆"。公仆为主人干了一件事,难道还要大张旗鼓地宣传吗?现在许多地方,人民见了当官的害怕,其实就是还没把谁是主人谁是公仆的关系弄明白。当然,即便人民明白了自己是主人,但公仆们不买主人的账,主人也没有办法。

现在大家都知道依法纳税是公民应尽的义务,但有收税的人,就有逃税的人。这一方面是公民的觉悟问题,另一方面也涉及腐败问题。当那些贪官把纳税人的血汗钱中饱私囊或挥霍浪费的丑闻一件件被揭露时,纳税人的心中自然很不平衡。腐败不除,偷税漏税的现象就不会停止。就拿作家这个行当来说,尽管稿费和版税应缴的税款由出版社代扣,但作家的心中也不平衡。那就是,国家有关部门对差不多是公开化了的盗版现象几乎是不管不问或是无能为力,那些盗版的书商除了偷漏了应给作家的版税,同时也偷漏了应缴给国家的税款。出版社和作家去向有关部门举报,还不如站在大街上骂一阵娘出出恶气,因为你举报了也没人负责。甚至往更坏里想,某些盗版者,也许就是某些有权处罚盗版者的摇钱树。一个小偷偷一头牛就可以判刑,但一个书商盗版牟取暴利却无人过问。去查查那些身家千万甚至亿万的书商吧,看看他们的财产有几成是合法的收入。当然我也知道,没有人会去查。

1998 年初,我与两个作家朋友从巴黎坐火车去威尼斯,途径瑞士时正是深夜,列车停在一个小站,上来了两个体壮如牛的瑞士警察,把我们从睡梦中唤醒。其中一个警察对着我们喊:"Tax! Tax!"我们当中那个在美国待了好几年、自认为精通英语的朋友瞪着眼说:"我们坐火车,不坐 Taxi!"但那两个瑞士警察还是一个劲地喊:"Tax!

Tax!"一边喊着,一边掏出一个小本在上边写出一道算术题: 72×3 = 216。我那位精通英语的朋友恍然大悟道:"他们不是让我们坐出租车,而是他们自己要坐出租车回家。"我说他们坐出租车回家,凭什么让我们出钱?眼见着火车就要开了,那两个警察急得抓耳挠腮,我说:"深更半夜的,他们也不容易,算了,就给他们吧。"于是我们就每人给了他们 72 法郎,警察在我们的护照上盖了一个章,连声道着谢跳下车去。他们走了,我们骂了一阵,各自睡去。第二天,那位精通英语的朋友说:"我明白了,瑞士警察跟我们要的不是搭出租车的钱,而是过境税。"他拿出快译通,一边按着一边说:"Tax 是税,Taxi 才是出租车呢!我怎么这样笨呢?"我安慰他说:"不是你笨,是那两个瑞士警察的英语发音不标准。"

一九九九年

上下五千年

　　从现在倒回去一千年,公元 1000 年,是宋真宗赵恒的咸平三年,干支纪元庚子。当时,欧洲人应该正在大张旗鼓地庆祝他们的第一个千禧年;但这隆重的盛典,与中国人没有什么关系。宋真宗的时代,大宋朝开国还不到四十年,前有太祖、太宗两任皇帝的励精图治,国势正是强盛时,腐败现象肯定存在,但还没有到达透顶的程度,北方游牧民族的骚扰不时发生,但还没有成为心腹大患。这时的国都开封,虽不及大约百年之后张择端描绘的《清明上河图》中那般繁华,但估计已经相当不错。这一年是真宗皇帝即位第三年,他大概还想勤政廉政,努力工作,当一个圣明天子。这一年开封城里的老百姓和天下的老百姓怎样生活,我不得而知,也懒得去考证。当时的仁人志士会不会考虑时间问题呢? 我也不知道。但我们从唐人张若虚的《春江花月夜》中已经知道,一千多年前的知识分子对时间问题已经思考得很深很玄,宋真宗时的知识分子对这个问题的思考起码不会比唐人浅。但我估计这一年在大宋百姓心目中,并没有什么特殊的意义,因为耶稣基督诞生一千年与他们的生活实在是风马牛。只是由于我们也采用了基督教的公元纪年,才把这 2000 年闹得热火朝天,好像这是全人类的盛大庆典。如果我们不采用这个西方的纪年法,那么今年也就与去年一样,区别就在于今年生的小孩子属龙,而去年生的小孩子属兔。

再倒回去一千年,也就是耶稣诞生前一年,正是大汉朝的哀帝元寿二年——这里涉及又一个时间问题,公元的第三个千年到底应该从2000年算起呢,还是应该从2001年算起——岁在庚申。这年的四月里发生了日食,人心惶惶,朝中的大臣们借着日食说事,其实是吓唬皇帝,说日食是上天示警,其原因就是皇帝大搞同性恋。哀帝刘欣,当了不到六年皇帝,除了搞了一场轰轰烈烈的同性恋,几乎没干别的事情。这年正月里匈奴单于朝见,哀帝设宴款待,群臣在殿前作陪,群臣之首就是位列三公的大司马,卫将军董贤。董年方二十二岁就位极人臣,匈奴单于感到不可思议。刘欣就为他解释,说别看大司马年轻,但功劳却是大大的。董贤的大功劳就是让皇上开心。他自然是个美貌少年,哀帝爱他爱到了无以复加的程度,甚至当着群臣的面要把天下禅让给董贤,中常侍王闳跳起来反对,这才罢休。同性恋历史上有名的"断袖"典,就是哀帝与董贤的创造。这年的六月,哀帝可能是得了艾滋病,在未央宫驾崩。他一驾崩,小董贤就倒了霉,自杀后下了葬,还让王莽先生派人把尸体扒出来示众。这时候天下已经让这场同性恋闹得乱七八糟——由此可见皇帝跟什么人睡觉的问题首先是政治问题然后才是生理问题——老百姓在死亡线上挣扎,当然也不会有人知道,再过一年,就是公元的元年。这年九月,九岁的刘衎即皇帝位,是为汉平帝,第二年,他改元"元始"。这个年号,从字面上可以解释为公元纪年的开始,这如果不是巧合,就是上帝的安排。

再倒回去一千年,究竟是周的哪个大王当朝,已经无典可查;当时的政治经济情况,史官们也说不清楚。再往前退一千年呢?基本上就是一笔糊涂账了。历史事实与神话传说混杂在一起,"大禹治水"，应该就是那时候发生的事情吧？再往前退一千年，就只能根据从地下挖出来的坛坛罐罐去猜想了。

中国号称有五千年的文明史，在全世界也引为自豪。五千年，相对于一个人的生命，真是够漫长的，但相对于生物进化的历史，相对于地球的形成，相对于宇宙的变迁，只不过是一瞬间。想到此就让人感到心灰意冷。想到人生的短暂，想到人生的不可重复，想到连地球也要灭亡、太阳也要失去光辉，顿时感到一片迷茫。公元一千年值得庆祝吗？公元两千年又有什么特别的意义？你贵为帝王又怎样？你家财万贯又如何？你流芳千古又如何？你遗臭万年又怎样？这些问题实际上早就存在。为了让人们不自杀和不造反，西方和东方，创造了各自的天堂和地狱。有了天堂和地狱，就有了轮回和报应，人的一生就不是一次性的行为，也就是说你可以变幻不同的方式来占有时间，你就不但有今生，而且你还有来世，而来世的好与坏，是与你今生的行为密切相关的。现代科学正在摧毁地狱与天堂，进步固然是进步，但也带来了很多问题，最要命的问题就是让人认识到了人生不可重复，把人生的意义何在这个古老的问题放大在人的面前。

我想人生的意义就在于你是人，就在于你是一个按照奇特的配方用各种无生命的普通物质生产出来的有生命而且有思想并且可以认识自己和周围的环境的个体。相对于那些没构成人的元素，我们真是庆幸，我们真应该狂欢。那就让我们张开双臂拥抱扑面而来的下一个千年吧，尽管想到 3000 年时，我们还是要长叹一声，心中涌起无边的惆怅。

一九九九年十月

国外演讲与名牌内裤

中国作家在国外的所谓演讲,其实多半是自欺欺人。一是外国人对中国文学根本就没有那么大的兴趣,能来三五十人听讲(其中多半还是自己的同胞),已经很不错;有时候来上三五人,你如果还想拿出事先写好的讲稿读一遍,那离神经病也就不远了。最好的办法就是赶快进饭馆,喝着吃着,该说点什么就说点什么。二是中国作家中,就我所熟悉的范围内,给他一个题目立即就能出口成章、言之成理的很少,多半是满嘴拌蒜,把那些说了多少遍的陈词滥调再重复一遍而已。真正的演讲,绝对不能捧着稿子念,应该像列宁那样,把双手解放出来,把头抬起来,用眼睛和脸上丰富的表情和大庭里的广众进行交流。要挥手、叉腰、身体往前探出去,然后再仰起来,要不时地在台上走动,要仿佛是表演,但又没有半点的表演痕迹;要让你的语言像水一样流出来,像火焰一样喷出来,而不是像牙膏一样挤出来。不能有病句,不能啰唆,更不能为了哗众取宠而胡言乱语。要让你语言的内在逻辑力量像万能的触角把听众牢牢地钳住,又不陷入空洞的三段论陷阱。但世界上只有一个列宁,他生了一个硕大的脑袋,脑浆也比常人重几十克。他有钢铁般的意志,有惊人的记忆力,有丰富的学识和天然的逻辑,他往台子上一站,听众(也是观众)立即就被催眠了。列宁,请想想他那模样吧,那是真正的奇人异相,是真正的天才。想学他,怎么可能?公鸡想学老鹰,尽管也能勉强地飞起来,翅膀单薄,屁股下沉,那个狼狈劲儿,还不如说是挣命。我辈在国外的所谓演讲,就像公鸡学飞,飞起来也是一景,但实在是惨不忍睹。通过这事我想到,许多事情是学不会也不能学的。风流不能学,"是大才子自风流";不是风流种子学风流,那是自取灭亡。贵族姿态不能学,袁世凯的二公子袁克定在败家之后,家中只余一个老家人侍候,每天早晨还是要胸挂洁白的餐巾,正襟危坐,左手执叉,右手执刀,切割着桌子上的窝头和咸菜,往嘴里填。暴发户爱镶金牙,土包子好炫名牌。一个作家外边穿了一条名牌裤子,里边穿了一条名牌裤衩,生怕人家看不到,心中难过,眉头一皱,计上心来,将一块白布缝在屁股上,上边写着:内穿名牌裤衩一条,价值三百余元。使用金叉银杯,吃真正的西餐,桌子上摆着鲜花,但还是不像,还是一副小人得志的嘴脸。仅有几个钱,距离贵族还很遥远。要慢慢来,熬过三代之后,到了孙子辈上,贵族气大概就有一点了。那个往屁股上缝帖子的老兄实在是笨,你把名牌裤衩穿在名牌裤子外边不就行了吗?内衣外穿,真正的时髦,领导服装新潮流。要不就把裤腰截短,前露肚脐,后露腚沟,显出名牌裤衩的蕾丝花边——我不知道什么叫蕾丝花边,从许多新潮作家的书里看到,凡名牌必有蕾丝花边。

早年在农村,我一个叔叔当生产队的队长,早晨要早起敲钟,派活,晚上要给那么多社员定工分,鸡一口鸭一口,爹一份娘一份,稍有差池,立马就吵翻了天。但我的叔叔一言九鼎,无论多么难缠的角色都能摆平,真是不容易,真是不得了,把我佩服得不行;当时我就立志:做事要做这样的事,做人要做这样的人。但当我把我的志向向他表白后,他用不屑的目光打量着我说:"就你?三脚踢不出一个屁来还想当队长?知道不?当官首先要有好口才!"反过来说就是"好口才带着三分官"。我叔叔一下子就把我的自信心给瓦解了。后来,为了有朝一日能当个官,我也曾站在树林子里练习演讲,姿态难看,声音难听,连树都羞惭得浑身发抖,叶子哗啦啦响。

我叔叔是土天才,经常在夏夜的打麦场上对着社员发表演讲。天南海北,驴头扯到马腚上,但听起来趣味盎然,不亚于单口相声。一边说还一边把光脊梁拍得啪啪响,估计是拍蚊子。他的口才为什么那样好?他肚子里怎么会有那样多要说的话?他怎么能把话说得滔滔不绝,好像话是从他的嘴里流出来的而不是用脑子想出来的?

因为叔叔的榜样,我从小就对口才好的人十分敬重。我觉得能够滔滔不绝地发表演讲的人都是大人物或者是未来的大人物。当年在农村无书可读,偶然得到了一本共产国际领导人季米特洛夫在德国法西斯的法庭上为自己也是为共产国际所做的陈述和辩护,那犀利的语言锋芒,排山倒海般的语言气势,令我热血澎湃,心驰神往,他的演讲甚至影响了我的小说语言。《三国演义》里夸奖英才时经常使用"辩才无碍"这个词,譬如诸葛亮,譬如秦宓,譬如张松,无一不是雄辩家。"道可道,非常道;名可名,非常名","白马非马"。到了近代,如果想当官,尤其是想当大官,不把嘴皮子练好是不行的。也有例外,几十年前,在大陆的南部边境,发生过一次战争。我看过一个送敢死队上前线的录像:敢死队员们穿着迷彩服,全副武装,个个神色肃穆,远处的小山上枪声不断,硝烟滚滚;这时候,一个军政委,走到队伍前,左手拿着一张稿纸,右手端着一杯酒,念着慷慨激昂的话。我心里想,一个政委,靠耍嘴皮子吃饭的人,在这样的关头,三分钟的讲话,还要念稿,如此之笨,不知道他是怎样混到了这样高的位置——但话又说回来,好口才是天生的,不是练出来的。当年我躲在小树林里背诵着季米特洛夫的词儿练习演说,对着树时,好像也能眉飞色舞抑扬顿挫,但一到了人前,就喉咙发紧,额头冒汗,手足无措,事先想好的词儿忘得干干净净,脑子里一片空白。让一个口才好的人佩服另一个口才好的人不太容易，但像我这样一个笨嘴拙舌而又满心想练好口才当大官的人，见到"辩才无碍"的人没法不佩服。可惜在作家队伍里很少见到这样的人。这样的人哪里去了呢？有人说是当官去了。可我们在电视上看到的那些官的口才也实在是一般般，他们讲的话都是一个调调，毫无幽默感，更没有个人的语言风格。说话流畅不是我心目中的好口才，更不是演说家。真正的演说，每次都是创造，每次都不重复，每次都能说出自己的话，而不是背诵别人的话或是把别人的话改头换面。只能这样说：真正的演说家是天才，而天才不可多得，据说五百年才出一个。让我们等候着大演说家的诞生，也许等得到，多半是等不到。

　　还是回到国外演说这个话题上来，用自己宽容自己的态度。既然受邀出去，总是要说点什么。既然没有即席演讲的才能，事先写好稿子，出去照着念念，也是可以原谅的，总比装哑巴好吧。有人说作家出去代表国家说话，那是瞎扯，那是不知道天高地厚，当然有人要这样想也不是不可以。十几年前，我的一个朋友，刚加入了省作家协会，心中兴奋，坐在火车上，将作协会员证摆在小桌子上，夏天，开着窗，一阵风来，把那东西刮出去了。他急了，想跳窗，被大家拉住。我的朋友，哇哇地哭起来。男儿有泪不轻弹，只因未到伤心处。引得众人前来观看，还以为钱包刮出去了呢。后来有人说：别哭了，回去补一个不就行了嘛。我的朋友说，回去当然可以补一个，但这次人家怎么知道我是一个作家呢？一个白发苍苍的老太太撇着嘴说：年轻人，别哭了。当年托尔斯泰把作协会员证丢了，就在胸前写上"我是作家"四个大字，你也可以照此办理。我明显听出来老太太的讥讽之意，从此出门再也不带作协会员证了。这个老太太给我上了一课，让我明白了许多道理。所以我知道了，有的作家出国可能代表祖国，但我只代表我自己，有时候连自己也代表不了，因为我的话需要翻译给听众，翻译能否把我的话翻译得符合我的本意，只有天知道。既然是

在国外说话,适度地自我吹嘘一点也是可以理解的,因为国外的作家
都有这嗜好,所以我的这些"演讲"里有些话,大家也不必当真。话是
那样说的,但自己能吃几碗米饭还是知道的。一个写小说的,按说不
应该写除了小说之外的其他文字,但迫于人情世故,我也不能免俗。
将"演讲""对谈"之类文字结集出版,是不但庸俗而且肉麻的事情,
比内裤外穿好不到哪里去。从这个意义上说,那个在屁股上贴布条
炫耀名牌内裤的作家虽然不是我,但也可以算是我。

二〇〇一年

我为什么要给网络写文章

网络是个被文人雅士吹嘘得神乎其神的地方,也是个被同样的文人雅士贬斥得一文不值的地方。至于我个人,对于自己不懂或是不太懂的事物,总是出言谨慎,不敢轻易臧否。去年被人强拉去给网上文学做了一次评委,结果惹得网上精英们很不高兴,说:既不上网又不在网上发表文章的人,如何能有资格当网上文学的评委?精英们的批评让我感到口服心服,既不上网又不能在网上发表文章的人的确没有资格当网上文学的评委,就像既不欣赏音乐又不能创作音乐的人没有资格去给音乐比赛当评委一样。

自我检讨之后,一种强烈的自卑感油然而生。"九十年代不上网,就像七十年代不入党。"这比喻听起来很顺耳,但并不贴切。七十年代要入党,除了自己表现积极,服从领导、团结同志之外,关键还要家庭出身好;家庭出身不好,表现得再积极也是白搭,弄不好还会给你戴上一顶"伪装进步"的大帽子。而九十年代的上网,只要家里有台电脑、有根电话线,随时都可以上,一不要写申请,二不要什么人批准,更不须积极表现。但我为什么迟迟不上网呢?因为我对涉及机械、电子之类的东西心怀恐惧,总认为这些东西高深无比,非天才学不会。后来我坐出租车,与司机闲谈起来。司机说,上网比上床还要容易,上床前你还要洗脚刷牙,上网前什么都不需要。他还说,开车比上网还要容易。我问他像我这样的人用一个月的工夫能不能学会开车? 他说:别说是您,把一头猪绑在方向盘前一个月,它也会了。

在这个司机的鼓励下,我终于上了网。上网之后发现,所谓网上文学跟网下文学其实也没有什么根本的区别。如果硬要找出一些区别,那就是:网上的文学比较网下的文学更加随意、更加大胆,换言之,就是更加可以胡说八道。一个能在纸上写作的人,只要不吝惜电话费和网络费,完全可以在网上写作。唱歌跳舞你不会,胡说八道难道你还不会吗? 渐渐地我也知道,大多数的网上文学,都是在网下写了然后贴上去的。因为写作时就知道了要往网上贴,所以这在网下创作的东西,也就具有了网上文学胡说八道——也可以叫作"语不惊人死不休"——的素质。因为有了这些经验,所以当千龙网的浙江才子徐林正让我在他主持的版面上开一个专栏时,我稍微犹豫了一下就答应了。今后,我也可以大言不惭地说:我也是个网络写作者,我已经取得了给网络文学当评委的资格了。

为了证明网下的写作与网上的写作差不多,现在我就把我几年前为自己的散文、随笔集《会唱歌的墙》写的序文贴上来:

  这是我的第一本散文、随笔集,但我更愿意说这是一盘羊杂碎。

  我拿不准收集在一起的这些文章究竟是散文是杂文是随笔还是别的什么鸟玩意儿。想不到这十几年来,除了小说和剧本之外,我还写了这么多胡言乱语。前几年散文、随笔热门时,前后大约有十几家出版社动员我编一本集子,我心里虚得很,不敢应承。因为我想一个人写小说时总是要装模作样或是装神弄鬼,读者不大容易从小说中看到作者的真面貌。但这种或者叫散文或者叫随笔或者叫杂文的鸡零狗碎的小文章,作者写作时往往忘了掩饰,所以就更容易暴露了作者的真面孔。如果是貌比潘安,暴露了正是一件幸事;如果是貌比莫言,暴露了岂不麻烦?人贵有自知之明,我有自知之明。据说写散文、随笔要有思想,我没有思想,有的只是一些粗俗的胡思乱想;据说写散文、随笔要有学问,我没有学问,有的只是一些道听途说的野语村言;据说写散文要有高尚的情操和美好的理想,这两样东西我都没有,有的只是草民的念头和生理性的感受,所以我轻易不敢把这些东西集中起来示众。那么为什么又把它们收集了起来呢?第一个原因当然是因为版税;第二个原因嘛,我想既然说百花齐放那就应该让狗尾巴花也放,既然要百家争鸣就允许乌鸦也鸣。就像我的存在使一直嘲笑我相貌丑陋的那些貌比潘安的男作家更潘安一样,我的散文、随笔集的出版,也会使中国的其他散文、随笔集深刻的显得更深刻,渊博的显得更渊博,高尚的显得更高尚,美好的显得更美好。

——这不过是我的梦想而已。其实在这个年代里,多一本书或是少一本书,就像菜市上多一棵白菜还是少一棵白菜一样,甚至还不如。

写完这《自序》之后,我就开始修正文中的观点。一个人在写小说时装模作样、装神弄鬼,写散文、随笔时何尝不是装模作样、装神弄鬼呢?

小说是虚构的作品,开宗明义就告诉读者:这是编的。

散文、随笔是虚伪的作品,开宗明义告诉读者:这是我的亲身经历!这是真实的历史!这是真实的感情!其实也是编的。

一个爱好嫖娼的男人,偏偏喜欢写一些赞美妻子的文章。

一个当着妓女的女人,照样可以写出歌颂丈夫的文章。

一个在海外混得很惨的人,可以大写自己在美国的辉煌经历,可以写自家的游泳池和后花园,可以写自己被克林顿请到白宫里去喝葡萄酒,希拉里还送给他一件花边内衣。

一个连邓小平骑那匹骡子都没见过的人,在邓小平死去之后,就可以堂而皇之地写回忆文章,回忆在大别山的一条河沟里,自己与敬爱的邓政委在一起洗澡的情景。

一个自己的爹明明只是一个团副的人,在散文、随笔里,就可以把自己的爹不断地提升,一直提升到兵团副司令的高位。吹吧,反正不会有人去查你爹的档案。

一个在成为作家之前明明只是个劣等护士的人,在成了作家之后,在散文、随笔里,就先把自己提拔成护士长,然后提拔成主治医生,最近已经把自己提拔成了给叶利钦总统做心脏搭桥手术的主刀大夫了。下一篇散文就可以写写你给毛泽东主席做白内障手术的事了。你想让读者知道,你当作家是在客串,是很不情愿的,你的最大的才能表现在医学方面。受你的启发,我准备写一篇回忆文章,回忆我少年时参加全地球锄地比赛的情景。那是 1960 年,我五岁,比赛的地点在北大荒,评委有王震将军,有朝鲜的金日成首相,还有越南的胡志明伯伯。比赛开始前,胡伯伯摸着俺的头说:好孩子,好好锄,得了冠军奖给你一个大豆包!

一个明明连《三国志》都读不通的人,照样可以引经据典地写"学术性"的历史文化散文;资料不够,大胆编造就是,越是没影的事儿越是安全。你说苏东坡中过状元那是不行的,但你说苏东坡在海南岛嫖娼谁也挑不出你的毛病。你说托尔斯泰来过你的老家是不行的,但如果你说,你的老爷爷曾经到过俄罗斯,在一个小酒馆里跟托爷爷碰过酒盅子那是可以的。你指名道姓地说一个上海的著名评论家把你誉为比鲁迅还要深刻、比徐志摩还要浪漫、比钱钟书还要博学的伟大文学家那是不行的,但是你说毛里求斯的一个著名的评论家这样评价你是可以的。

前几年有人还批评人家台湾的三毛，说她的那些关于大沙漠的散文是胡编的。我觉得这些人真是迂腐。谁告诉你散文、随笔都是真的？你回头看看几十年来咱们那些著名的散文、随笔，有几篇是真的？大家伙儿都心照不宣地胡编了几十年了，为什么不许人家三毛胡编？

咱家也坦率地承认，咱家那些散文、随笔基本上也是编的。咱家从来没去过什么俄罗斯，但咱家硬写了两篇长达万言的《俄罗斯散记》。咱家写俄罗斯草原，写俄罗斯边城，写俄罗斯少女，写俄罗斯奶牛，写俄罗斯电影院里放映中国的《地道战》，写俄罗斯小贩在自由市场上倒卖微型原子弹。咱家的经验是，越是没影的事，越是容易写得绘声绘色。写时你千万别心虚，你要想到，越是那些所谓的散文、随笔大师的作品，越是他娘的胡扯大胆。天下的巧事儿怎么可能都让他碰到了呢？如果你经常地翻翻那本十分畅销的《读者文摘》，你就会明白，那些感人至深的写"亲身经历"的文章，其实都是克隆文。

还有那些"访谈录""自传""传记""日记"，我劝大家都把它们当成三流小说来读，谁如果拿它们当了真，谁就上了作者的当。

短短的上网经验使我体会到，人一上网，马上就变得厚颜无耻，马上就变得胆大包天。我之所以答应在千龙网上开专栏，就是要借助网络厚颜无耻地吹捧自己，就是要借助网络胆大包天地批评别人。当然我也知道，下了网后，这些吹捧和批评就会像屁一样消散——连屁都不如。

二〇〇〇年六月十五日

郁达夫的遗骨

去年夏天，千龙网站（www.21dnn.com）与在中国现代文学史上占有一席之地的浙江籍作家郁达夫先生故里的一所中学联合发起了一个寻找郁达夫遗骨的活动，一时间网上万帖飞动，许多文章竟然把寻找二战期间在东南亚被日本宪兵杀害的郁达夫先生的遗骨与东芝笔记本电脑的索赔问题联系在一起，明显地表现出一种缺乏理智的情绪，俨然要掀起一场仇日运动。我应邀写了这篇文章，表明了自己的态度。文章在网上发表后，立即遭到了乱帖轰击。那些狂热的网友认为，写这篇文章的人是个汉奸，这篇文章自然也就是汉奸文章。

郁达夫先生最为人知的作品当属他的小说《沉沦》和《迟桂花》，因为这两部作品总是被各种选本选中。很多人都说他的旧体诗写得好，包括郭沫若，包括李敖。但我知道的只有"曾因酒醉鞭名马，更怕情多累美人"这差不多成了经典的两句。

从上述的作品看，达夫先生是个有几分颓废、有几分伤感、有几分肉欲，甚至还有几分堕落的人。他在当时敢冒着天下的大不韪，把自家精神的痛苦、性的苦闷都暴露出来，这需要非凡的勇气和敢于向整个社会挑战的力量。文章一发,自然在文坛乃至社会上引起了强烈的轰动,连许多号称新潮的作家都对他侧目而视。当然,他的那些以暴露闻名的小说放在今天来看实在是太温柔了,他也不过是含含糊糊地写了男子的自渎,今天的小说可是把生活中有的和生活中未有的有关性的事情都操练了,社会乃至文学的进步于此可见一斑。达夫先生因为写了那样的小说,在当时是被正人君子们骂为"堕落分子"的,当然用今天的眼光看他不但不堕落,而且还十分的健康进步。

其实,达夫先生不仅能写那种青春小说和艳情诗,他还能写华美流利、气韵生动的散文,他通晓日、德、英文,当然也能翻译外国的小说。他在追悼鲁迅的文章里这样写:"没有伟大的人物出现的民族,是世界上最可怜的生物之群;有了伟大的人物,而不知拥护、爱戴、崇仰的国家,是没有希望的奴隶之邦。"他在怀念徐志摩的文章中写道:"文人之中,有两种人最可以羡慕。一种是像高尔基一样,活到六七十岁,而能写许多有声有色回忆文的老寿星,其他的一种是如叶赛宁一样的光芒还没有吐尽的天才夭折者。前者可以写许多文学史上所不载的文坛起伏的经历,他个人就是一部纵的文学史。后者则可以要求每个同时代的人都写一篇吊他哀他或评他骂他的文字,而成为一部横的放大的文苑传。"多么睿智,多么深刻,都可以成为警句流传,哪里去寻找一丝颓唐、堕落的气息?

回顾二十世纪二三十年代的文坛,几乎可以说是浙江人的天下(现今的文坛也一半是浙江人的天下了)。周氏兄弟、徐志摩、茅盾、郁达夫、李叔同、丰子恺……现代文学史上最革命的作家、最反动的作家、最颓废的作家、最超脱的作家、最风流的作家、最浪漫的作家,当然也有最无耻的作家,都是浙江人。而且他们几乎都是留日的,即使没在日本留过学,也是在日本待过的。在日本大举侵略中国之前,他们对日本都是很有感情的。鲁迅有他的藤野严九郎,周作人有他的羽太信子,连徐志摩这个留西洋的,在日本过了一趟,也留下了"最是那一低头的温柔,像一朵水莲花不胜凉风的娇羞"这样的多情诗篇。无法知道郁达夫在日本有没有好友,但我相信在日本发动侵华战争之前,他在日本喝着清酒的时候,未必就对日本人乃至日本民族没有好感。但他最终还是被日本宪兵用手扼住喉咙窒息而死。

其实早在鲁迅、郁达夫等人留学日本之前,日本就是中国旧民主主义革命的干部训练基地。孙中山他们那一拨就不用说了,更早的还有康有为和梁启超,也都是看事不好,拔腿就跑。往哪里跑?往日本跑。后来的徐锡麟、秋瑾、邹容、陈天华、黄兴……这些打黑枪的、扔炸弹的、跳大海的、剪小辫的……总之是几乎所有的跟大清朝做对头的,几乎都是在日本洗了脑筋受了训练,包括后来的蒋介石、汪精卫、周恩来这些人,也都在日本学到了各自需要的东西,回到中国后成了历史舞台上的风云人物。再后来的郭沫若、茅盾等人,也是一遭通缉或是一有失意就东渡扶桑,而且总是能在那边弄出点浪漫故事来。那么,起码是在这些时候,日本人里还是有许多的好人,日本这个国家还是有许多可爱的地方。但很快,日本人就打到中国来了。我相信,日本侵略中国,日本军队在中国烧杀奸淫,会让上述那些在日本留过学或是居住过的中国人心中百感交集,包括郁达夫。

近年来我结识了不少日本朋友,去年也曾经去日本住了十几天。面对着彬彬有礼的日本男人,面对着"最是那一低头的温柔"的日本女人,我总觉得那些在中国无恶不作的日本兵不是从这个岛国上出去的。但事实上他们就是我们今天见到的那些彬彬有礼的日本男人和温柔的日本女人的父辈,抑或那个在大街上踽踽独行的面孔慈祥的老人就是一个当年的军曹。怎么会是这样呢?想来想去,我的结论是,当年那批日本士兵,是战争这个特殊环境的产物。特殊的环境需要特殊的人物,也造就出特殊的人物;特殊的环境能把人变成野兽,在一个吃人的环境里,如果你不参加吃人的活动,很可能就要被人吃掉,甚至是被自己的同志吃掉。这不是民族的问题,更不是人种的问题。这是政治家的问题，不是老百姓的问题。士兵在成为士兵之前，都是善良的老百姓。就是这些在战争的环境中丧失了人性、成了宪兵的日本老百姓，用手扼住了郁达夫的咽喉，使他窒息而死。

现在，达夫先生的子女们回忆父亲惨遭杀害的情景，表达了对日本侵略者的深仇大恨，这是正义的感情；达夫先生故里的中学生通过千龙网发起了一个在全球范围内寻找达夫先生遗骨的运动，这毫无疑义是一个充满了爱国主义色彩的教育运动，同时也是一个表达对家乡伟人景仰之情的、充满了乡土自豪感的爱乡教育运动。但窃以为不能借这件事煽动一种偏狭的民族主义情绪，似乎过去的、现在的、所有的日本人没有一个好东西，因为这样就丧失了这件事情的意义，甚至会走向事物的反面。我承认日本人里有坏人，但我并不认为日本人里边的坏人就比中国人里边的坏人多。是的，他们的宪兵扼死了我们的作家郁达夫；但是，在我们的文化大革命时期，我们的公安不是也用利刃切断了张志新的喉管然后才执行枪毙吗？我们湖南、广西等地的部分地区的"革命群众"不是也疯狂地杀戮甚至煮食了所谓的"阶级敌人"，更甚至连吃奶的孩童也不放过吗？我不知道那个用手扼死郁达夫的日本宪兵和那位用刀切断张志新喉管的中国公安哪个更好一点，我也不知道那些在战争时期残杀中国人的日本士兵和那些在"文革"时期残杀自己同乡的中国"革命群众"哪些更坏一些。我认为我们应该痛恨的是战争和发动战争的人，以及至今还不承认有过这样一场侵略战争的人。寻找遗骨就是寻找遗骨，与日本的善良百姓无关，更与东芝笔记本的索赔无关。

二〇〇〇年六月

发生在"国家哀悼日"的两件小事

国家哀悼日①,神州大地,沉浸在悲痛之中。湖北一家媒体让我发表感想,我说:"当我看到五星红旗从旗杆上缓缓下落时,当我听到汽笛和警报从四面八方响起时,当我从电视上看到许许多多的人聚集在许多地方,低垂下头,为死难者默哀时,我的心在颤抖,我的眼睛饱含着泪水。但我同时也感到发自内心的欣慰。因为这是中国历史上,第一次为普通的死难者,用最庄严、最隆重的方式,表示最沉痛的哀悼。这是巨大的进步,是执政党的进步也是人民的进步。灾难已经过去,死者不能复生,但这沉痛的代价,换来了一个国家民主和人本意识的觉醒,换来了世界的尊重和认同。"

关于设立国家哀悼日的意义及大家在此期间的心情,各种媒体上连篇累牍,无须重复。我在这篇短文中想说的,是发生在这期间的两件小事。

5 月 21 日,在北京平安里附近,一男性老者,醉卧街头。一中年女

---

① 为表达全国各族人民对"5·12 汶川地震"遇难同胞的深切哀悼,国务院决定 2008 年 5 月 19 日至 21 日为全国哀悼日。

士以"国家哀悼日,万众沉痛,你竟醉酒"为由,厉声谴责。醉者不为所动,行状依旧。女士乃手机报警。俄顷,警车至,将醉汉强行带走。

同样是 5 月 21 日,下午 3 点,某学院几位大学二年级学生,在琴房弹琴,排练"红五月"里将上演的节目。该校学生处一年轻女士突至,声色俱厉,对学生们公然在国家哀悼日娱乐的行为予以痛斥。学生们辩解她们的活动不是"娱乐",女士更加愤怒,言辞更加凌厉。系辅导员闻讯赶至,做了自我批评,让学生们也做了检查,并向该女士道歉。但该女士不依不饶,上纲上线,非要学生们写下名字,上报学校。辅导员让学生们回去,并对该女士说,系里会对参加这次排练活动的学生严肃批评。该女士追到辅导员办公室,严令交出学生名单,辅导员坚持没交。

那个被带到警局去的醉汉和那位辅导员以及她的学生们将会受到什么处理我们不去管了。但这两件事让我心绪难平。在国家哀悼日醉酒固然不妥,但似乎也用不着动用警车弄到局子里去吧?学生们在国家哀悼日排练节目当然也有不妥之处,但也用不着罗织罪名,上纲上线,在学生认错、道歉之后依然揪着不放,非要弄到学院里去不可吧?男子也许是出于内心沉痛过饮而醉吧?学生们年轻无知,没有意识到排练节目也是"娱乐活动",但是否也有积极的一面?我相信她们也为灾区捐了款,也为死难者流了泪。她们的行为顶多是考虑不周,婉言制止也就罢了;批评几句,也属正常;何必采取如此暴烈的态度!我相信这两位女士都不是历次政治运动中那种抢占了道德高地便欲置人于死地的可怕的"积极分子",我相信她们的本意也是善良的。但得理之后能不能稍微地让点人?能不能不把别人想得那么坏?能不能换个位置想想:假如那醉汉是你的父亲,假如那几个学生是你的女儿,你还会这样吗?

二○○八年

打 人 者 说

　　题目是《打人者说》,其意为:凡打人者,总是有许多的话要说。首先要对被打者说,说"我"——或是"我们"——更多的时候是"我们",为什么要打"你",抑或是"你们"。凡打人者,之所以打人,总是首先要占领一个道德的高地,于是义正词严,举拳有理。一般情况下,被打者是没有权利、也没有机会为自己申辩的,因为,一旦当象征着正义或代表着正义的拳头高高地举起来时,道德审判的工作已经完成。接下来进行的就是正义的报复。我们在我们的历史上以及在我们的现实生活中,已经见惯了这种正剧——即便是惨剧,我们也只能当作正剧看。我们在从小接受的教育中,已经把这样的惨剧当成公道和天理。这公道和天理的根本依据就是:杀人者偿命,作恶者受罚。于是,我们把人施之于他人肉体的暴力,当成了天道的报应。于是,我们不仅习惯于棍棒施之于肉体,我们还习惯于拳脚施之于妇婴,我们还习惯于那些天才狱卒们的发明——从腰斩到凌迟,从剥皮剜眼点天灯到枪筒戳肋骨到头顶上放爆竹,因为这一切,都是假借了正义和天道。关于人跟动物的根本区别,有种种或庄或谐的判断。但我要说:人与动物的根本区别在于,人可以对同类施以酷刑——

以上这些漫无边际的感慨,都是因为不久前我去怀柔的一个画室,看了中央美术学院毕建勋教授一幅巨大的中国画而生发。这幅画长约六米,高约三米,画面上有一百多人,有两个人在痛打一个躺在地上的人,其余都是身份各异、年龄不同、表情万端的围观者。这幅画作的题目就叫《打人》。刚开始我以为是幅油画,但问过之后知道是幅国画,是使用中国水墨中国纸张画成的中国人物画,这些对我来说都无关紧要,对我有意义的是这幅巨作所产生的力量。画家问过我的感受,我说:震撼!又问,还是震撼。这震撼当然与画作的尺幅有关,但不是最重要的,最重要的是这幅画作所表现出的被我们司空见惯了的场景,实际上成了一面巨大的镜子。这镜子照出的是人心,是我们已经麻木的灵魂。

我对画家说,我已经活了五十五岁,童年时曾经挨过很多次打,父母打过,老师打过,村里的同伴打过,村里的干部打过,也曾差点被北京胡同里的女人打过,但我除了打过女儿一次,从来没有打过人。即便是打女儿那一次,也是我心中难以逝去的痛,想起来便感到深深的罪疚。但这能否说明我就是一个好人呢?能否说明我是一个善良的人呢?不能!因为我看过无数次打人,当然都是以革命的名义打坏人,当然都是以正义的名义打恶人。当我看到那些据说是曾经残酷地剥削过、迫害过贫农的地主被吊在梁头施以酷刑时,当我看到集市上的小偷被群众顷刻之间打得血肉模糊时,我的心中产生过不忍,但我并没有认为这样的行为是不人道的,即便我心中觉悟到就是真正的罪犯群众也没权力对其施以酷刑和肉体打击时,我也没有胆量跳出来为被打者说一句话。这幅巨作上那些旁观者,其实就是我,其实就是我们。

旁观者是我们,打人者会不会也是我们?其实,只要做了旁观者,完全可能成为打人者。我,也许是我们,每个人的内心深处都藏着一个打人者。当我们遭受到不白之冤时,当我们蒙受了奇耻大辱时,当我们遭受了不白之冤蒙受了奇耻大辱而又没有力量报复时,我们的心中,是否想象过一个对那些恶人施以暴力的场景?你们也许没有,但我有。几年前当北京胡同里那个蛮不讲理的女人无端地欺辱了我和家人时,我想象过对这个女人施以酷刑的场面;不久前当我看到那个河南的农民被警察屈打成招判处无期徒刑服刑若干年后因为"死"者竟又活着出现终致冤情大白的案例后,我就想象过对那些刑讯逼供的警察施以同样的酷刑,这样的冤冤相报是人世间循环上演的戏剧,符合多数人的心理。据此我说,尽管我们从来没有打人,尽管我们今生也不会打人,但这幅题名《打人》的巨作却与我们每个人有关,因为我们都在精神上打过人,并有可能成为真正的打人者。

当然,我们也很有可能成为被打者。当所有的人都认为施恶者挨打是天道时,那么,天道就是一张施恶的遮羞布。当强者对弱者举起拳头时,完全可以把被打者说成是杀人犯强奸犯纵火犯,没有人去深究被打者是不是真的有罪。就这样,许多无辜的人,都被当成恶人打了,或者被打死了。人,一旦可以打人,不管出于什么理由,就说明人还不是真正的人。人,一旦可以打人,不管你打的是什么人,你距离野兽就很近。其实,这个地球上,真正的猛兽不是老虎也不是狮子,而是人。人可以成为天使,也可以成为魔鬼。人心可以是天堂,也可以是地狱。所谓六道轮回,其实都在人心中,一念之差,此身已堕入地狱。拳头举起来,灵魂沉下去。这些意思,画家已经用他的画面,向我们表露得十分清楚。

当年,鲁迅用他的笔,揭露了"看客"心理。有人说这是中国人的劣根性,其实,这不独是中国人的劣根性,而是全人类的劣根性。我的小说《檀香刑》是受鲁迅对看客心理的批判启发而作。我想到,看客之外,还有施刑者与受刑者,这三者之外还有导演,四方合一,方能构成一台大戏。于是我写了刽子手,写了罪犯,也写了施刑的场面。有些人对这部小说中的"残酷描写"多有批评,但我想,酷刑也是一面镜子,会照出各种嘴脸,当我们从中看到自己的狰狞嘴脸时,是需要一点勇气才敢于承认那就是"我"的。毕教授的画作《打人》与我的拙作《檀香刑》多有暗合之处,只不过画面的力量较之文字的力量更为直接。我不敢说自己已经看懂了毕教授的画,但起码是,从毕教授的画里,我看到了我自己。

似乎仅仅用画笔还不足以将心中的话表现出来,毕教授与他的研究生盛华厚,又合作了与《打人》这幅画密切关联的诗剧《打人》。我认真地读了这诗剧,深受感动。尤其是尾声部分,几乎是泣血锥心,像一个传教者,为了把爱灌输到荒凉的人心而顿足悲号。看到这里,我似乎懂了,毕教授画《打人》,不仅仅是要用这种巨幅画面警醒世人,而是要唤醒人心中沉睡的爱,对他人的爱,对自己的爱,也是对人类的爱。爱是《打人》的唯一主题。

我挚爱的人啊/你们自己把自身摧残至此/你把我摧残至此/你把你摧残至此/那无处不在的摧残/就是我的悯人悲天/别再让我痛苦万般

这样的超越了阶级、种族甚至善恶的对人的爱,是上帝的胸怀。这样的爱从来没被实行过,今后也不可能被实行,但这样的爱是存在的,这也是上帝存在的理由和标志。

二〇一〇年八月二十一日

问候朋友

　　我,莫言,一个很笨的家伙,老家伙。多年前我给一个公司打电话,听到接线生说:莫老头儿! 当时我还不高兴,训了她一顿。现在,走到街上,戴红领巾的小孩儿,都喊我爷爷了。童言无欺,知道岁月无情,真的是老头了。老了就该老实在家待着。可是,我去新浪接受采访,为了一本名叫《蛙》的新书。我进门刚刚坐定,一个小伙子,就拿着一张白纸,白纸上有黑字,很小,我看不清。他说:莫老师,我给你开通了博客,还有微博。我说博客我知道,可什么叫微博? 于是他告诉了我什么叫微博。他要把我的手机和微博捆绑起来,我说,不,一听到捆绑我就害怕。小时候,被人家捆绑怕了。

　　回家吃饭,就有人电话,说你也开博了啊。我说你怎么知道的。想想真可怕,这才多大一会儿,就很多人知道了。而且,那人告诉我,要开,就要写,否则,人家要骂的。我这才明白,上了新浪那个小家伙的当了。博客,基本上是条那个船。上去容易,下来,就要挨骂。我联想到,多年前,王朔马未都等爷,成立"海马影视中心",发展会员,谁要被他们相中了,如果不参加,他们就会登报把这个人开除。吓得我们,纷纷参加。这个博客,当然比"海马影视中心"文明。

　　我想,就先写一篇吧,不知道博文,是不是可以这样写。感谢朋友,我很懒惰,看电脑久了头晕,也不会复杂操作,如果久不更新,还望大家原谅啊! 圣诞节,我祝您花好月圆。今天农历初几? 有月亮吗? 不知道,花好月圆,就是个意思了。

二〇〇九年十二月二十四日

博 文 二 篇

一

昨日去石家庄。上午在河北师大"演讲"。之所以用引号,是我怕糟蹋了这词儿。音乐学院礼堂没有暖气,初进去冷,一会儿,人气飙升,竟不冷了。先是由两个学生,一男一女,朗读《蛙》第五部第四幕。他们拿到书不过几个小时,竟然读得声情并茂,引起台下一阵阵笑声。

下午去市新华书店签售。省电视台《高端访谈》主持人克岩在那里帮我"忽悠",好小伙子,口音颇似我的好友燕升贤弟。克岩从读者中随便"揪出"两男两女,让他们扮演《蛙》中人物,捧书朗读,竟然也是带着腔调和表演的。石家庄虽然是个庄,但人民群众的艺术素养很高啊。钦佩,并不仅仅因为他们读了我的书。

听说河北文坛"三驾马车"(承德何申、保定谈歌、唐山关仁山)在河北文学馆举办书画联展,很想去学习,但可惜没有时间。便电话约他们晚上吃饭。仁山与谈歌已经登上去北京的列车,何申兄答应参加。

我是从河北保定走上文学之路的。我的处女作和后边的四篇小说,都是发表在保定市的文学双月刊《莲池》上——关于我与河北文坛的关系,以后得空再聊——我对"三驾马车"怀有兄弟般的情谊。

晚宴在"保定会馆"进行。我去时何申兄已到。天冷,喝了三坛绍兴花雕。菜肴丰盛。可惜没有我多年前吃过的保定名吃"马家老鸡"。有驴肉火烧,但似乎也不是当年的味道了。

席间为"三驾马车"签赠新作《蛙》。恶习不改,好炫"文采"。

为何申兄题对:莫言诗酒　何申雅怀

为谈歌兄题对:高谈闵仲叔　长歌李太白

为关仁山题对:雄关真胜景　仁山古画图

("高谈闵仲叔"乃唐人诗句,"仁山古画图"乃吾乡先贤翟云升句。)

吾村野之人,不懂平仄,不通韵律,能做到押韵对仗而已,所谓题对,须在前面加上"打油"二字,以免方家嗤笑。

今天上午去赵州看桥。阳光灿烂,天气干冷。桥下结了厚冰,站在冰上,仰望桥拱,那流畅的线条优美至极。一千四百年前,祖先就造出了这样的桥。世界上许多名桥,都是这座桥的子孙。

看过桥去拜柏林寺,拜过寺直奔火车站。登上 12:14 的动车组,到北京西站 14:14,但搭上出租车回到家,竟然费了一个多小时。

二〇〇七年十二月二十七日

二

上篇说到在石家庄为"三驾马车"题对事,这篇回忆一下与此话题相关的几件事。

一是大约五年前,跟随王干先生去扬州参观,某天早晨去富春茶社吃早餐。此茶社历史悠久,很多高人韵士在那里吃过喝过,留下了一些题词。这茶社有著名的"四季宴席",还有用黄山毛峰、浙江龙井、江苏碧螺春三种名茶配制成的自家茶叶,味道非比寻常。饭后,茶社主人让我等题字,我写的是:

> 两代名厨四季宴
> 一江春水三省茶

此次扬州之行,另有多首打油诗作,在此不录。
还曾为湖北宜昌市题过一联:

> 上溯巴蜀通文脉
> 下探吴越得商机

前不久去杭州,在保俶塔下"纯真年代"茶馆喝茶。此馆乃浙江文学院院长盛子潮夫人朱锦绣所开。盛夫人铺纸倒墨,命余题字。略加思索,草成一联并以左手书之:

> 楼上观锦绣
> 湖中弄子潮

子潮兄对联中"弄"字颇有看法,三杯酒后,期期艾艾,似乎受了莫大委屈。余告之:此"弄"乃"弄潮儿"之弄,不要做非分之想。盛兄对我的解释,似乎不愿认可。
今日想起此联,确有令人产生不雅联想之嫌,索性改成:

> 看山揽锦绣

望湖问子潮

"揽锦绣"者,自然是子潮;"问子潮"者,当然是锦绣。这样一改,子潮兄舒坦了吧?

改日得空,当书于宣,加盖图章,然后快寄过去,借以报答一饭之恩。至于那幅含有"弄"字的,或毁或存,盛兄自便了。

又:多年前在深圳遇杨争光兄,谈论起书法、古典诗词等话题。杨兄曰:人若迷上这些,就说明已入酸腐冬烘之境。今日思之,其言不谬也。今后我当努力自新,追求上进,从封建主义的腐朽情调中挣脱出来,在写小说的同时,学习着写写新诗,但只怕刚从封建主义的泥潭里挣扎出来,又一头栽进了资产阶级或小资产阶级的陷阱。要成为一个无产阶级诗人,像马雅可夫斯基那样,挥舞着手枪朗诵,真是不容易啊。

二〇一〇年三月

龙 泉 问 祖

　　据《高密管氏宗谱》载，高密管氏，系浙江龙泉管师仁之后裔。师仁祖是宋熙宁六年进士，官至礼部尚书、同知枢密院事。多年来一直想找机会去龙泉看看，但一直没有成行。8月27日至29日，龙泉三日，攀白云岩，登石马岗，访后甸村管氏聚居地，终于了却了多年心愿。白云岩是师仁祖堂弟师复祖隐居读书处。师复祖淡泊名利，皇帝招他做官，他写诗婉拒。其中两句："满坞白云耕不尽，一潭明月钓无痕。"此岩极高，有崎岖山路通上。吾虽脚痛，但还是努力登攀上去。石马岗则是高密谱牒中所载管氏先祖从江苏辗转迁来时的落脚地，但据龙泉同族说，管氏先祖在石马岗居住不久，就迁到山下平川距城五里之后甸村。后甸村是一处大村落，后来因城建而搬迁。管氏大屋原有一大片房子，如今只余一间大殿，内部供奉着师仁、师复祖的塑像。据当地官员讲，此地将建"管师仁公园"。同族人邀我为师仁、师复祖供奉殿题写匾额"急公好义"，龙泉诸友多有要我写字者，我虽知字丑难登大雅之堂，但朋友们似乎都很恳切，也就一一答应。因马上要去青岛开会，昨日在饭桌上铺毡挥毫，一气写了数十幅。贴上几幅，供朋友们一笑。

二〇一〇年九月一日

第二辑

漫谈十七年文学中的爱情描写[*]

十岁那年,我升入四年级,因为私下里骂学校像监狱、老师像奴隶主、班干部像老师的狗腿子而被同学告发。老师大怒,在班里组织了一个严肃的批判大会,让每个同学发言批判我。有一个特别漂亮、平日里我还对她想入非非的女同学发言发不出来,满面赤红,上前扇了我一个耳光,表示了她对我的反动言论的愤恨。我那时胆子很小,喜欢哭,从批判会一开始我就哭,起初是不出声地哭,等到那个漂亮的女同学扇我耳光后就放声大哭。老师说:"你不要用这种方式来对抗,哭也不行!"他这一吓唬我更哭,实在没法子把会开下去,老师就把同学们放了。老师解下我的裤腰带把我拴在教室后边他的床腿上,他自己站在讲台上,用他那副让我们村子里的男孩子羡慕不已的高级弹弓打我的活靶。我心里希望他能打我一顿,然后就把这件事情了结,但这家伙,打了我的活靶还不算完,竟然又把这点子事当作一个政治事件汇报到学校里去。学校领导非常重视,又往上不知报

---

    * 本文是作者在解放军艺术学院文学系学习时的当代文学课考试答卷,原题为《漫谈我国当代文学的成就及其经验教训》;现题目为编者所加。——编者注

到了哪一级,最后是召开全校大会,宣布给我一个严重警告处分。

背上处分后,心情十分沉重,见了人就感到抬不起头来。为了立功赎罪,我每天凌晨就跑到田野里将来麦苗给老师喂兔子(那麦苗的青涩的气味和兔子窝里热烘烘的臭气至今还在我的唇边缭绕)。老师是个高个子,眼睛很大,脖子很长,满脸粉刺。他对女生特别好,对男生不好,对相貌丑陋的男生尤其是对我特别的不好。我之所以口出反动言论,与老师的重女轻男、以貌取人有直接的关系,也与刚看了一部反映西藏生活的影片《农奴》有关系,要不然像我这种傻瓜一样的农村小孩,除了见过横行霸道的村干部,哪里知道什么奴隶主啊!

老师在教室的后边垒了一个兔子窝,养了两只咖啡色的兔子,他的床就架在兔子窝的旁边。老师的兔子都认识我了,一见到我就站起来用爪子挠铁门子。后来,两只兔子中的一只生了一窝小兔子。为了侍候母兔子坐月子,我从家里偷来豆子和萝卜给它加营养。等到小兔子能够独立生活时,我把它们背到集上,卖了十元钱交给老师。老师收到钱时,眼睛里放出光来,连声说:"太好了,太好了!"

因为兔子,老师对我的印象开始好转。原先他看到我时那眼神冷得像冰,自从卖了小兔子之后,他看我时眼睛有了一些热情。要说这位老师,厉害确实是厉害,但在当时的农村小学里他就是一个难得的好教师了。他的身材和相貌不赖,身体上经常散发出肥皂的气味,衣服也穿得板正。这些还是次要的,重要的是我们这位老师很爱学习,脑子里有学问,肚子里有墨水。我每次去喂兔子,不管是什么时候,只要老师在那里,一定就是在读书。有时躺在床上读,有时坐在桌子前面读。有一天,趁他不在时,我大着胆儿,把反扣在枕头上的一本书拿起来一看,立即就摘不下眼睛来了。我像小偷一样地匆匆地翻阅着那本书——章回体的《吕梁英雄传》。老师不知啥时回来了,瞪大眼睛看着我,他的眼睛本来就大,外号就叫于大眼。我拘谨

地站在他的面前,浑身打着哆嗦,不知道他又要用什么样的办法来修理我呢。但是我的老师对我说:

"管谟业,根据你这三个月来的表现,经过校委会讨论,决定撤销了给你的警告处分。从今之后,你就是一个没有问题的学生了。"

我感到鼻子一酸,眼泪哗哗地流了下来。老师看到我翻过他的书,就问我:

"你还愿意读书?"

我说是的,我太愿意读书了。

老师说,这本书不好,这本书里有许多不健康的描写,小孩子读不太合适,过两天我借给你几本好看的、健康的。

老师说话算话,几天后,他就借给我一本《踏平东海万顷浪》,看完了这本他又借给我一本《红旗插上大门岛》。以后,在不到半年的时间内,他那几十本藏书就让我看完了。这时候,我跟老师成了特别要好的朋友,我感到老师比我的爹娘还要亲,无论老师让我去干什么我都不会犹豫,帮老师干活我感到格外的幸福。老师对我也很够意思,我把他的藏书看完之后,他就帮我去借,在那将近两年的时间里,"文革"前出版的那几十本有名的长篇小说,都让我看了。遗憾的是这位老师后来自尽了。

那天早晨,我去喂兔子,一进门,就看到老师高大的身体悬挂在教室的梁头上,吓得我屁滚尿流,咧开大嘴就哭起来。老师为什么死,不知道。他在黑板上写了三个大字:

我痛苦!

老师的死被大家议论了好久,最后得出一个结论,说老师是被小说害死了,一个人,不应该念那样多的书。前几年我回去探家,碰到当年那个扇我耳刮子的漂亮女同学,谈起老师的死,她说老师与我们班的某某同学谈恋爱,女生怀了孕,把我们的老师吓死了。

在那段时间里,我读了那么多革命的书籍,当时受到的教育肯定是很大。当时读书,就像一个饿急了的人,囫囵吞枣,来不及细读,年头一多,书中的情节大都忘记了,但书中有关男女情爱的情节,却一个都没忘记。譬如《吕梁英雄传》中地主家的儿媳妇勾引那个小伙子的描写,地主和儿媳妇爬灰的情节;《林海雪原》中解放军小分队的卫生员白茹给英俊的参谋长少剑波送松子、少剑波在威虎山的雪地里说胡话的情节;《烈火金刚》中大麻子丁尚武与卫生员林丽在月下亲吻,丁尚武的"脑袋涨得如柳斗一般大";《红旗谱》里的运涛和老驴头家的闺女春兰在看瓜棚子里掰指头儿;《三家巷》里区桃和周炳在小阁楼里画像;《青春之歌》里林道静雪夜留江华住宿;《野火春风斗古城》里杨晓冬和银环逃脱了危难拥抱在一起亲热之后,银环摸着杨晓冬的胡茬子的感叹;《山乡巨变》里盛淑君和一个小伙子在月下做了一个"吕"字;《踏平东海万顷浪》中的雷震林和那个女扮男装的高山伤感的恋爱;《苦菜花》中杏莉和德强为了逃避鬼子假扮夫妻,王长锁和杏莉妈的艰涩的偷情,特务官少尼对杏莉妈的凌辱,花子和老起的"野花开放",八路军的英雄排长王东海拒绝了卫生队长白芸的求爱而爱上了抱着一棵大白菜和一个孩子的寡妇花子……

这些小说,都是在将近二十年前读过的,之后也没有重读,但这些有关性爱的描写却至今记忆犹新。这除了说明爱情的力量巨大之外,还说明了在"文革"前的十七年里,在长篇小说取得的辉煌成就里,关于男女情爱的描写,的确是这辉煌成就的一个组成部分。

在十七年的长篇小说中,我认为写得最真的部分就是关于爱情的部分,因为作家在写到这些部分时,运用的是自己的思想而不是社会的思想。一般说来,作家们在描写爱情的时候,他们部分地、暂时地忘记了自己的阶级性,忘记了政治,投入了自己的美好感情,自然地描写了人类的美好感情。

十七年的长篇小说中故事各异,但思想只有一个,作家只是在努力地诠释着什么。但他们在占了篇幅很少的爱情描写中,忘记了阐释领袖思想,所以这些章节我认为实际上代表着作家们残存的个性。所以如我们上面列举的那些爱情片段,就显得异彩纷呈,非同一般。

如丁尚武与林丽的爱情,就写得爽朗潇洒,不同凡响。这是美女爱英雄的典型,丁尚武一脸的大麻子,刺人的小眼睛,而林丽是天生丽质,多愁多病的身。两家还有血海深仇,丁尚武一直不用正眼看人家林丽,还老是当着人家的面磨他那把大刀片子。当年我读这本书时,杀死我也想不到林丽竟然会爱上丁尚武,但人家就是爱上了。当我看到林丽在月光下向丁尚武这个粗鲁丑陋的家伙袒露情怀时,我的心里真是难过极了。我替林丽遗憾,应该去爱史更新史大侠呀!但人家偏偏不爱史大侠,人家就爱丁大麻子。现在回头想起来,这个作家真是会写爱情,如果让林丽和史大侠谈情说爱,那就没劲了。

白茹对少剑波的爱情,也是女追男。那种多情少女的微妙细腻的心态,写了整整一章,标题就叫"白茹的心"。少剑波起初还假正经,可能是重任在肩,生怕误事;但打下威虎山之后,这老兄也顶不住了,站在雪地里,说了不少梦话。当年我是一个少年、我姐姐是一个大姑娘,因为她的文化低,看书有困难,让我给她读这两个章节,在我母亲做针线的油灯下。我害羞,不给她读。她生了气,说她牺牲了自己,不上学,出大力挣工分,养活我们,让我们读书识字,可让我给她读小说我都不愿意,实在是忘恩负义。我母亲也帮着我姐姐批评我。我就说,娘啊,您不知道她让我读的是什么东西!母亲说,什么东西?连你都读得,你姐姐比你大许多,反倒听不得了?读!于是我就说,读就读,但是中了流毒别怨我。我就给我姐姐读"白茹的心",听得我姐姐眼泪汪汪,听得我母亲忘了手中的针线活儿。我母亲就说起了当年在我家驻扎过的游击队里那些军官和那些女兵的故事。说男的如何的有才,吹拉弹唱样样行,写就写画就画;那些女的个个好看,留着二刀毛,腰里扎着牛皮带,挂着小手枪,走起来像小鹿似的。我以为母亲说的是八路军,但长大后一查文史资料,才知道当年驻扎在我们村子里的那支队伍是国民党领导的队伍。——后来的事实证明，我姐姐还是中了流毒，她听了"白茹的心"之后就跟村子里的一个小伙子谈起了恋爱，打破了"父母之命，媒妁之言"的婚姻模式，招来了村子里的纷纷议论，把我父亲气得半死。我躺在被窝里蒙着头装睡，听到父亲和母亲在训斥我的姐姐。我知道姐姐是让"白茹的心"给害了。

《三家巷》里周炳和区桃的爱情也写得动人心魄，把我迷得几乎死去。我躲在磨房里读到区桃姑娘死去时，眼泪夺眶而出。现在回头想起来，周炳这个人物贾宝玉的影子重了一点，但就像与初恋的情人相逢一样，固然有许多的失望，但那份感情还是难忘。

我觉得，在"文革"前十七年的长篇小说中，对爱情的描写最为成功、最少迂腐气的还是《苦菜花》。

中国人向来喜欢才子佳人的老套子，影响到作家就愿意让英雄美女终于成为交颈鸳鸯并蒂莲。《苦菜花》里，杏莉和德强端的是天生一对地设一双，青梅竹马两小无猜，可作家把他们的爱情写足、让读者在心理上享够了艳福之后，突然笔锋一转，就把杏莉给写死了。杏莉这一死可是惊心动魄，这一死对残酷的战争、对残酷的阶级斗争都是有力的控诉，使人充分地体验了悲剧的快感，体验了美好事物被毁坏之后那种悲剧的美。中国是一个封建历史漫长得要命的国度，几千年来积淀下来的封建毒素在每个人的血管里流淌着。每个人的屁股上都打着封建的纹章。在作家的爱情描写中，一般来说不愿歌颂甚至不愿以同情的态度来描写男女之间的偷情。《苦菜花》在这方面却有重大的突破。作家用绝对同情的态度描写了长工王长锁和杏莉妈妈的爱情。这种爱情带着一种强烈的、震撼人心的病态美，具有很大的征服力。我认为，冯德英这一招远远地超过了他同时代的作家，他通过这一对苦命鸳鸯的故事，告诉了我们许多深邃的、被社会视为禁忌的道理。冯德英还写了花子和老起的爱情，如果说他对王长锁和杏莉妈妈的爱情,更多的是持一种同情的态度,那么,他对花子和老起这种充满野性力量的爱情,就完全持一种赞美的态度了。我非常敬佩作家这种直面人生的勇气。即便是爱情小插曲,作家描写得也不同凡响。如绢子和姜永泉的爱情,我读书时就感到,姜永泉与绢子的年龄差距是不是太大了一点?还有美丽多情、才貌双全的卫生队长白芸主动向战斗英雄王东海求爱,这是多么好的一对啊,但是作家竟然让王东海拒绝了白芸的求爱,竟然让战斗英雄选择了寡妇花子。她一手抱着孩子,一手抱着大白菜,乳房肥大,动作粗俗,怎么能与白芸相比呢?当年看小说看到此处,我感到真是遗憾极了。这种遗憾说明了我根本就不懂爱情,而冯德英是真懂爱情的。这种遗憾还说明即使在我一个小孩子的心中也有着浓厚的封建意识。在我心中,花子是一个拖着"油瓶"的寡妇,用农村的话说就是一个"半货子",而白芸却是一个黄花大闺女,两个人简直不能比较。冯德英却让身穿军装、腰扎皮带、身腰窈窕、亭亭玉立的白芸把花子抱起来,连叫了几声好姐姐,让王东海抱着花子和老起生的孩子站在一边观看。这个场面简直力量无边,不但在"文革"前十七年的长篇小说中没有,在"文革"后截止到目前的小说中也还没有。另外绢子和姜永泉的爱情、七子和病媳妇的爱情,也都写得很有感觉。《苦菜花》在对残酷战争环境下的两性关系的描写上卓有建树,其成就远远超过了同时代的作家。他确实把装模作样的纱幕戳出了一个窟窿。由于有了这些不同凡响的爱情描写,《苦菜花》才成为了反映抗日战争的最优秀的长篇小说。

十七年的爱情描写,是有成就的。但由于政治的原因和历史的原因,限制了作家的思想和才力,使这本来应该大放异彩的东西,被挤到一个憋窄的角落里,宛如在断墙边上偷偷地开放的小花,苦菜花。

由于过分强调政治性和阶级性,更由于强烈的政治风雨把作家们抽打得缩头缩肩,他们在动笔前,钢笔里就灌满了"阶级斗争牌"墨水,无论他们主观上采取什么样子的态度,这种墨水留下的痕迹里,无法不散发出那种可恶的阶级斗争气味。因此,十七年中的大多数长篇小说中的爱情描写,很少有人去描写除了无产阶级之外的别的阶级的爱情,即使有,也是写他们的淫荡和色情。好像只有无产阶级才懂得爱,而别的阶级都是一些畜生。仿佛只有无产阶级的爱才是爱的最完美的形态。所谓阶级的爱情,其实是个很荒唐的说法;我觉得,爱情里反映出的阶级斗争是很少的,尤其是在爱之初。

落后的道德观念也黏滞了作家的笔,使作家只有在那种符合道德的轨道上迅跑,而不愿意下到生活的蛮荒里,去搜寻一下桑间濮上的爱情。作家只能吟唱既符合现时道德又符合传统道德的小夜曲,而不敢描写掩藏在道德唾骂中的恶之花。这样就画出了一幅幅经过了高温灭菌的爱情图画,图画中的人不食人间烟火,男的如天父,女的似圣母,他们怀抱中的婴儿,不但体无血污,而且没有肚脐眼。在这样的图画中,我们看到的只是一种道德化了的爱情,爱情本身所具有的那种蓬勃的生命力被彻底地阉割了。这样的爱情是虚假的,与生活中的爱情大相径庭。

小说中,尤其是长篇小说中,几乎不能缺少的性爱描写,在当代文学史上,一直受着极不公正的待遇。这除了前面所讲的道德的、政治的因素之外,我个人认为还有科学上的、美学上的深刻原因。我们中国人,由于受到了几千年的封建传统的影响,对性心理、性生理一直讳莫如深,视为洪水猛兽。这种现象至今存在。这种科学上的落后,导致了整个社会在性方面的愚昧,这种愚昧又导致了变态疯狂和道貌岸然。作家一是无力与社会风尚抗衡,二是往往自己也被这种落后的社会风尚所毒害,钢笔里除了灌满"阶级斗争牌"墨水之外,又灌进了"真封建伪君子牌"墨水。另外,我们一直不能把性爱当成一种美好的事物来欣赏,总认为这是见不得人的丑事,总是羞羞答答,犹抱琵琶半遮面。这种科学和道德上的落后,表现在文学上,一是可能出现极端的色情描写,来发泄被扭曲了的情欲;二是出现戴着口罩接吻的爱情描写。这两种现象都是不正常的。前一种是真堕落,后一种是假正经。这中间还有一条路,还有一种对性爱的描写方法。

当代文学正如江水向前流淌,性爱描写所达到的艺术高度,会成为对某一时期文学所达到的艺术水平的一个衡量标准。十七年中我们还有一部《苦菜花》,何况现在,何况将来!

一九八四年

战争文学断想

A：我认为在目前阶段，人还不是完整意义上的人。人在异化的社会里，必然地成为异化的人。人性高度发展的同时，兽性也在默默地生长，遇有适当的时机，就会如洪水猛兽，冲破堤坝和牢笼，汹涌而出。

B：战争的爆发，除了政治和经济的原因之外，还有人性本身的缺陷以及其他。

C：关于对战争之美和对血与火的歌颂与赞美的道德问题。美是有层次的。有人道的美、人性的美，也有非人道、非人性的美。战争狂潮扭曲人性、唤起兽性，对战争美的欣赏与赞美是不道德的。战争文学唤起的审美愉悦是非人道、非人性的审美愉悦。

毫无疑问，历史上发生过的战争，是一切战争文学的母体和源泉。中国历史上发生过的战争是中国的战争文学的母体和源泉。中国历史上发生的战争是战争文学的富矿。这座富矿前辈作家已经开采过，并且取得了一定的成就。但比较我们的战争持续时间之长和前苏联卫国战争持续时间之短,比较前苏联卫国战争文学佳作丰盛和我们的战争文学劣作充盈,大家都感到遗憾。

我想,假如不是短暂的对越自卫还击战对中国当代作家的吸引,粉碎"四人帮"后,我们的反映过去战争的战争文学,本应该有个较大的发展,但自卫还击战改变了当代中国作家的思维方向。

这种改变,具有深刻的二重性。

自卫还击战在某种程度上,提高了我们军队的心理素质,因此,反映这场战争的文学作品,也注入了比较强烈的当代意识。文学面对着这场小小的战争,进行了深入持久的探索,进行了幅员广大的非常有深度的思索。这些,都为我们的战争文学向昨天和前天进军,提供了明亮的借鉴。这是事情的一个方面。

事情的另一方面,则表现在我们的自卫还击战文学对中国当代的军人的心理和文化素质给予了过高的估计。因此,自卫还击战文学中,就洋溢着强烈的洋味道。在某些作品的字里行间,表现出一种令人难以接受的虚假的骑士风度。这又为我们的战争文学的今天和明天埋下了巨大的陷阱。

我觉得当代中国战争文学的出路,不是在对越自卫还击作战这块弹丸之地上,而是在纵横交错的、回声强烈的过去的战场上。我对抗日战争非常感兴趣。我认为在漫长的中国战争史上,抗日战争是一场比较完全意义上的战争。在强大的异族入侵的情况下,整个民族的灵魂都在闪烁的蹄铁下战栗,一潭死水般的古老国家,被猛烈地震荡了。民族精神的精华和民族精神中的糟粕,全部被搅动起来了。这时候,战争就不仅仅是人力和物力的较量,也不仅仅是正义和非正义的较量,而是两个民族、两种文化的交锋,是两种精神力量的抗衡。这样的战争导致的后果就不仅仅是物质的毁灭和肉体的创伤,而是精神的毁灭和重塑。

抗日战争中,整个民族是比较清醒的;而在十年土地革命战争、三年解放战争中,在某种意义上,整个民族的清醒程度不如抗日战争时期高。有相当数量的人,处在一种左顾右盼的恍惚状态。这要成为一个结论,似乎经不起反诘,但要在现实生活中寻找例证却并不困难。

八年抗战,中国人民获得了辉煌的胜利,这是政治的也是文化的胜利。抗日战争,是对我们的民族文化和民族性格的考验和锤炼。这场民族意识充分涌流的战争,像彩陶一样辉煌。这种辉煌当然也表现在打伏击、端炮楼、扒铁路、割电线的具体行动中,但这些毕竟十分外在和表面化。我们以往的抗战题材文学,太重视对战争过程和战争事件的描写,太忽略对人的灵魂的剖析。在这些作品中,有英勇的故事,有鲜明的旗帜,有伟大明晰的经典化了的战争理论,但缺少英雄的怯懦,缺少光明后面的黑暗,缺少明晰中的模糊。我们历来不缺少能够深思的作家,不缺少具有独到见解的作家,但缺少具有深思品格和具有独到见解的作品。

现在,我又想到了战争文学的功利性和比较非功利性。当然迄今为止,还没有完全超越了功利的作家和作品,尤其是反映战争生活的军事文学作品,尤其是中国作家创作的军事文学作品。但我想,战争文学,如果不能尽快地摆脱强烈的功利性的羁绊,很难获得超越性。

粗率地考察一下我们过去的战争文学,发现大都是功利性强烈的,它们往往表现出以下的显著特征:

① 歌颂伟大思想的胜利,为伟大思想进行注解和说明。

② 歌颂正义战争对非正义战争的胜利,歌颂进步力量对落后力量的消灭。

③ 歌颂英雄主义,歌颂牺牲精神,尤其歌颂成功了的英雄,歌颂对某场战争有直接意义的牺牲精神。

我决不否认这三方面的歌颂的重要性和必要性,决不否认伟大思想的崇高,决不否认正义战胜邪恶、进步战胜落后对于历史进步的积极意义和它本身所体现的某种必然性,更不敢否认英雄主义和牺牲精神的神圣和庄严。

如果我们切断历史的无限发展与逐步完善,如果我们缺少了从单细胞到人的瞻前顾后、追根问稍、超我忘我的思考,如果一个作家一定是一个阶级的代言人,那么,有了上述要歌颂的也就够了。但事实上,人类社会是在逐步地向无阶级和无战争过渡——这可是马克思说的——任何阶级的文学都必然地带有阶级的局限性。文学不同于哲学或者政治经济学,它本质上是一种发自人类灵魂深处的并力图感召人类灵魂的庄严的祈祷,它能够帮助人们聆听历史深处的遥远的回声,它与大家一起憧憬着无比美好的未来,那么,比较功利性的文学,就显然地不太符合文学的根本的意义。

在阶级社会里,固然不可能有超阶级的作家肉体,但是否也没有超阶级的作家灵魂呢?难道各种思想的确都打上了阶级的烙印了吗?既然我们承认了意识的相对独立性,为什么就不能让文学比较地超脱一点呢?以便文学去更广泛深入地透视人类博大多彩的心灵呢?

所以我想说,比较高层次的战争文学,应该是比较非功利的。

比较非功利的战争文学就不仅仅是歌颂,而且必然地要暴露。

它不能不涉及一场战争的正义与非正义、进步与落后,但它对战争的本质应当进行更深入的思考。战争是人类文明有了相当的发展而又发展不足的产物。它就像商品一样,一方面体现了文明的曙光,一方面又暗藏着极度的残酷。战争的最终解决,必然地伴随着无数生气蓬勃的生命个体的毁灭;当然也可以说,战争是为了消灭战争,杀人是为了救更多的被杀的人。但现象远比本质丰富,有时候,抽象的概念落实到生活事实上,真理立即就显出了它的不完整的一面。一首伟大的人道精神的乐章里,必然地夹杂着不人道的音符。战争是文明的，又是野蛮的。即便是以文明征服了野蛮的战争，即便是以正义战胜了邪恶的战争，也必然地伴随着血与火。

比较非功利的战争文学，它不应该停留在对英雄主义和牺牲精神的表面性的歌颂中，战士的牺牲与科学家的牺牲事实上存在着巨大的差异。当然也不可以说前者不高尚而后者高尚，当然也不能说前者无价值而后者有价值。但如果我们敢于承认战争是人类的悲剧，那么，战士的牺牲，一方面是伟大高尚、可歌可泣，另一方面也势必带有深刻的悲剧性。在战争的非正义一方，战士的牺牲是彻头彻尾的悲剧；在战争的正义一方，战士的牺牲的悲剧性就体现在生命的毁灭之中。

战争文学，应该充满对生命的歌颂，应该唤起人们日渐淡漠的同情和怜悯之心。

比较非功利的战争文学，还应该考虑战争中人的地位，应该考虑战争到底把人变成了什么东西。战争对人的气质、理智、情感、愿望和创造力究竟产生了什么样的影响？战争把生的世界变成了死的世界，战争毁灭了人类的家园、践踏了人类的美好感情；在战争的狂潮中，人类的正常感情都发生了大幅度的扭曲，表现这种扭曲，是比较非功利的战争文学的重要任务。战争是人性和兽性的绞杀。战争使人类灵魂深处潜藏着的兽性奔突而出。战争是人类发展史上的最大的歧途。战争文学不去写这些，还能写什么呢？战争文学应该写出人类的灵魂如何地偏离了轨道并力图矫正，它应该成为一种训诫、一种警喻。完美的人类，会对他们的自相残杀过的祖先感到深深地遗憾，到那时候，英雄和非英雄都成了悲剧中的角色，英雄和非英雄，都会得到优秀子孙的理解和同情。

一九八四年十一月

海洋的诗性灵魂

　　我的出生地山东高密位于山东的东部,但并不临海。最近的海是在青岛,坐车需要一个多小时。但这个距离对于年轻的我而言,是一段遥远的距离。我当兵之后才见到大海。我们村里有人在青岛干活,回到家乡就把他们在青岛见到的好光景、吃到的好东西说给我们听。什么栈桥啦,鲁迅公园啦,海水浴场啦,动物园啦,水族馆啦……什么油焖大虾啦,红烧里脊啦,雪白的馒头随便吃啦……通过他们眉飞色舞、绘声绘色的描述,尽管我没去过青岛,但已经对青岛的风景和饮食很熟悉了,闭上眼睛,那些风景仿佛就出现在我的眼前。所以在见到真正的大海之前,我早已在脑海中将海的样子想象过无数遍了。海,对于当时我这个乡村少年来说,是个遥远的世界。多年之后,当我无数次看到过大海,我对大海的好奇和向往一如当年。

　　海洋是陆地的尽头,也是通向新世界的开始。海洋,它是生命的起源,是生命的摇篮。海洋与文学的关系,早在远古时期就广泛地存在于文学作品中,如西方的《奥德赛》《伊利亚特》等。海洋在文学家的笔下,呈现出丰富、多变的面貌。她时而是温柔多情的少女,时而是狂怒、残虐的暴君,时而是深沉的智者。

以海洋为题材的艺术作品也已是汗牛充栋。关于海洋的文学作品主要有这几类:第一类是以海为描写或歌咏对象的文学作品,如普希金的《致大海》;第二类文学作品的主人公以海为生,或者其日常活动在海上或海岸,文学作品的故事围绕着海洋这个背景展开,如西方的《伊利亚特》,中国的《镜花缘》或《西游记》;第三类作品,海洋既不是描写的主体,也不是持久的、重要的场景,海洋在这里成了一个模糊的意象,或仅仅作为一个可置换为内陆的背景,海洋既没有叙事的功能也不是文章的核心,如中国唐代诗人白居易的《长恨歌》"忽闻海上有仙山"。如果要把海洋文学作为一种独特的文学类型来研究,那么第一类和第二类的文学应该属于严格意义上的海洋文学范畴。

西方的海洋文学作品颇多。从希腊的荷马的史诗《伊里亚特》与《奥德赛》开始,到近代海洋文学作品如丹尼尔·笛福的《鲁滨孙漂流记》、梅尔维尔的《白鲸》、罗伯特·史蒂文生的《金银岛》、皮耶·罗迪的《冰岛渔夫》、杰克·伦敦的《海狼》、海明威的《老人与海》等等,西方文学里以海洋为背景的文学著作颇多。纵观西方的海洋文学的主题,多涉及冒险、探索、发现、奇遇等主题,尤其以冒险、挑战自然或神秘事物为多。如美国梅尔维尔的《白鲸》等就展现了个人对自然的壮烈的挑战与对抗。反观中国的海洋文学,关于冒险、探索这类的文学作品则比较少。这其中的原因或许可以从以法国十八世纪的文论家史达尔夫人为代表的地理学派的文艺观中找到部分的解释:即不同的地理、气候条件形成了不同人性,由此带来不同的文艺。中国的地理地貌多以平原内陆为主,中国人的性格也多为平和、中庸,少了些激烈、不安。关于中国人的民族性格,早已有无数学术论文、专著面世。我在这里并不想深入探讨这个复杂的问题。但毋庸置疑的一点是,总体笼统而言,中国人的性格中,缺少一些激越、浪漫的气质。

中国人相对温和、甘于现状、容易满足的性格,在历史动荡时期,受到了很多有识之士的关注,并引起了这些先进知识分子的忧虑。如梁启超在《论小说与群治之关系》这篇著名的文章中提道:小说对塑造国民性格的重要作用。他写道:"欲新一国之民,不可不先新一国之小说。故欲新道德,必新小说;欲新宗教,必新小说;欲新政治,必新小说;欲新风俗,必新小说;欲新学艺,必新小说;乃至欲新人心,欲新人格,必新小说。何以故? 小说有不可思议之力支配人道故。"既然小说对一个国家的重要性如斯,那么中国需要怎样的小说,来塑造新民呢。在写作这篇文章后不久,1902 年初,梁启超在《新民从报》第二号起连载用白话翻译的《十五小豪杰》。此书原为法国作家凡尔纳所作,讲述了十五位少年学生乘坐帆船航海,途中遇大飓风,历经千辛万苦,在太平洋大风大浪中,漂泊了两年零两天,终于化险为夷回到了家乡。日本人森田思轩据英文转译为《十五少年漂流记》,梁启超又据日文转译。梁启超很推崇这类冒险小说,并认为:"欧洲民族,所以强于中国者,原因非一,而富于进取冒险之精神,贻其尤要者也。"几年之后,1907 年鲁迅先生写作了著名的论文《摩罗诗力说》,评述英国浪漫主义几位大诗人,而拜伦自然是其中的典型代表。拜伦在《恰尔德·哈洛尔德游记》第四章中写道:"我一直爱你,大海! 在少年时期,我爱好的游戏就是投进你的怀抱……"在他的笔下,大海威严、有力、粗犷,那里波浪滔天,有着剧烈的风暴。在二十世纪初,清朝倾覆前夕,像梁启超、鲁迅这些有着东西方多重教育背景的知识分子早已觉察出腐朽和衰败的老帝国已是气数将尽、日薄西山。在一片死寂中,整个社会正酝酿着一股股反叛的暗潮,呼唤着"拜伦式的英雄","立意在反抗,指归在动作",以"雄桀伟美挑战之声,破中国之萧条"。拜伦以及他的诗作所展现的孤傲、勇敢、愤怒、叛逆,常被视为典型的海洋精神。而这种激越、质疑现实的开拓精神是二十世纪初中国知识分子所企盼中国文化中出现的气象。

时间进行到二十世纪八十年代。那时中国大陆出现了一部引起了很大轰动效应的电视纪录片《河殇》。《河殇》提出了"蔚蓝色文明"这个概念,就是要对外开放,要学习西方的先进文明,而不要固步自封,在内陆大河有限的文明空间中自得意满。《河殇》这部片子因为提出了一些超前的政治主张,很快遭到了束之高阁的命运。但它所提的"蔚蓝色文明"也就是"海洋文明",却是一个值得中国人长久思考的问题。中国有海洋文明吗? 中国有海洋文学吗? 粗看起来,中国的海洋文学确实与西方的海洋文学在气质上有鲜明的差别。中国海洋文学的其中一类是对于"海的那一边"的想象和幻想,如中国古代的《山海经》,这是一部奇书,它的想象瑰丽、奇特,富有梦幻气质。还有一类作品,多是以落魄人的海上奇遇为主线,抒发作者对人性、生死、真实与虚无等哲学问题的见解,如《镜花缘》。《镜花缘》里的主人公唐敖因政治牵连,被革去功名,灰心丧气之余,便随妻兄林之洋、舵工出海经商。但这种海上的旅行并非出于自愿,而是无奈之举,是被迫远离故土,踏上蛮夷、野蛮、陌生的空间之旅,似乎少了一些拜伦式的豪迈、激越之气概。

这个题目讲到这里,似乎即将得出一个结论。就是中国是典型的江河内陆文明,封闭、平稳;而西方是典型的海洋文明,开放、进取。但关于人类文明的任何判断,都是危险的,因为所有的结论都是不完全归纳得出来的部分的真实。应该说,中国有海洋文明和文学,是中国气质的海洋文明和文学。秦代始皇派童男童女入海求仙,寻求长生不老之术,是何等的对生的依恋和执着! 唐代的鉴真东渡,是何等的坚贞不移的勇气和信念! 明代的郑和下西洋,是何等的豪迈壮举! ……而在中国的东部沿海地区,如福建、广东一带的人民多有勇敢开拓、不畏茫茫前途的热血。下南洋(东南亚),去金山(美国),曾是好几代人的选择。现在，为了更好的生活，毅然抛弃故乡的一切，背井离乡，只身闯荡的故事仍在新的时代和背景下继续上演，但出发地点已经不仅仅局限在中国东部沿海地区，目的地也不仅仅是东南亚和美国，而是全世界。随着时代的发展，人的自由也达到一个前所未有的程度。这当然是指一般情况而言。拓展自己的疆域，发现未知的世界，是人类自存在于这个蔚蓝色地球起，就不断进行的行动，是带给人类无数次惊叹、进步的伟大的行动。

　　海洋是人类文明的摇篮，它丰富、广阔、包容、动荡、变幻不定。这些特质也恰恰是我们这个时代的特质。一味地区别国家与国家之间文明（文学）的特质，只会落入偏狭的陷阱。正如海洋，我们无法概括它的特点，而这种无法概括性正是它最迷人的特征。同样，海洋对于作家而言，是一笔无比丰厚的财富，它提供给作家一个异常广阔的前景，一张巨大的、没有边际的纸张，等待着作家来书写关于我们人类自身、人类与世界、人类与海洋等一系列问题。

我痛恨所有的神灵

——张志忠著《莫言论》跋

　　几年前,我曾经以《天马行空》为题写过一篇"文学宣言"。那里边充满了"狂气"和"雄风",重读此文,不免有点脸红。仅仅数年,当初那股子邪劲就消磨殆尽,剩下的更多是一些疲乏的叹息。这疲乏并不是因为写作品累的,而是和人打交道累的。但生在人世,不和人打交道又不行。有人说作家要耐得住寂寞和孤独,但孤独寂寞之后又想见人。生活中处处充满这种对立,既对立又同一,果然是辩证法,人也是既对立又同一的物件。追求,厌倦,再追求,再厌倦……至死方休。人大概都如此,否则无创造、无进步,也无文学。文学是不是矛盾的产物,是不是对立的两极相撞时迸发出的火花呢?

　　我很不愿让自己的思维纳入"理性"的轨道,但长久地不"理性",又有被人骂为"精神变态"的危险,我不得不按照批评家的教导来"理性"、来"节制",果然就把"狂气"和"雄风"收敛了。我多么愿意成为一个被文学权威们视为掌上明珠、不"异端"的好作家,经过努力,稍有好转,但到底不行,正所谓"乌鸦叫不出画眉声"。为了让社会主义文学之林里"百鸟鸣啭",神枪手们似乎也应该手下留点情,不要斩尽杀绝,留下几只乌鸦呱呱几声,以便衬托出画眉、蜡嘴之类贵鸟啼声之美妙。

其实真能成为乌鸦,叫出完全异于别鸟的恶声也不错,只可惜我连乌鸦也不是。

不管别人怎么说,我自己认为还是"现实主义"大旗下的一名小喽啰("现实主义"将官们不接受我是他们的事),巴尔扎克、老托尔斯泰、肖洛霍夫、鲁迅(鲁迅也"魔幻"得很可以)、赵树理等人的创作都对我产生过影响。这影响有多么大只有我自己知道。"投奔""现实主义"并不是要挤进这个伟大营垒捞点子油水;去当走光明大道的好作家,实在是一种自我的定性分析。

回顾近年来创作的一批作品,更坚定了我是"现实主义"作家的结论。如果不戴变色眼镜,能看到我的作品中的严肃生活。如果你一开始就认定了我是一个肆意丑化社会的坏人,那就没有什么好说的了。中国古代有个皇帝看到老百姓饿得的枯瘦如柴,纳闷地问他的大臣:他们为什么不喝点肉汤呢? ——我可没有谴责这个皇帝的意思。

我是个没有深刻思想的人,但有接受别人思想的能力。

我同意"艺术是苦闷的象征"的说法,鲁迅先生也同意这说法。我理解这句话并不是要让作家们都高扬起自我表现的旗帜,去一味地宣泄一己的痛苦,置人民的痛苦于脑后,做一个个人主义者。这里的苦闷应该是大苦闷,是时代的苦闷,是民族的苦闷。只有在这大苦闷的炉子里,才可能锻炼生长出艺术的璀璨晶体。一个人不可能超然出世,即便是一己的苦闷,也是社会的产物,也是社会苦闷的组成部分。这种说法当然也是相对的。如果这个作家是一位万岁爷,他的苦闷与我爹的苦闷自然就有很大的差别。如果他的苦闷成了文学,也大概是不灵的。南唐后主的亡国词呢? 如果有人这样问我,我另说点子别的吧。

我的一个红皮本子上记着一段鲁迅的语录(大概是他翻译了日本人的),真是好极了:

> 文艺是纯然的生命的表现,是能够全然离了外界的压抑和强制,站在绝对自由的心境上,表现出个性来的惟一的世界。忘却名利,去除奴隶根性,从一切羁绊束缚中解放出来,这才能成为文艺上的创作。必须进到与那留心着报章上的批评,算计着稿费之类的全然两样的心境,这才能成为真正的文艺作品,因为能做到仅被心里燃烧着的感激和情热所动,像天地创造的曙神所做的一样程度的自己表现的世界,是仅有文艺而已。

然而,好道理固然能激起一种心灵深处的强烈共鸣,真要实行起来却不容易。谁能"全然离了外界的压抑和强制,站在绝对自由的心境上"?谁又能完全地"忘却名利"、不"留心报章上的批评"、不"算计稿费"之类?鲁迅自己一辈子就没摆脱过外界的压抑和强制,并且像一匹孤独的老狼一样撕咬着脖子上压抑强制的铁链条。他很留意报章上的批评,并且始终采用着"以眼还眼,以牙还牙"的态度,绝不宽恕一个敌手。因为他要养家糊口,所以他也必须算计稿费,并且建有详细的账簿子。鲁迅是一代风流,大大的文豪,尚不能进入那"纯然超然"的境地,何况我辈小东西!

尽管如此,我还是被上面那"纯然超然"的话感动,就像共产主义社会离着现实虽然不近,但总是让真正的共产党员激动、神往,并为之奋斗终生一样。

一切都是相对的,而且两条真理加在一起很容易成为一条悖论。"苦闷的象征"也罢,"纯然超然"也罢,都难以彻底。而如果这两条都算真理,也恰好成了悖论:没有苦闷就没有文学,而文学家最大的苦闷莫过于受压抑受强制。受压抑受强制就不能"纯然超然",不

"纯然超然"就没有文学,而受压抑受强制又很苦闷。

至今也没读到过放之四海而皆准的关于文学的理论。大多数理论家是在寻找部分文学作品说明自己的文学理论,不符合自己的理论模式的文学作品就视而不见,无论它是多么优秀;而只需要适应了自己的理论模式的作品,无论它是多么的平庸。但仔细一想这也是对的,否则只有一个理论家就够了,否则只有一个作家就够了。

在我阅读的范围之内,作家的创作理论一般地都是混账的理论。仔细一想,"混账"才是对的,如果不"混账",那不成为了会计师了吗?

理论家也经常地在两个极端之间跳来跳去,作家也完全可以这样。我想搞文学不是搞政治,搞政治讲究的是中庸之道,搞文学最好搞点极端。如果搞文学的都中庸起来,像鲁迅笔下的哈巴狗一样,那才是真正地可恶、该打。

毕竟本文是要与一部评论我的创作的文章编在一起的,我必须明确地阐明我的观点:

我同意没有苦难就没有文学的观点。

我同意文学是生命的纯然表现的观点。

尽管这两个观点都不完善且有互相矛盾之处。

马克思在他的博士论文里曾经改造地引用过埃斯库罗斯的剧作《普罗米修斯》的话:"说句真话,我痛恨所有的神灵"(原话是:"说句真话,我痛恨所有受了我的恩惠、恩将仇报、迫害我的神")。马克思接着说:"这是他的自白,他自己的格言,借以表示他反对一切天上的和地上的神灵,因为这些神灵不承认人的自我意识具有最高的神性。不应该有任何的神灵同人的自我意识并列。"

虽然现在与马克思的时代和埃斯库罗斯的时代相去甚远,但他们的话依然唤起了我强烈的共鸣(我绝没有狂妄到把自己的卑微感情去和普罗米修斯的高尚感情认同的程度)。由此推出别人的文学观点,改造一下让它变成我的文学观点:当代文学是一个双黄的鸭蛋,一个黄是渎神的精神,一个黄是自我意识。渎神精神和自我意识好像互不相干,实际上紧密相连,他们共存在当代文学这个鸭蛋里。现在,对神的批判实际上就是对官僚的批判,对官僚的批判实际上就是对政治的批判,而对政治的批判实际上就成了唤起自我意识的响亮号角,于是,对神的批判也就成了民主政治的催化剂。

如果连渎神的勇气都没有,哪来批判神的勇气?

多少年来,人类造了形形色色的神压在自己头上,自我意识的觉醒——人性的觉醒敲响了诸神的丧钟,但灭神的斗争远远没有结束,我们刚刚开始渎神呢。

马克思在批判黑格尔时说:"彼岸世界的真理消逝之后,历史的任务就是确立此岸世界的真理。人的自我异化的神圣形象被揭穿之后,揭露非神圣形象中的自我异化,就成了为历史服务的哲学的迫切任务。"

在这里引用这段话未必合适。

压在我们头上的神太多了,有天上的神,有人间的神,但无一例外不是我们自造的。打破神像,张扬人性,一个古老又崭新的口号。

总有一天,神圣的祭坛被推翻,解放了的儿孙们,必将干出胜过前辈的业绩。

本文的所有议论,都限制在文学的特定意义里。

一九八八年

超 越 故 乡

一、题　解

　　当小说家妄图把他的创作实践"升华"成指导创作实践的理论时，当小说家妄图从自己的小说里抽象出关于小说的理论时，往往就陷入了尴尬的两难境地。当然并不排除个别的小说家能写出确实深奥的理论文章——一般地说，理论越深奥离真理越远——但对大多数小说家而言，小说的理论就是小说的陷阱。在人生的天平上，你要么是砝码，要么是需要衡量的物质；在冶铁的作坊里，你要么是铁砧，要么是铁锤。这两个斩钉截铁的比喻其实并不严密。蝙蝠见到老鼠时说：我是你们的同类。蝙蝠见到燕子说：我也是飞鸟。但蝙蝠终究被生物学家归到兽类里，它终究不是鸟。但蝙蝠终究能够像鸟一样在夕阳里，甚至在暗夜里飞翔，并因为名字的关系，被中国人视为吉祥的象征。在不得已的时候，它还是把自己说成是鸟——这就是我这样的小说家对理论的态度。

二、小说理论的尴尬

毫无疑问,小说的理论是小说之后的产物,在没有小说理论之前,小说已经洋洋蔚为大观。中国最早的小说理论,应该是金圣叹、毛宗岗父子夹杂在小说字里行间那些断断续续的批语。根据我个人的阅读经验,这些批评文字与原小说中铺陈炫技、牵强附会的诗词一样,都是阅读的障碍,我是从不读这些文字的。但金圣叹们批评得津津有味,后代的小说理论家们也从这些文字里发现了最早的小说理论与小说美学。由此可见,小说理论开始与小说毫无关系,也与绝大多数读者没有关系。批评小说的金圣叹们首先是读书入迷的读者,心得太多,忍不住批批点点,这行为起始纯属自娱,但印到书上,性质就转变为娱人,就具有了指导读者阅读欣赏的功能;倘若这读者中有一个受他的启发,捉笔写起小说来,那么这些批评文字便具有了指导创作的功能。所以,小说理论产生于阅读,小说理论的实践是创作。最纯粹的小说理论只具备指导阅读和指导创作这两个功能。但现代的或者是后现代的小说批评,早已变成了批评家们炫耀技巧、玩弄辞藻的跑马场,与小说批评的本来意义剥离日久,横行霸道的新潮小说批评早已摆脱了对小说的依存关系并日渐把小说变成批评的附庸。这种依存关系的颠倒,使小说理论与小说创作变成了几乎互不相干的事情,小说已变成新潮批评家进行技巧表演时所需要的道具;这种小说批评的强烈的自我表演欲望和小说创作渴望被表演的欲望,就使得部分小说家变成了跪在小说批评家面前的齐眉举案的贤妻,渴望被批评,渴望被强奸。存在的就是合理的。这种自成了体统的时髦小说批评终究会因其过分阳春白雪而走向自己的反面;而返璞归真的小说批评会因其比小说更朴素的率直与坦白永远生存下去。新潮小说理论操作方式是:把简单的变成复杂的,把明白的变成晦涩的,在没有象征的地方搞出象征,在没有魔幻的地方弄出魔幻,把一个原来平庸的小说家抬举到高深莫测的程度。朴素的小说理论操作方式是:把貌似复杂实则简单的还原成简单的,把故意晦涩的剥离成明白的,剔除人为的象征,揭开魔术师的盒子。我倾向朴素的小说批评,因为朴素的小说批评是既对读者负责又对小说负责同时也对批评者自己负责,尽管面对着这样的批评和进行这样的自我批评是与追求浮华绮靡的世风相悖的。

三、小说究竟是什么

巴尔扎克认为小说是一个民族的秘史,米兰·昆德拉认为小说是人类精神的最高综合,普鲁斯特认为小说是寻找逝去时间的工具——他的确也用这工具寻找到了逝去的时间,并把它物化在文字的海洋里,物化在"玛德莱娜"小糕点里,物化在繁华绮丽、层层叠叠的对往昔生活回忆的描写中。我也曾经多次狂妄地给小说下过定义:1984年,我曾说小说是小说家猖狂想象的记录;1985年,我曾说小说是梦境与真实的结合;1986年,我曾说小说是一曲忧悒的、埋葬童年的挽歌;1987年,我曾说小说是人类情绪的容器;1988年我曾说小说是人类寻找失落的精神家园的古老的雄心;1989年我曾说小说是小说家精神生活的生理性切片;1990年我曾说小说是一团火滚来滚去,是一股水涌来涌去,是一只遍体辉煌的大鸟飞来飞去……玄而又玄,众妙之门,有多少个小说家就有多少种关于小说的定义。这些定义往往都带着强烈的感情色彩,都具有模糊性因而也就具有涵盖性,都是相当形而上的,难以认真对待也不必要认真对待。高明的小说家喜欢跟读者开玩笑,尤其愿意对着喜欢把简单问题复杂化的评论家恶作剧。当评论家对着一个古怪的词语或者一个莫名其妙的细节抓耳挠腮时,小说家正站在他身后偷笑,乔伊斯在偷笑,福克纳在偷笑,马尔克斯也在偷笑。

我无意作一篇深奥的论文,杀了我我也写不出深奥的文章。我没有理论素养,脑子里没有理论术语,而理论术语就像屠夫手里的钢刀,没有它是办不成事的。我的文章主要是为着文学爱好者的,我的文章遵循着实用主义的原则,对村里的文学青年也许有点用,对城里的所有人都没有一点用。

剥掉成千上万小说家和小说批评家们给小说披上的神秘的外衣,展现在我们面前的小说,就变成了几个很简单的要素:语言、故事、结构。语言由语法和字词构成,故事由人物的活动和人物的关系构成,结构则基本上是一种技术。无论多么高明的作家,无论多么伟大的小说,也是由这些要素构成,调动着这些要素操作。所谓的作家的风格,也主要通过这三个要素——最主要的是通过语言和故事的要素表现出来,不但表现出作家的作品风格,而且表现出作家的个性特征。

为什么我用这样的语言叙述这样的故事?因为我的写作是寻找失去的故乡,因为我的童年生活的地方就是我的故乡。作家的故乡并不仅仅是指父母之邦,而是指童年乃至青年时代生活过的地方。马尔克斯说作家过了三十岁就像一只老了的鹦鹉,再也学不会语言,大概也是指的作家与故乡的关系。作家不是学出来的,写作的才能如同一颗冬眠在心灵里的种子,只要有了合适的外部条件就能开花结果;学习的过程,实际上就是寻找这颗种子的过程,没有的东西是永远也找不到的。所以,文学院里培养的更多是一些懂得如何写作但永远也不会写作的人。人人都有故乡,但为什么不能人人都成作家?这个问题应该由上帝来回答。

上帝给了你能够领略人类感情变迁的心灵,故乡赋予你故事、赋予你语言,剩下的便是你自己的事情了,谁也帮不上你的忙。

我终于逼近了问题的核心:小说家与故乡的关系,更准确地说是,小说家创造的小说与小说家的故乡的关系。

四、故乡的制约

　　十八年前,当我作为一个地地道道的农民在高密东北乡贫瘠的土地上辛勤劳作时,我对那块土地充满了刻骨的仇恨。它耗干了祖先们的血汗,也正在消耗着我的生命。我们面朝黄土背朝天,比牛马付出的还要多,得到的却是衣不蔽体、食不果腹的凄凉生活。夏天我们在酷热中煎熬,冬天我们在寒风中战栗。一切都看厌了,岁月在麻木中流逝着,那些低矮、破旧的草屋,那条干涸的河流,那些土木偶像般的乡亲,那些凶狠奸诈的村干部,那些愚笨骄横的干部子弟……当时我曾幻想着,假如有一天,我能幸运地逃离这块土地,我决不会再回来。所以,当我爬上1976年2月16日装运新兵的卡车时,当那些与我同车的小伙子流着眼泪与送行者告别时,我连头也没回。我感到我如一只飞出了牢笼的鸟。我觉得那儿已经没有任何值得我留恋的东西了。我希望汽车开得越快、开得越远越好,最好能开到海角天涯。当汽车停在一个离高密东北乡只有二百华里的军营,带兵的人说到了目的地时,我感到深深的失望。多么遗憾这是一次不过瘾的逃离,故乡如一个巨大的阴影,依然笼罩着我。但两年后,当我重新踏上故乡的土地时,我的心情竟是那样的激动。当我看到满身尘土、满头麦芒、眼睛红肿的母亲艰难地挪动着小脚从打麦场上迎着我走来时,一股滚热的液体哽住了我的喉咙,我的眼睛里饱含着泪水——这情景后来被写进我的小说《爆炸》里——为什么眼睛里饱含着泪水,因为我爱你爱得深沉——那时候,我就隐隐约约地感觉到了故乡对一个人的制约。对于生你养你、埋葬着你祖先灵骨的那块土地,你可以爱它,也可以恨它,但你无法摆脱它。因此,"大风起兮云飞扬,威加海内兮归故乡";因此,"我欲渡河河无梁,愿化双黄鹄还故乡。

还故乡,入故里,徘徊故乡,苦身不已。繁舞寄声无不泰,徘徊桑梓游天外"。功成名就了要回故乡,"富贵不还故乡,犹如衣锦夜行";穷愁潦倒了要回故乡,"羁鸟恋旧林,池鱼思故乡";垂垂将老了要归故乡,"狐死归首丘,故乡安可忘"……遍翻文学史,上下五千年,英雄豪杰、浪子骚客如过江之鲫络绎不绝,留下的和没留下的诗篇里,故乡始终是一个主题,一个忧伤而甜蜜的情结,一个命定的归宿,一个渴望中的、或现实中的最后的表演舞台。刘邦是作为成功者进行了一次不成功的表演——被他的老乡亲揭了市井流氓的老底;项羽作为一个失败者,无颜见江东父老,宁死也不肯过江东了。实际上,这种儿女情长的思乡情结在某种程度上是毁了项羽帝王基业的重要原因。英雄豪杰难以切断故乡这根脐带,何论凡夫俗子? 四面楚歌,逃光了江东子弟,是故乡情结作怪也。英雄豪杰的故乡情融铸成历史,文人墨客的故乡情吟诵成诗篇。千秋万代,此劫难逃。

1978 年,在枯燥的军营生活中,我拿起了创作的笔,本来想写一篇以海岛为背景的军营小说,但涌到我脑海里的,却都是故乡的情景。故乡的土地、故乡的河流、故乡的植物,包括大豆,包括棉花,包括高粱,红的白的黄的,一片一片的,海市蜃楼般的,从我面前的层层海浪里涌现出来。故乡的方言土语,从喧哗的海洋深处传来,在我耳边缭绕。当时我努力抵制着故乡的声色犬马对我的诱惑,去写海洋、山峦、军营,虽然也发表了几篇这样的小说,但一看就是假货,因为我所描写的东西与我没有丝毫感情上的联系,我既不爱它们,也不恨它们。在以后的几年里,我一直采取着这种极端错误地抵制故乡的态度。为了让小说道德高尚,我给主人公的手里塞一本《列宁选集》;为了让小说有贵族气息,我让主人公日弹钢琴三百曲……胡编乱造,附庸风雅,吃一片洋面包,便学着放洋屁;撮一顿涮羊肉,便改行做回民。就像渔民的女儿是蒲扇脚、牧民的儿子是镰柄脚一样,我这个二十岁才离了高密东北乡的土包子,无论如何乔装打扮,也成不了文雅公子,我的小说无论装点什么样的花环,也只能是地瓜小说。其实,就在我做着远离故乡的努力的同时,我却在一步步地、不自觉地向故乡靠拢。到了1984年秋天,在一篇题为《白狗秋千架》的小说里,我第一次战战兢兢地打起了"高密东北乡"的旗号,从此便开始了啸聚山林、打家劫舍的文学生涯。"原本想趁火打劫,谁知道弄假成真",我成了文学的"高密东北乡"的开天辟地的皇帝,发号施令,颐指气使,要谁死谁就死,要谁活谁就活,饱尝了君临天下的乐趣。什么钢琴啦、面包啦、原子弹啦、臭狗屎啦、摩登女郎、地痞流氓、皇亲国戚、假洋鬼子、真传教士……统统都塞到高粱地里去了。就像一位作家说的那样:"莫言的小说都是从高密东北乡这条破麻袋里摸出来的。"他的本意是讥讽,我却把这讥讽当成了对我的最高的嘉奖。这条破麻袋,可真是好宝贝,狠狠一摸,摸出部长篇,轻轻一摸,摸出部中篇,伸进一个指头,沾出几个短篇。——之所以说这些话,因为我认为文学是吹牛的事业但不是拍马的事业,骂一位小说家是吹牛大王,就等于拍了他一个响亮的马屁。

从此之后,我感觉到那种可以称为"灵感"的激情在我胸中奔涌,经常是在创作一篇小说的过程中,又构思出了新的小说。这时我强烈地感觉到,二十年农村生活中,所有的黑暗和苦难,都是上帝对我的恩赐。虽然我身居闹市,但我的精神已回到故乡,我的灵魂寄托在对故乡的回忆里,失去的时间突然又以充满声色的画面的形式,出现在我的面前。这时,我才感到自己比较地理解了普鲁斯特和他的《追忆似水年华》。

放眼世界文学史,大凡有独特风格的作家,都有自己的一个文学共和国。威廉·福克纳有他的"约克纳帕塔法县",加西亚·马尔克斯有他的"马孔多"小镇,鲁迅有他的"鲁镇",沈从文有他的"边城"。而这些文学的共和国,无一不是在它们的君主的真正的故乡的基础上创建起来的。还有许许多多的作家,虽然没把他们的作品限定在一个特定的文学地理名称内,但里边的许多描写,依然是以他们的故乡和故乡生活为蓝本的。戴·赫·劳伦斯的几乎所有的小说里都弥漫着诺丁汉郡伊斯特伍德煤矿区的煤粉和水汽。肖洛霍夫的《静静的顿河》里的顿河就是那条哺育了哥萨克的草原也哺育了他的顿河,所以他才能吟唱出"哎呀,静静的顿河,你是我们的父亲!"那样悲怆苍凉的歌谣。

这样的例子不胜枚举。

为什么会是这样呢?

五、故乡是"血地"

在本文的第三节中我曾特别强调过:作家的故乡并不仅仅是指父母之邦,而是指作家在那里度过了童年乃至青年时期的地方。这地方有母亲生你时流出的血,这地方埋葬着你的祖先,这地方是你的"血地"。几年前我在接受一个记者的采访时,曾就"知青作家"写农村题材的问题发表过一些不合时宜的言论,我大概的意思是:知青作家下到农村时,一般都是青年了,思维方式已经定型,所以他们尽管目睹了农村的愚昧落后,亲历了农村的物质贫困和劳动艰辛,但却无法理解农民的思维方式。这些话当即遭到反驳,反驳者并举出了郑义、李锐、史铁生等写农村题材的"知青作家"为例来批驳我的观点。毫无疑问,上述三位都是我所敬重的出类拔萃的作家,他们的作品里有一部分是杰出的农村题材小说,但那毕竟是知青写的农村,总透露着一种隐隐约约的旁观者态度。这些小说缺少一种很难说清的东西(这丝毫不影响小说的艺术价值),其原因就是这地方没有作家的童年,没有与你血肉相连的情感。所以"知青作家"一般都能两手操作,一手写农村,一手写都市,而写都市的篇章中往往有感情饱满的传世之作,如史铁生的著名散文《我与地坛》。史氏的《我的遥远的清平湾》虽也是出色作品,但较之《我与地坛》,则明显逊色。《我与地坛》里有宗教,有上帝,更重要的是有母亲,有童年。这里似乎有一个悖论:《我与地坛》主要是写作家因病回城的生活的,并不是写他的童年。我的解释是:史氏的"血地"是北京,他自称插队前跟随着父母搬了好几次家,始终围绕着地坛,而且是越搬越近——他是呼吸着地坛里的繁花佳木排放出的新鲜氧气长大的孩子。他的地坛是他的"血地"的一部分——我一向不敢分析同代人的作品,铁生兄佛心似海,当能谅我。

有过许多关于童年经验与作家创作关系的论述,如李贽提出"童心"说,他认为:"夫童心者,绝假纯真,最初一念之本心也。"有了"最初一念之本心",就能看到一个真实的世界。如康·巴乌斯托夫斯基说:"对生活,对我们周围一切的诗意的理解,是童年时代给我们的最伟大的馈赠。如果一个人在悠长而严肃的岁月中,没有失去这个馈赠,那就是诗人和作家。"(《金蔷薇》)最著名的当数海明威的名言:"不幸的童年是作家的摇篮。"当然也有童年幸福的作家,但即便是幸福的童年经验,也是作家的最宝贵的财富。从生理学的角度讲,童年是弱小的,需要救助的;从心理学的角度讲,童年是梦幻的、恐惧的、渴望爱抚的;从认识论的角度讲,童年是幼稚的、天真、片面的。这个时期的一切感觉是最肤浅的也是最深刻的,这个时期的一切经验更具有艺术的色彩而缺乏实用的色彩,这个时期的记忆是刻在骨头上的而成年后的记忆是留在皮毛上的。而不幸福的童年最直接的结果就是一颗被扭曲的心灵,畸形的感觉、病态的个性,导致无数的千奇百怪的梦境和对自然、社会、人生的骇世惊俗的看法。这就是李贽的"童心"说和海明威"摇篮"说的本意吧。问题的根本是:这一切都是发生在故乡,我所界定的故乡概念,其重要内涵就是童年的经验。如果承认作家对童年经验的依赖,也就等于承认了作家对故乡的依赖。

有几位评论家曾以我为例,分析过童年视角与我的创作的关系,

其中写得沾边的,是上海作家程德培的《被记忆缠绕的世界》,副题是
"莫言创作中的童年视角"。程说:"这是一个联系着遥远过去的精
灵的游荡,一个由无数感觉相互交织与撞击而形成的精神的回旋,一
个被记忆缠绕的世界。""作者经常用一种现时的顺境来映现过去的
农村生活,而在这种'心灵化'的叠影中,作者又复活了自己孩提时代
的痛苦与欢乐。"程还直接引用了我的小说《大风》中的一段话:"童
年时代就像沙丘消逝在这条灰白的镶着野草的河堤上,爷爷用他的
手臂推着我的肉体,用他的歌声推着我的灵魂,一直向前走。"程说:
"莫言的作品经常写到饥饿和水灾,这绝非偶然。对人的记忆来说,
这无疑是童年生活所留下的阴影,而一旦这种记忆中的阴影要顽强
地在作品中表现出来的时候,它又成了作品本身不可或缺的色调与
背景。"程说:"在缺乏抚爱与物质的贫困面前,童年时代的黄金辉光
便开始黯然失色。于是,在现实生活中消失的光泽,便在想象的天地
中化为感觉与幻觉的精灵。微光既是对黑暗的心灵抗争,亦是一种
补充,童年失去的东西越多,抗争与补充的欲望就越强烈。"——再引
用下去便有剽窃之嫌,但季红真说:"一个在乡土社会度过了少年时
代的作家,是很难不以乡土社会作为审视世界的基本视角的。童年
的经验,常常是一个作家重要的创作冲动,特别是在他的创作之始。
莫言的小说首次引起普遍的关注,显然是一批以童年的乡土社会经
验为题材的作品。乡土社会的基本视角与有限制的童年视角相重叠
代表他这一时期的叙述个性,并且在他的文本序列中,表征出恋乡与
怨乡的双重心理情结。"

　　评论家像火把一样照亮了我的童年,使许多往事出现在眼前,我
不得不又一次引用流氓皇帝朱元璋对他的谋士刘基说的话:原本是
趁火打劫,谁知道弄假成真!

　　1955 年春天,我出生在高密东北乡一个偏僻落后的小村里。我
出生的房子又矮又破,四处漏风,上面漏雨,墙壁和房笆被多年的炊

烟熏得漆黑。根据村里古老的习俗,产妇分娩时,身下要垫上从大街上扫来的浮土,新生儿一出母腹,就落在这土上。没人对我解释过这习俗的意义,但我猜想到这是"万物土中生"这一古老信念的具体实践。我当然也是首先落在了那堆由父亲从大街上扫来的被千人万人踩践过、混杂着牛羊粪便和野草种子的浮土上。这也许是我终于成了一个乡土作家而没有成为一个城市作家的根本原因吧。

我的家族成员很多,有爷爷、奶奶、父亲、母亲、叔叔、婶婶、哥哥、姐姐,后来我婶婶又生了几个比我小的男孩。我们的家族是当时村里人口最多的家族。大人们都忙着干活,没人管我,我悄悄地长大了。我小时候能在一窝蚂蚁旁边蹲整整一天,看着那些小东西忙忙碌碌地进进出出,脑子里转动着许多稀奇古怪的念头。我记住的最早的一件事,是掉进盛夏的茅坑里,灌了一肚子粪水。我大哥把我从坑里救上来,抱到河里去洗干净了。那条河是耀眼的,河水是滚烫的,许多赤裸着身体的黑大汉在河里洗澡、抓鱼。正如程德培猜测的一样,童年留给我的印象最深刻的事就是洪水和饥饿。那条河里每年夏、秋总是洪水滔滔,浪涛澎湃,水声喧哗,从河中升起。坐在我家炕头上,就能看到河中的高过屋脊的洪水。大人们都在河堤上守护着,老太婆烧香磕头祈祷着,传说中的鳖精在河中兴风作浪。每到夜晚,到处都是响亮的蛙鸣。那时的高密东北乡确实是水族们的乐园,青蛙能使一个巨大的池塘改变颜色。满街都是蠢蠢爬动的癞蛤蟆,有的蛤蟆大如马蹄,令人望之生畏。那时的气候是酷热的,那时的孩子整个夏天都不穿衣服。我上小学一年级时就是光着屁股赤着脚,一丝不挂地去的,最早教我们的是操外县口音的纪老师,是个大姑娘,一进教室看到一群光腚猴子,吓得转身逃走。那时的冬天是奇冷的,夜晚是真正的伸手不见五指。田野里一片片绿色的鬼火闪闪烁烁,常常有一些巨大的、莫名其妙的火球在暗夜中滚来滚去。那时死人特别多,每年春天都有几十个人被饿死。那时我们都是大肚子,肚皮上满是青筋,肚皮薄得透明,肠子蠢蠢欲动……这一切,都如眼前的情景,历历在目。所以当我第一次读了加西亚·马尔克斯的《百年孤独》之后,便产生了强烈的共鸣,同时也惋惜不已:这些奇情异景,只能用别的方式写出,而不能用魔幻的方式表现了。

由于我相貌丑、喜欢尿床、嘴馋手懒,在家族中是最不讨人喜欢的一员,再加上生活贫困、政治压迫使长辈们心情不好,所以我的童年是黑暗的,恐怖、饥饿伴随我成长。这样的童年也许是我成为作家的一个重要原因吧。这样的童年必然地建立了一种与故乡血肉相连的关系,故乡的山川河流、动物植物都被童年的感情浸淫过,都带上了浓厚的感情色彩,许多后来的朋友都忘记了,但故乡的一切都忘不了。高粱叶子在风中飘扬,成群的蚂蚱在草地上飞翔,牛脖上的味道经常进入我的梦;夜雾弥漫中,突然响起了狐狸的鸣叫;梧桐树下,竟然蛰伏着一只像磨盘那么大的癞蛤蟆;比斗笠还大的黑蝙蝠在村头的破庙里鬼鬼祟祟地滑翔着……总之,截止到目前的我的作品里,都充满着我童年时的感觉,而我的文学的生涯,则是从我光着屁股走进学校的那一刻开始。

六、故乡就是经历

英年早逝的美国作家托马斯·沃尔夫坚决地说:"一切严肃的作品说到底必然都是自传性质的,而且一个人如果想要创造出任何一件具有真实价值的东西,他便必须使用他自己生活中的素材和经历。"(托马斯·沃尔夫讲演录《一部小说的故事》)他的话虽然过分绝对化,但确有他的道理。任何一个作家——真正的作家——都必然地要利用自己的亲身经历来编织故事,而情感的经历比身体的经历更为重要。作家在利用自己的亲身经历时,总是想把自己隐藏起来,总是要将那经历改头换面,但明眼的批评家也总是能揪住狐狸的尾巴。

托马斯·沃尔夫在他的杰作《天使望故乡》里几乎是原封不动地搬用了他故乡的材料,以致小说发表后,激起了乡亲们的愤怒,使他几年不敢回故乡。托马斯·沃尔夫是一个极端的例子。诸如因使用了某些亲历材料而引起官司的,也屡见不鲜。如巴尔加斯·略萨的《胡利娅姨妈与作家》就因过分"忠于"事实而引起胡利娅的愤怒,自己也写了一本《作家与胡利娅姨妈》来澄清事实。

所谓"经历",大致是指一个人在某段时间内、在某个环境里,干了一件什么事,并与某些人发生了这样那样的、直接或间接的关系。一般来说,作家很少原封不动地使用这些经历,除非这经历本身已经比较完整。

在这个问题上,故乡与写作的关系并不特别重要,因为有许多作家在逃离故乡后,也许经历了惊心动魄的事。但对我个人而言,离开故乡后的经历平淡无奇,所以,就特别看重故乡的经历。

我的小说中,直接利用了故乡经历的,是短篇小说《枯河》和中篇小说《透明的红萝卜》。

"文革"期间,我十二岁那年秋天,在一个桥梁工地上当了小工,起初砸石子,后来给铁匠拉风箱。在一个阳光明媚的中午,铁匠们和石匠们躺在桥洞里休息,因为腹中饥饿难挨,我溜到生产队的萝卜地里,拔了一棵红萝卜,正要吃时,被一个贫下中农抓住了。他揍了我一顿,拖着我往桥梁工地上送。我赖着不走,他就十分机智地把我脚上那双半新的鞋子剥走,送到工地领导那儿。挨到天黑,因为怕丢了鞋子回家挨揍,只好去找领导要鞋。领导是个猿猴模样的人,他集合起队伍,让我向毛主席请罪。队伍聚在桥洞前,二百多人站着,黑压压一片。太阳正在落山,半边天都烧红了,像梦境一样。领导把毛主席像挂起来,让我请罪。

我哭着,跪在毛主席像前结结巴巴地说:"毛主席……我偷了一个红萝卜……犯了罪……罪该万死……"

民工们都低着头,不说话。

领导说:"认识还比较深刻,饶了你吧。"

领导把鞋子还了我。

我忐忑不安地往家走。回家后就挨了一场毒打。出现在《枯河》中的这段文字,几乎是当时情景的再现:

> 哥哥把他扔到院子里,对准他的屁股用力踢了一脚,喊道:"起来,你专门给家里闯祸!"他躺在地上不肯动,哥哥很用力地连续踢着他的屁股,说:"滚起来,你作了孽还有功啦是不?"
>
> 他奇迹般站起来(在小说中,他此时已被村支部书记打了半死),一步步倒退到墙角上去,站定后,惊恐地看着瘦长的哥哥。
>
> 哥哥愤怒地对母亲说:"砸死他算了,留着也是个祸害。本来今年我还有希望去当兵,这下全完了。"
>
> 他悲哀地看着母亲。母亲从来没有打过他。母亲流着眼泪走过来。他委屈地叫了一声娘。
>
> ……母亲戴着铁顶针的手狠狠地抽到他的耳门上,他干号了一声……母亲从草垛上抽出一根干棉花柴,对着他没鼻子没眼地抽着。
>
> 父亲一步步走上来。夕阳照着父亲愁苦的面孔……父亲左手拎着他的脖子,右手拎着一只鞋子……父亲的厚底老鞋第一下打在他的脑袋上,把他的脖子几乎钉进腔子里去。那只老鞋更多的是落在他的背上,急一阵、慢一阵,鞋底越来越薄,一片片泥土飞散着……

抄写着这些文字,我的心脏一阵阵不舒服。看过《枯河》的人也许还记得,那个名叫小虎的孩子,最终是被自己的亲人活活打死的,而真实的情况是：当父亲用沾了盐水的绳子打我时，爷爷赶来解救了我。爷爷当时愤愤地说："不就是拔了个鸟操的萝卜嘛！还用得着这样打?!"爷爷与我小说中的土匪毫无关系，他是个勤劳的农民，对人民公社一直有看法，他留恋二十亩地一头牛的小农生活。他一直扬言：人民公社是兔子尾巴长不了。想不到如今果真应验了。父亲是好父亲，母亲是好母亲，促使他们痛打我的原因：一是因为我在毛泽东像前当众请罪伤了他们的自尊心；二是因为我家出身上中农，必须老老实实，才能苟且偷安。我的《枯河》实则是一篇声讨极"左"路线的檄文，在不正常的社会中，是没有爱的，环境使人残酷无情。

当然，并非只有挨过毒打才能写出小说，但如果没有这段故乡经历，我绝写不出《枯河》。同样，也写不出我的成名之作《透明的红萝卜》。

《透明的红萝卜》写在《枯河》之前，此文以纯粹的"童年视角"为批评家称道，为我带来了声誉。但这一切，均于无意中完成，写作时根本没想到什么视角，只想到我在铁匠炉边度过的六十个日日夜夜。文中那些神奇的意象、古怪的感觉，盖源于我那段奇特经历。畸形的心灵必然会使生活变形，所以在文中，红萝卜是透明的，火车是匍匐的怪兽，头发丝儿落地訇然有声，姑娘的围巾是燃烧的火苗……

将自己的故乡经历融汇到小说中去的例子，可谓俯拾皆是：水上勉的《桑孩儿》《雁寺》，福克纳的《熊》，川端康成的《雪国》，劳伦斯的《儿子与情人》……这些作品里，都清晰地浮现着作家的影子。

一个作家难以逃脱自己的经历，而最难逃脱的是故乡经历。有时候，即便是非故乡的经历，也被移植到故乡的经历中。

七、故乡的风景

风景描写——环境描写——地理环境、自然植被、人文风俗、饮食起居等等,诸如此类的描写,是近代小说的一个重要构成部分。即便是继承中国传统小说写法的"山药蛋"鼻祖赵树理的小说,也还是有一定比例的风景描写。当你构思了一个故事,最方便的写法是把这故事发生的环境放在你的故乡。孙犁在荷花淀里,老舍在小羊圈胡同里,沈从文在凤凰城里,马尔克斯在马孔多,乔伊斯在都柏林,我当然是在高密东北乡。

现代小说的所谓气氛,实则是由主观性的、感觉化的风景——环境描写制造出来的。巴尔扎克式的、照相式的繁琐描写已被当代小说家所抛弃。在当代小说家笔下,大自然是有灵魂的,一切都是通灵的,而这万物通灵的感受主要是依赖着童年的故乡培育发展起来的。用最通俗的说法是:写你熟悉的东西。

我不可能把我的人物放到甘蔗林里去,我只能把我的人物放到高粱地里。因为我很多次地经历过高粱从播种到收获的全过程,我闭着眼睛就能想到高粱是怎样一天天长成的。我不但知道高粱的味道,甚至知道高粱的思想。马尔克斯是世界级大作家,但他写不了高粱地,他只能写他的香蕉林,因为高粱地是我高密东北乡文学王国的一个重要组成部分,这里反抗任何侵入者,就像当年反抗日本侵略者一样。同样,我也绝对不敢去写拉丁美洲的热带雨林,那不是我的故乡。

回到了故乡我如鱼得水,离开了故乡我举步艰难。

我在《枯河》里写了故乡的河流,在《透明的红萝卜》里写了故乡的桥洞和黄麻地,在《欢乐》中写了故乡的学校和池塘,在《白棉花》里写了故乡的棉田和棉花加工厂,在《球状闪电》中写了故乡的草甸子和芦苇地,在《爆炸》中写了故乡的卫生院和打麦场,在《金发婴儿》中写了故乡的道路和小酒店,在《老枪》中写了故乡的梨园和洼地,在《白狗秋千架》中写了故乡的白狗和桥头;在《天堂蒜薹之歌》中写了故乡的大蒜和槐林,尽管这个故事是取材于震惊全国的"苍山蒜薹事件"，但我却把它搬到了高密东北乡，因为我脑子里必须有一个完整的村庄，才可能得心应手地调度我的人物。

故乡的风景之所以富有灵性、魅力无穷，主要的原因是故乡的风景里有童年。我在《透明的红萝卜》中写一个大桥洞，写得那么高大、神奇，但当我陪着几个摄影师重返故乡去拍摄这个桥洞时，不但摄影师们感到失望，连我自己也感到惊讶。毫无疑问眼前的桥洞还是当年的那个桥洞，但留在我脑海里的高大宏伟、甚至带着几分庄严的感觉不知跑到哪里去了。眼前的桥洞又矮又小，伸手即可触摸洞顶。桥洞还是那个桥洞，但我已不是当年的我。这也进一步证明了我在《透明的红萝卜》中的确运用了童年视角。文中的景物都是故乡的童年印象，是变形的、童话化了的，小说的浓厚的童话色彩赖此产生。

八、故乡的人物

1988 年春天的一个上午，我正在高密东北乡的一间仓库里写作时，一个衣衫褴褛的老人走进了我的房间。他叫王文义，按辈分我该叫他叔。我慌忙起身让座，敬烟。他抽着烟，不高兴地问："听说你把我写到书里去了？"我急忙解释，说那是一时的糊涂，现在已经改了，云云。老人抽了一支烟，便走了。我独坐桌前，沉思良久。我的确把这个王文义写进了小说《红高粱》，当然有所改造。王文义当过八路，在一次战斗中，耳朵受了伤，他扔掉大枪，捂着头跑回来，大声哭叫着："连长，连长，我的头没有了……"连长踢了他一脚，骂道："混蛋，没有头还能说话！你的枪呢？"王文义说："扔到壕沟里了。"连长骂了几句，又冒着弹雨冲上去，把那支大枪摸回来。这件事在故乡是当笑话讲的，王文义也供认不讳。别人嘲笑他胆小时，他总是笑。

我写《红高粱》时，自然地想到了王文义，想到了他的模样、声音、表情,他所经历的那场战斗,也仿佛在我眼前。我原想换一个名字,叫王三王四什么的,但一换名字,那些有声有色的画面便不见了。可见在某种情况下,名字并不仅仅是个符号,而是一个生命的组成部分。

我从来没感受到过素材的匮乏,只要一想到家乡,那些乡亲们便奔涌前来,他们个个精彩,形貌各异,妙趣横生,每个人都有一串故事,每个人都是现成的典型人物。我写了几百万字的小说,只写故乡的边边角角,许多非常文学的人,正站在那儿等待着我。故乡之所以会成为我创作的不竭的源泉,是因为随着我年龄、阅历的增长,会不断地重塑故乡的人物、环境等。这就意味着一个作家可以在他一生的全部创作中不断地吸收他的童年经验的永不枯竭的资源。

九、故乡的传说

其实,我想,绝大多数的人,都是听着故事长大的,并且都会变成讲述故事的人。作家与一般的故事讲述者的区别是把故事写成文字。往往越是贫穷落后的地方,故事越多。这些故事,一类是妖魔鬼怪,一类是奇人奇事。对于作家来说,这是一笔巨大的财富,是故乡最丰厚的馈赠。故乡的传说和故事,应该属于文化的范畴;这种非典籍文化,正是民族的独特气质和禀赋的摇篮,也是作家个性形成的重要因素。马尔克斯如果不是从外祖母嘴里听了那么多的传说,绝对写不出他的惊世之作《百年孤独》。《百年孤独》之所以被卡洛斯·富恩特斯誉为"拉丁美洲的《圣经》",其主要原因是"传说是架通历史与文学的桥梁"。

我的故乡离蒲松龄的故乡三百里,我们那儿妖魔鬼怪的故事也特别发达,许多故事与《聊斋志异》的故事大同小异。我不知道是人们先看了《聊斋志异》后讲故事,还是先有了这些故事而后有《聊斋志异》。我宁愿先有了鬼怪妖狐而后有《聊斋志异》。我想,当年蒲留仙在他的家门口大树下摆着茶水请过往行人讲故事时,我的某一位老乡曾饮过他的茶水,并为他提供了故事素材。

我的小说中直写鬼怪的不多,《草鞋窨子》里写了一些,《生蹼的祖先》中写了一些。但我必须承认少时听过的鬼怪故事对我产生的深刻影响,它培养了我对大自然的敬畏,它影响了我感受世界的方式。童年的我是被恐怖感紧紧攫住的。我独自一人站在一片高粱地边上时,听到风把高粱叶子吹得飒飒作响,往往周身发冷,头皮发乍,那些挥舞着叶片的高粱,宛若一群张牙舞爪的生灵,对着我扑过来,于是我便怪叫着逃跑了。一条河流,一棵老树,一座坟墓,都能使我感到恐惧,至于究竟怕什么,我自己也解释不清楚。但我惧怕的只是故乡的自然景物,别的地方的自然景观无论多么雄伟壮大,也引不起我的敬畏。

奇人奇事是故乡传说的重要内容。我曾在一篇文章中写过:历史在某种意义上就是一堆传奇故事,越是久远的历史,距离真相越远,距离文学愈近。所以司马迁的《史记》根本不能当作历史来看。历史上的人物、事件在民间口头流传的过程,实际上就是一个传奇化的过程。每一个传说者,为了感染他的听众,都在不自觉地添油加醋,再到后来,麻雀变成了凤凰,野兔变成了麒麟。历史是人写的,英雄是人造的。人对现实不满时便怀念过去;人对自己不满时便崇拜祖先。我的小说《红高粱家族》大概也就是这类东西。事实上,我们的祖先跟我们差不多,那些昔日的荣耀和辉煌大多是我们的理想。然而这把往昔理想化、把古人传奇化的传说,恰是小说家取之不尽、用之不竭的创作源泉。它是关于故乡的,也是关于祖先的,于是便与作家产生了水乳交融的关系,于是作家在利用故乡传说的同时,也被故乡传说利用着。故乡传说是作家创作的素材,作家则是故乡传说的造物。

十、超越故乡

  还是那个托马斯·沃尔夫说过："我已经发现,认识自己故乡的办法是离开它;寻找到故乡的办法,是到自己心中去找它,到自己的头脑中、自己的记忆中、自己的精神中,以及到一个异乡去找它。"(托马斯·沃尔夫讲演录《一部小说的故事》)他的话引起我强烈的共鸣——当我置身于故乡时,眼前的一切都是烂熟的风景,丝毫没能显示出它们内在的价值,它们的与众不同;但当我远离故乡后,当我拿起文学创作之笔后,我便感受到一种无家可归的痛苦,一种无法抑制的对精神故乡的渴求便产生了。你总得把自己的灵魂安置在一个地方,所以故乡变成一种寄托,变成一个置身都市的乡土作家的最后的避难所。肖洛霍夫和福克纳更彻底——他们干脆搬回到故乡去居住了,也许在不久的将来,我也会回到高密东北乡去,遗憾的是那里的一切都已面目全非,现实中的故乡与回忆中的故乡,与我用想象力丰富了许多的故乡已经不是一回事。作家的故乡更多的是一个回忆往昔的梦境,它是以历史上的某些真实生活为根据的,但平添了无数的花草,作家正像无数的传说者一样,为了吸引读者,不断地为他梦中的故乡添枝加叶——这种将故乡梦幻化、将故乡情感化的企图里,便萌动了超越故乡的希望和超越故乡的可能性。

  高举着乡土文学的旗帜的作家,大致可以分为这样两种类型:一种是终生厮守于此,忠诚地为故乡唱着赞歌;作家的道德价值标准也就是故乡的道德价值标准,他们除了记录,不再做别的工作。这样的作家也许能成为具有地方色彩的作家,但这地方色彩不是真正意义上的文学风格。所谓的文学风格,并不仅仅是指搬用方言土语、描写地方景物,而是指一种熔铸着作家独特思维方式、独特思想观点的独特风貌,从语言到故事、从人物到结构,都是独特的、区别他人的。

而要形成这样的风格,作家的确需要远离故乡,获得多样的感受,方能在参照中发现故乡的独特,先进的或是落后的;方能发现在诸多的独特性中所包含着的普遍性,而这特殊的普遍,正是文学冲出地区、走向世界的通行证。这也就是托·斯·艾略特在他的著名论文《美国文学和美国语言》中所指出的:"任何一位在民族文学发展过程中能够代表一个时代的作家都应具备这两种特性——突发地表现出来的地方色彩和作品的自在的普遍意义……假如在相当长的一段时间内,外国人对某位作家的倾慕始终不变,这就足以证明这位作家善于在自己写作的书里,把地区性的东西和普遍性的东西结合在一起。"沈从文、马尔克斯、鲁迅等人,正是这一类远离故乡之后,把故乡作为精神支柱,赞美着它、批判着它、丰富着它、发展着它,最终将特殊中的普遍凸现出来,获得了走向世界的通行证的作家。

托马斯·沃尔夫在他短暂一生的后期,意识到自己有必要从自我中跳出来,从狭隘的故乡观念中跳出来,去尽量地理解广大的世界,用更崭新的思想去洞察生活,把更丰富的生活写进自己的作品,可惜他还没来得及认真去做就去世了。

苏联文艺评论家彼·瓦·巴里耶夫斯基曾经精辟地比较过海明威、奥尔丁顿等作家与福克纳的区别:"福克纳这时走的却是另一条路。他在当前的时代中寻求某种联系过去时代的东西,一种连绵不断的人类价值的纽带;并且发现这种纽带源出于他的故乡密西西比河一小块土地。在这儿他发现了一个宇宙,一种斩不断的和不会令人失望的纽带。于是他以解开这条纽带而了其余生。这就是海明威、奥尔丁顿和其他作家成为把当代问题的波浪从自己的周围迅速传播出去的世界闻名作家的原因,而福克纳——无可争辩地是个民族的,或甚至是个区域性的艺术家——它慢慢地、艰苦地向异化的世界显示他与这个世界的密切关系,显示人性基础的重要性,从而使自己成为一个全球性的作家。"(外国文学研究资料丛刊《福克纳评论集》)

托马斯·沃尔夫所觉悟到的正是福克纳实践着的。沃尔夫记录了他的真实的故乡,而福克纳却在他真实故乡的基础上创造了一个比他的真实故乡更丰富、博大的文学故乡。福克纳营造他的文学故乡时使用了全世界的材料,其中最重要的材料当然是他的思想——他的时空观、道德观,是他的文学宫殿的两根支柱。这些东西,也许是他在学习飞行的学校里获得的,也许是他在旅馆里的澡盆里悟到的。

福克纳是我们的——起码是我的——光辉的榜样,他为我们提供了成功的经验,但也为我们设置了陷阱。你不可能超越福克纳达到的高度,你只能在他的山峰旁另外建造一座山峰。福克纳也是马尔克斯的精神导师,马尔克斯学了福克纳的方法,建起了自己的故乡,但支撑他的宫殿的支柱是孤独。我们不可能另外发现一种别的方法,唯一可做的是——学习马尔克斯——发现自己的精神支柱。

故乡的经历、故乡的风景、故乡的传说,是任何一个作家都难以逃脱的梦境,但要将这梦境变成小说,必须赋予这梦境以思想。这思想水平的高低,决定了你将达到的高度,这里没有进步与落后之分,只有肤浅和深刻的区别。对故乡的超越首先是思想的超越,或者说是哲学的超越。这束哲学的灵光,不知将照耀到哪颗幸运的头颅上。我与我的同行们在一样努力地祈祷着、企盼着成为幸运的头颅。

一九九二年五月

下个世纪我们为谁写作

　　按照某几位中国最有文化的先生的说法,下个世纪(二十一世纪)的中国将是"中产阶级"的世纪,这批即将生出来或者已经生出来的但还没有长硬翅膀的"中产阶级"将领导中国的艺术趣味,"他们的情趣很多时候可以左右图书市场,甚至决定一本书是不是畅销";最后得出的含混结论是:下个世纪,包括本世纪的最后几年,一个作家要使自己的书畅销,就必须为这些新生的"中产阶级"写作;一个作家要想成为"大家",必须首先成为"肯定是属于被中产阶级欣赏的人"。

　　多少年忘记了阶级和阶级斗争,突然新生出一个"中产阶级",着实把我吓了一跳,这不等于又把战斗的号角吹响了吗?有了"中产阶级",何愁没有"高产阶级"?而"高产阶级"和"中产阶级"的财富从何而来?如果是从城市贫民和农村贫下中农骨头里榨出来的,那革命的日子不是又在眼前了吗?我不知道那些先生们是根据什么标准划分出来一个"中产阶级"。按照毛泽东的方法,应该是按经济地位来划分,而在今日中国,人们的经济地位比较模糊,农村的土地是国有的,城市里的工厂也是国有的,还有一大批乡镇企业说不清是公有还是私有。看来只好用富裕程度来划分了。富裕程度,用工资来划分基本上没有意义,真正有钱有势的人是不靠工资生活的。我恍惚觉得,那些理论家心驰神往的"中产阶级",大约是些"手持大哥大,有辆桑塔纳,小蜜手中挎"的人物。这类人看起来很多,其实并不多,他们就像池塘里那些在浅层水面上窜来窜去的浮水鲢鱼一样,动静挺大,激起的水花也不少,但实际上并没有几条。更多的鱼则沉在水底,在淤泥里找些小水草、小螺蛳之类的东西果腹。再降点标准,把"中产阶级"扩大化,那些西装革履的高级职员,那些涂脂抹粉的白领丽人,那些口袋里插着两支钢笔的副教授以上级别的知识分子,都算成"中产阶级",这批人数量倒是不少。但他们愿意承认自己是"中产阶级"吗?他们很可能愿意成为下个世纪中国领导审美趣味的、决定一本书是否畅销、决定一个作家是否"大家"的阶级,但要他们承认自己是在财产方面也"中产"了的阶级,大概都不甚乐意。这批人其实天天都在哭穷,什么"拿手术刀的不如拿剃头刀的""研究导弹的不如卖茶叶蛋的",都出自这批人之嘴。由此推想,光靠积累财富的程度来确定谁是"中产阶级"并不科学,开饭馆的个体户很富,让他们来领导下个世纪中国的艺术趣味,你们能答应吗?不用财富来划分阶级,那用什么来划分呢?我很糊涂。

说改革开放以来,中国有相当多的人积累了远远超过了一般百姓的财富,这是事实。但这些人就是新生的"中产阶级"吗?让我们看看这些发了财的都是些什么人:一是一批高干子弟和不那么廉洁的官员,用大家心照不宣的手段,积累了巨额财富;二是一批最早的倒爷、一批因找不到工作搞个体的不良分子、一批盗版的书商、一批制假贩假的坏蛋、一批胆大妄为的走私犯……积累了巨额财富;三是一批提前"下海"的知识分子,利用他们的聪明和关系,积累了相当多的财富。我想当今社会上的有钱人,大概都可以包括在这三个类里吧。第一批人属衙内公主、贪官污吏,他们能领导下个世纪中国的艺术趣味吗？第二批人鱼龙混杂，其中目不识丁者大有人在，他们能领导下个世纪中国的审美倾向和决定一个作家是否"大家"吗？第三类人似乎可以，他们当中也包括那些"写文章发了小财的副教授以上级别的知识分子"和"写电视剧本小富了的作家"，还有演员、导演、画家、书法家、主持人，等等，但这些人能够成为一个阶级吗？

我认为中国目前还没有一个所谓的"中产阶级"，下个世纪也不大可能产生那种满脑子《廊桥遗梦》的"中产阶级"，顶多产生一批外国人说喜欢《廊桥遗梦》也赶紧跟着说也喜欢《廊桥遗梦》的"后中产阶级"。如果你说不喜欢《廊桥遗梦》，就好像不"中产阶级"，就意味着失去了领导本世纪末乃至下个世纪的思想艺术潮流的资格一样。

《廊桥遗梦》在西方是不是中产阶级的经典，我孤陋寡闻，不知道。但《廊桥遗梦》在中国的畅销，完全因自书商的爆炒，并不是如那个著名大学的副教授在文章中所说的是"白领阶层的人口口相传的结果"。如果不是此书在西方卖了"几千万册"（鬼知道真假），而且很薄，价钱也不贵，不超过老百姓的购买力，能在中国畅销吗？难道这些书都卖给了中国新生的"中产阶级"？"人闻长安乐，则出门而西向笑；人言肉味美，则过屠门而大嚼"。这才是真正的崇洋媚外呢！什么"故事好，赞美了纯真的爱情、克制的激情，怀念古典爱情……"，纯属人云亦云。这种老套子的故事，在琼瑶的小说里比比皆是，何必独尊《廊桥遗梦》。

批评家老是希望自己能像熊熊燃烧的火把，替写小说的人照亮前进的道路：你想成为二十一世纪的文学大家吗？那么你首先要成为"被新生的中产阶级欣赏的人"，你想成为被"中产阶级欣赏的人"，那你就要写出像《廊桥遗梦》那样的小说；即便你暂时写不出这样的小说，你也要宣布你十分喜欢这样的小说，不但是喜欢，而且喜欢得快要发了疯，连《廊桥遗梦》中那个女人的名字，也"像节奏分明的音乐一样敲击着我的耳膜"。这样，你就等于附在了新生的中国

"中产阶级"的皮上,成了一根中国新生"中产阶级"皮上的华毛,成了为中国的"中产阶级"写作的作家,成了下个世纪的畅销书候补作家,成了即将被中国的新生的"中产阶级"捧出来的"文学大家"。

其实,这样的大家已经呼之欲出了。君不见,在那些书摊上,由中国人写的《续廊桥梦》《廊桥续梦》《后廊桥梦》《廊桥后梦》之类的畅销书,已经琳琅满目,中国的"中产阶级"已经开始以他们的艺术口味来左右图书市场了。作家们,赶快向这些"中产阶级"效忠吧!否则,你看似"走红",实际上已经变成了"历史人物"。

写完这篇搅浑水的文章,偶翻一张报纸,发现了一篇与被新生的中国"中产阶级"奉为经典的《廊桥遗梦》有关的妙文:1995 年 12 月 26 日《北京晚报》载:

一妇女迷恋《廊桥遗梦》致病

受过高等教育的 43 岁的女性王某,最近因为迷恋《廊桥遗梦》而导致心因性偏执症,而且因此自杀,幸得抢救及时而免于一死。

今年夏天,王某购得《廊桥遗梦》一书后,爱不释手,反复看了多次,并多次对丈夫说,她就是书中的女主人公,人到中年有了外遇很对不起丈夫,而且说到伤感处就大哭不止。

王某的丈夫发现她买了近三十本《廊桥遗梦》,而且生活中有很多反常的语言和举止,便带她前去就医。经四平市精神病医院确诊为心因性偏执症。

十月初的一天,王某手里捧着一本《廊桥遗梦》和写给她幻想中的情人的遗书,服下大量安眠药自杀,幸得抢救及时脱险。

　　这个不幸的女性是否代表着新生的中国"中产阶级"审美趣味呢？我们这些上了"诺贝尔的当，上了外国汉学家的当，忘了自己的真正立足之地在哪里"的作家不敢妄下结论。但如果新生的中国"中产阶级"所倡导的文学样板就是一本《廊桥遗梦》，那这个新生的"中产阶级"注定成不了大气候。它刚刚诞生就吃了安眠药，然后派出自己的发言人到处发表清醒的呓语。这真是白日做的廊桥后梦，我们上当上够了，尽管不知道下个世纪的读者要读什么，但绝不会加入到廊桥后梦里去充当"后中产阶级"的后腋毛。

　　　　　　　　　　　　　　　　　一九九六年一月

文 学 与 牛

　　荣获了《小说月报》奖，十分高兴，但听说要写"得奖感言"，又十分犯愁。真是得奖不易，感言更不易。不易也要写，为了这个我盼望许久的奖。

　　记得当年汪曾祺先生到我们班上来讲课，开首就在黑板上写上了六个大字"卑之无甚高论"。这句话出自何典我忘了，汪先生当时是说过的，但话的意思还明白。谈到文学，连汪先生这样的大家都说没有高论，如我这般蠢货，只怕连低论也不敢有。不敢有也得有，因为我的《牛》得了奖，因为我很看重这个奖。

　　俗话说吃水不忘打井人，得了奖不能忘了我放过的和我追过的那些牛。一谈牛，就难免谈到所谓的"童年记忆"，一谈到"童年记忆"就难免遭人耻笑。但无论多么聪明的人，只要一耻笑我，就跟对牛弹琴差不多，因为他们的话都是文学理论，而文学理论我根本就听不懂，不是装糊涂，的确是不懂。有好几次我想冒充一下阳春白雪，不懂装懂一下，结果弄巧成拙，让人摸到了我的底细，就像让贵州的小老虎摸到了驴子的底细一样。

　　我童年时期，正逢"文革"，大人垂头丧气，小孩子欢天喜地。我们那时的一个最大的娱乐项目就是吃过晚饭后到旷野里去追牛。当然是月亮天最好。大人们点着马灯在大队部里闹革命,四类分子趁着月光给生产队里干活,我们趁着月光在田野里追牛。那时候,就像我在《牛》里写的那样,牛是大家畜、是生产资料,偷杀一头牛是要判刑的,但生产队里根本没有饲草,革命时期,明年的生产谁还去想?就把那些牛从饲养室里轰出去,让它们去打野食,能活的就活,活不下去就死,死了就上报公社,公社下来验尸后,证明是自然死亡,然后,就剥皮卖肉,全村皆欢。当然最欢的还是那些正在掌权的红卫兵头头。这些杂种,比正在挨着批斗的支部书记、大队长还要坏,死牛身上最好的肉都让他们吃了。现在想想,这也是应该的,当官如果没有好处,谁还去当?我们一帮孩子,吃罢晚饭,等到月光上来,就跑到田野里,追赶那些瘦得皮包骨头的牛。"文革"期间,地里不但不长庄稼,连草也长得很少,牛在光秃秃的田野里,吃不饱,学会了挖草根啃树皮,还学会了用蹄子敲开冰河饮水。我们在月光照耀下开始追牛,起初我们不如牛跑得快,但渐渐地牛就不如我们跑得快了。我们每人扯住一条牛尾巴,身体后仰着,让牛带着跑,举头望着明月,犹如腾云驾雾,有点飘飘欲仙的感觉。那些老弱病残的牛,很快就被我们给折腾死了,剩下的那些牛,基本上成了野牛,见了人就双眼发红,鼻孔张开,脑袋低垂,摆出一副拼命的架势。对这样的牛,我们不敢再追了。后来又出了一个谣言,说是有几个刚死了的人的坟墓让这些野牛给扒开了,尸体自然也让这些野牛给吃了。牛野到吃死人的程度,离吃活人也就不远了。因此我们的追牛运动就结束了。这个时期,中国基本上没有文学。

"文革"结束后不久,人民公社就散了伙,先是联产计酬,紧接着就是分田单干,家家户户都养起牛来,牛的身价猛地贵了起来。人民公社时期说起来很重要实际上根本不当东西的牛,重新成了农民的命根子。这个时期,正是中国的新时期文学的黄金时代。

　　九十年代以来,由于这样那样的原因,农民对种地失去了热情,年轻力壮的人大都跑出去打工挣钱,村子里的土地多被大户承包,再加上小型农业机械的普及,林果的增加和粮田的减少,牛作为主要的生产资料逐渐成为历史。现在农民养牛的目的,基本上是养肥了卖肉。社会的商品化,改变了牛的历史地位,农民与牛的感情也发生了重大的变化。过去,人们常常诅咒那些杀牛的人,说他们死后不得好报,现在,杀牛跟杀猪一样,成了司空见惯之事。这个时期,我们的文学也失去了它的神圣和尊严,文学创作,也正在变成一种商品生产。

　　我马马虎虎地感到,几十年来,牛的遭遇与文学的遭遇很是相似,农民的养牛史,活像一部当代文学史。我估计会有很多人反对我的"研究成果",太下里巴人了嘛!我也想阳春白雪,但学不会,只能是什么人说什么话。

　　最后,我想说,搞文学的同志们,不要悲观,更不要绝望,科学无论如何发达,农民无论怎样变化,为了耕田而被饲养的牛还是会存在的,因此纯粹的文学还是会存在的。我想《小说月报》之所以奖励我,并不是因为我的这篇小说写得有多么好,他们奖励的是我这种为了耕田才养牛的精神。

二〇〇〇年十月

关于语言问题的一封信

红兵先生吾兄：

　　发来的文章看了。昨天刚看了郜元宝教授在《当代作家评论》上那一组文章，他与你对谈中的许多观点，都在那组文章里有了。同时我也把郜文中极力推崇的汪曾祺先生那些谈论语言问题的文章找出来再次看了。汪老的这些文章我曾经很认真地读过，并且认为说得很好。汪其实也是很重视文学语言的"声音"的，他很强调语言的韵律和声调。如果说到对中国戏剧和民歌的了解，汪先生是真正的"本色""当行"。其实，我们最早的文学语言，是声音大于文字的。诗歌不能被吟诵，大概算不上诗歌。所谓韵律、节奏，都是从属于声音的。而好的文学，应该是首先具备了很好的"声音"的，声音好，在字与词的意义上肯定也差不了的。看看唐诗宋词元曲，哪里有只有默读才好而高声朗诵不好的例子呢？

　　其实国外的很多作家也是很讲究语言的声音的。法国的福楼拜每写出一段文字就要到家门外的林荫道上去大声朗诵，以至于那条林荫道成了著名的"吼叫大道"。

　　说到小说的语言，跟诗歌的语言有区别。但也没有那种念出来不好听但读起来特别好的例子。文言文念出来不好听是因为我们太没有"文化",古代的书生朗朗诵读的绝不可能是话本。鲁迅的文章念出来其实也很好啊。"文革"期间我听过收音机里朗诵他的《故乡》,读到"深蓝的天空中挂着一轮金黄的圆月,下面是海边的沙地,都种着一望无际的碧绿的西瓜……"我的眼前确实油然出现了这样的情景,但出现的并不是这些汉字。也可以说,即便那些不认识字的农民,听到了这样的朗诵(声音),也可以联想到上述的美好的景色。当然如果让我的乡亲来描述这样的情景,他肯定不会使用这样的语言,让汪曾祺来写,也不会使用这样的语言。

涉及汉语的深层问题,字、词、音、形,实在是复杂极了,我是想不明白的。因为我毕竟识了字,所以也不知道一个不识字的人,是如何思维的。是的,"没有语言的思想,也没有思想的语言",语言是思维的材料,还是工具?我想到你,是先想到"葛红兵"这三个字呢还是先想到这三个字的声音呢?我想,思想时,声音大概比字形重要,或者说,没有声音是不行的,但没有字形是可以的。譬如我不认识字,但我知道你的名字,或者说我知道"葛红兵"这个声音。那么,一听到这个声音我就想到了你的容貌、身材,等等。这也就是说,文盲的思维材料,多是具象的,抽象的很少;多是有声的,无声的较少。这也是民间的语言生动、形象、朗朗上口的重要的原因吧。而我觉得,好的文学,尤其是好的小说的语言,恰好应该具备这样的特点。而过分典雅的、书面化的语言,是不太适合小说的。鲁迅写到人物的对话时,也是采用了民间的口语的,譬如阿 Q 的那些精彩的话、豆腐西施的话、祥林嫂的话,他只是在进入了叙述时,才使用他的那种深沉的、曲折的语言。汪曾祺的小说,十分口语化,并不是只能默读不能朗诵的。汪的《受戒》《大淖记事》是我十分喜欢的小说,但他已经那样写了,我们只好想自己的辙。汪曾祺自己也说过:"凡是别人写过的,我就决不那样写。"但这话说起来容易,真要实行起来十分困难。但必须知难而进,否则也就没有必要写作了。

我在《檀香刑》后记中所说的,肯定是有许多地方经不起推敲,也未必准确地表达了我的真实意思。我主要是厌烦了这几年那些准翻译小说的腔调,厌烦了那些貌似深刻的其实就是把简单问题故意复杂化的伪学者的语言,想发出自己的不混同于他们的声音。其实,即便是《檀香刑》,也很难说就是完全民间的,因为戏剧也是文人加工过了的东西。但戏剧的台词和唱腔,当然是重视声音的、重视节奏的,鲁迅的小说可以朗诵,但要演唱就难了。另外,所谓"猫腔",是不存在的。高密有一个茂腔,是一个没有什么特色的小戏,与我写的"猫腔"大不一样。另外,我在《檀香刑》中,还是无可避免地延续了我的语言的风格,不过是力图有些变化而已。

一个作家,总是想不断地变化,要变化,必须寻找一种东西作为依靠,为了给自己打气,难免把话说得过分。作家立论,很难公允,所以,作家真的不要写什么后记之类的阐释文章。读者也不要看作家说了什么,重要的是看他写了什么。所以,你们也不要看我的《檀香刑》后记。

郜元宝说我的早期作品《欢乐》《透明的红萝卜》《大风》《石磨》是受了魔幻现实主义的影响,这是一个误会。《大风》《石磨》其实很白洋淀派的(我曾经在一个老编辑的带领下去白洋淀"体验"过生活呢),那时我很喜欢孙犁那种略带伤感的温婉抒情的风格。《透明的红萝卜》是1984年秋天的作品,那时我还没有接触拉美文学呢。《欢乐》其实是一次痛苦的大宣泄,更与魔幻无关。其实,我的真正受到魔幻影响的小说是《金发婴儿》和《球状闪电》,那里边有插羽毛的老人要升天的情节。在我的早期作品中,正与郜元宝所言,是受到了多种因素的影响,这很对。其实,《檀香刑》的语言,也是多种语言素材影响的结果,只不过我特别地强调了民间戏剧。我和阎连科、李锐等人的近期作品,反映了作家对语言的重视和自觉。这个问题,八十年代作家们很重视,那时候也出现了何立伟、阿城等语言风格鲜明的作家。近十年来作家的语言问题几乎被忘记了,评论家也没人再去关心这个问题。我们意识到了这个问题,并用各自的方式来强调和探索,即便失败了,但如果能借此唤起对这个根本问题的重视,也是有积极意义的吧。

我大概一个问题也没有说明白,但我感谢你们的讨论和文章,在我即将开始新的长篇写作时,看到了你们的讨论和文章,必会产生积极的影响。

今天看了汪曾祺关于京剧的、关于民歌的文章,我感到,假如汪老健在,他很可能会喜欢我的《檀香刑》呢。

好像有一个外国的寓言,黄鳝问螃蟹走路时先迈哪条腿,结果螃蟹不会走了。我想作家的写作就像螃蟹的走路,本来还会写,但如果要把那些字、声之类复杂的问题想清楚,大概就不会写了。其实永远也想不清楚,这应该是生理学家、心理学家和物理学家联手研究的问题:人们是用声音来思维呢? 还是用文字来思维? 还是用图像来思维? 还是用其他的诸如嗅觉、视觉、听觉来思维? 如果你知道,就请告诉我。

二○○二年六月

我为什么要写《红高粱家族》

　　《红高粱家族》是我创作的九部长篇中的一部,但它绝对是我的最有影响力的作品,因为迄今为止,很多人在提到莫言的时候,往往代之以"《红高粱家族》的作者"。这部小说的第一部《红高粱》完成于1984年的冬天,当时我还在解放军艺术学院文学系学习。最初的灵感产生带有一些偶然性。那是在一次文学创作讨论会上,一些老作家提出了这样一个问题,即:中国共产党自成立之日起,有二十八年都是在战争中度过的。老一辈作家亲身经历过战争,拥有很多的素材,但他们已经没有精力创作了,因为他们最好的青春年华耽搁在"文革"当中;而年轻一代有精力却没有亲身体验,那么他们该怎样通过文学来更好地反映战争反映历史呢?

　　当时我就站起来说:"我们可以通过别的方式来弥补这个缺陷。没有听过放枪放炮但我听过放鞭炮;没有见过杀人但我见过杀猪甚至亲手杀过鸡;没有亲手跟鬼子拼过刺刀但我在电影上见过。因为小说家的创作不是要复制历史,那是历史学家的任务。小说家写战争——人类历史进程中这一愚昧现象,他所要表现的是战争对人的灵魂扭曲或者人性在战争中的变异。从这个意义上讲,即便没有经历过战争的人,也可以写战争。"

我发言以后,当场就有人嗤之以鼻。事后更有人说我狂妄无知,说我是"小和尚打伞无法(发)无天",说我是"碟子里扎猛子不知道深浅"。在我的创作生涯中,有好几次我都把自己逼到悬崖上。为了证明自己观点的正确,我必须马上动笔,写一部战争小说。但在落笔之前,很是费了一番斟酌。我发现"文革"前大量的小说实际上都是写战争的,但当时的小说追求的是再现战争过程。一部小说,常常是从战前动员开始写到战役的胜利,作者注重的是战争过程,而且衡量小说成功与否的标准通常是是否逼真地再现了战争的过程。新一代的作家如果再这样写绝对写不过经历过战争的老作家,即便写得与老作家同样好也没有意义。我认为,战争无非是作家写作时借用的一个环境,利用这个环境来表现人在特定条件下感情所发生的变化。譬如前苏联的著名电影《第四十一》,写了一个苦大仇深的红军女战士,在亲手击毙了四十个白匪军之后,担任了一次押送俘虏的任务。在执行任务的过程中,部队被打散,她与一个英俊漂亮、很有艺术修养的白匪军官流落到一个荒无人烟的小岛上。天长日久,两个人产生了感情,开始同居,各自都把自己的阶级身份忘记了。突然有一天,来了一条白匪的大船,那个白匪军官向着大船扑去,红军女战士的阶级性也突然苏醒了,操起步枪,将白匪军官、也是她的情人,打死在海滩上。这样的事情在生活中几乎是不可能发生的,作家营造了这样一个环境,把人物放进去进行试验。这就是所谓的"人类灵魂实验室"。这样的观念、这样的写法今天看来比较合乎文学创作规律,但在1980年代初期,在经历了长期"左"的思想禁锢后,还是被很多人质疑和不能接受的。

有了这样一个出发点,我开始着手构思,首先想到的是自己的家乡。我小时候,气候也和现在不同,经常下雨,每到夏秋,洪水泛滥,种矮秆庄稼会淹死,只能种高粱,因为高粱的杆很高。那时人口稀少,土地宽广,每到秋天,一出村庄就是一眼望不到边缘的高粱地。在"我爷爷"和"我奶奶"那个时代,雨水更大,人口更少,高粱更多,许多高粱秆冬天也不收割,为绿林好汉们提供了屏障。于是我决定把高粱地作为舞台,把抗日的故事和爱情的故事放到这里上演。后来很多评论家认为,在我的小说里,红高粱已经不仅仅是一种植物,而是具有了某种象征意义,象征了民族精神。确定了这个框架后,我只用一个星期的时间就完成了这部在新时期文坛产生过影响的作品的初稿。

《红高粱》源自一个真实的故事,发生在我所住的村庄的邻村。先是游击队在胶莱河桥头上打了一场伏击战,消灭了日本鬼子一个小队,烧毁了一辆军车,这在当时可是了不起的胜利。过了几天,日本鬼子大队人马回来报复,游击队早就逃得没有踪影,鬼子就把那个村庄的老百姓杀了一百多口,村子里的房屋全部烧毁。

《红高粱》塑造了"我奶奶"这个丰满鲜活的女性形象,并造就了电影《红高粱》中的扮演者巩俐。但我在现实中并不了解女性,我描写的是自己想象中的女性。在1930年代农村的现实生活中,像我小说里所描写的女性可能很少,"我奶奶"也是个幻想中的人物。我小说中的女性与我们现在所看到的女性是有区别的,虽然她们吃苦耐劳的品格是一致的,但那种浪漫精神是独特的。

我一向认为,好的作家必须具有独创性,好的小说当然也要有独创性。《红高粱》这部作品之所以引起来轰动,其原因就在于它有那么一点独创性。将近二十年过去后,我对《红高粱》仍然比较满意的地方是小说的叙述视角。过去的小说里有第一人称、第二人称、第三人称,而《红高粱》一开头就是"我奶奶""我爷爷",既是第一人称视角又是全知的视角。写到"我"的时候是第一人称,一写到"我奶奶",就站到了"我奶奶"的角度,她的内心世界可以很直接地表达出来,叙述起来非常方便。这就比简单的第一人称视角要丰富得多开阔得多,这在当时也许是一个创新。

有人认为我创作《红高粱家族》系列作品受到了马尔克斯的影响,这是想当然的猜测。因为马尔克斯的作品《百年孤独》的汉译本1985年春天我才看到,而《红高粱》完成于1984年的冬天,我在写到《红高粱家族》的第三部《狗道》时读到了这部了不起的书。不过,我感到很遗憾——为什么早没有想到用这样的方式来创作呢?假如在动笔之前看到了马尔克斯的作品,估计《红高粱家族》很可能是另外的样子。

我认为,像我这种年纪的作家毫无疑问都受到了西方文学的影响,因为在1980年代以前中国是封闭的,西方文学发生了哪些变化,有哪些作家出现,出现了哪些了不起的作品我们是不知道的。改革开放以后大量的西方文学被翻译进来,我们有一个两三年的疯狂阅读时期,这种影响就自然而然地产生了,从而不知不觉地就把某个作家的创作方式转移到自己的作品中来了。

为什么这样一部写历史写战争的小说引起了这么大的反响?我认为这部作品恰好表达了当时中国人一种共同的心态,在长时期的个人自由受到压抑之后,《红高粱》张扬了个性解放的精神——敢说、敢想、敢做。但我当时并没有意识到这一创作的社会意义,也没有想到老百姓会需要这样一种东西。如果现在写一篇《红高粱》,哪怕你写得再"野"几倍,也不会有什么反响。现在的读者,还有什么没有读过?所以,就像每个人都有自己的命运一样,每部作品也都有自己的命运。

二〇〇三年十月

捍卫长篇小说的尊严

大约是两年前,《长篇小说选刊》创刊,让我写几句话,推辞不过,斗胆写道:"长度、密度和难度,是长篇小说的标志,也是这伟大文体的尊严。"

所谓长度,自然是指小说的篇幅。没有二十万字以上的篇幅,长篇小说就缺少应有的威严。就像金钱豹子,虽然也勇猛,虽然也剽悍,但终因体形稍逊,难成山中之王。

我当然知道许多篇幅不长的小说其力量和价值都胜过某些臃肿的长篇,我当然也知道许多篇幅不长的小说已经成为经典,但那种犹如长江大河般的波澜壮阔之美,却是那些精巧的篇什所不具备的。长篇就是要长,不长算什么长篇?要把长篇写长,当然很不容易。我们惯常听到的是把长篇写短的呼吁,我却在这里呼吁:长篇就是要往长里写!

当然,把长篇写长,并不是事件和字数的累加,而是一种胸中的大气象,一种艺术的大营造。那些能够营造精致的江南园林的建筑师,那些在假山上盖小亭子的建筑师,当然也很了不起,但他们大概营造不来故宫和金字塔,更主持不了万里长城那样的浩大工程。这如同战争中,有的人指挥一个团可能非常出色,但给他一个军、一个兵团,就乱了阵脚。将才就是将才,帅才就是帅才,而帅才大都不是从行伍中一步步成长起来的。当然,不能简单地把写长篇小说的称作帅才,更不敢把写短篇小说的贬为将才。比喻都是笨拙的,请原谅。

一个善写长篇小说的作家,并不一定要走短——中——长的道路,尽管许多作家包括我自己都是走的这样的道路。许多伟大的长篇小说作者,一开始上手就是长篇巨著,譬如曹雪芹、罗贯中等。

大悲悯具有拷问灵魂的深度

我认为一个作家能否写出并且能够写好长篇小说,关键的是要具有"长篇胸怀"。"长篇胸怀"者,胸中有大沟壑、大山脉、大气象之谓也。要有莽荡之气,要有容纳百川之涵。所谓大家手笔,正是胸中之大沟壑、大山脉、大气象的外在表现也。大苦闷、大悲悯、大抱负、天马行空般的大精神,落了片白茫茫大地真干净的大感悟——这些都是长篇胸怀之内涵也。

大苦闷、大抱负、大精神、大感悟,都不必展开来说,我想就"大悲悯"多说几句。

近几年来,"悲悯情怀"已成时髦话语,就像前几年"终极关怀"成为时髦话语一样。我自然也知道悲悯是好东西,但我们需要的不是那种刚吃完红烧乳鸽,又赶紧给一只翅膀受伤的鸽子包扎的悲悯;不是苏联战争片中和好莱坞大片中那种模式化的、煽情的悲悯;不是那种全社会为一只生病的熊猫献爱心、但置无数因为无钱而在家等死的人于不顾的悲悯。悲悯不仅仅是"打你的左脸把右脸也让人打",悲悯也不仅仅是在苦难中保持善心和优雅姿态,悲悯不是见到血就晕过去或者是高喊着"我要晕过去了",悲悯更不是要回避罪恶和肮脏。

《圣经》是悲悯的经典，但那里边也不乏血肉模糊的场面。佛教是大悲悯之教，但那里也有地狱和令人发指的酷刑。如果悲悯是把人类的邪恶和丑陋掩盖起来，那这样的悲悯和伪善是一回事。《金瓶梅》素负恶名，但有见地的批评家却说那是一部悲悯之书。这才是中国式的悲悯，这才是建立在中国的哲学、宗教基础上的悲悯，而不是建立在西方哲学和西方宗教基础上的悲悯。

长篇小说是包罗万象的庞大文体，这里边有羊羔也有小鸟，有狮子也有鳄鱼。你不能因为狮子吃了羊羔或者鳄鱼吞了小鸟就说它们不悲悯。你不能说它们捕杀猎物时展现了高度技巧、获得猎物时喜气洋洋就说它们残忍。只有羊羔和小鸟的世界不成世界；只有好人的小说不是小说。即便是羊羔，也要吃青草；即便是小鸟，也要吃昆虫；即便是好人，也有恶念头。站在高一点的角度往下看，好人和坏人，都是可怜的人。

小悲悯只同情好人，大悲悯不但同情好人，而且也同情恶人。

编造一个苦难故事，对于以写作为职业的人来说，不算什么难事，但那种在苦难中煎熬过的人才可能有的命运感，那种建立在人性无法克服的弱点基础上的悲悯，却不是能够凭借才华编造出来的。描写政治、战争、灾荒、疾病、意外事件等外部原因带给人的苦难，把诸多苦难加诸弱小善良之身，让黄鼠狼单咬病鸭子，这是煽情催泪影视剧的老套路，但不是悲悯，更不是大悲悯。只描写别人留给自己的伤痕，不描写自己留给别人的伤痕，不是悲悯，甚至是无耻。只揭示别人心中的恶，不袒露自我心中的恶，不是悲悯，甚至是无耻。只有正视人类之恶，只有认识到自我之丑，只有描写了人类不可克服的弱点和病态人格导致的悲惨命运，才是真正的悲剧，才可能具有"拷问灵魂"的深度和力度，才是真正的大悲悯。

关于悲悯的话题，本该就此打住，但总觉言犹未尽。请允许我引用南方某著名晚报的一个德高望重的、老革命出身的总编辑退休之后在自家报纸上写的一篇专栏文章,也许会使我们对悲悯问题有新的认识。这篇文章的题目叫《难忘的毙敌场面》,全文如下:

中外古今的战争都是残酷的。在激烈斗争的战场上讲人道主义,全属书生之谈。特别在对敌斗争的特殊情况下,更是如此。下面讲述一个令我毕生难忘的毙敌场面,也许会使和平时期的年轻人,听后毛骨悚然,但在当年,我却以平常的心态对待。然而,这个记忆,仍使我毕生难忘。

1945年7月日本投降前夕,敌军所属一个大队,瞅住这个有利时机,向"北支"驻地大镇等处发动疯狂进攻,我军被迫后撤到驻地附近山上。后撤前,我军将大镇潜伏的敌军侦察员四人抓走。抓走时,全部用黑布蒙住眼睛(避免他们知道我军撤走的路线),同时绑着双手,还用一条草绳把四个家伙"串"起来走路。由于敌情紧急,四面受敌,还要被迫背着这四个活包袱行进,万一双方交火,这四个"老特"便可能溜走了。北江支队长邬强当即示意大队长郑伟灵,把他们统统处决。

郑伟灵考虑到枪毙他们,一来浪费子弹,二来会惊动附近敌人,便决定用刺刀全部把他们捅死。但这是很费力,也是极其残酷的。但在郑伟灵眼里看来,也不过是个"小儿科"。

当部队撤到英德东乡同乐街西南面的山边时,他先呼喝第一个蒙面的敌特俯卧地上,然后用锄头、刺刀把他解决了。

为了争取最后机会套取敌特情报,我严厉地审问其中一个敌特,要他立即交代问题。其间,他听到同伙中"先行者"的惨叫后,已经全身发抖,无法言语。我光火了,狠狠地向他脸上捆了一巴掌。另一个敌特随着也狂叫起来,乱奔乱窜摔倒地上。郑伟灵继续如法炮制,把另外三个敌特也照样处死了。我虽首次看到这个血淋淋的场面,但却毫不动容,可见在敌我双方残酷的厮杀中,感情的色彩也跟着改变了。

事隔数十年后,我曾问郑伟灵:你一生杀过多少敌人?他说:百多个啦。

原来,他还曾用日本军刀杀了六个敌特,但这是后话了。

读完这篇文章,我才感到我们过去那些描写战争的小说和电影,是多么虚假。这篇文章的作者,许多南方的文坛朋友都认识,他到了晚年,是一个慈祥的爷爷,是一个关心下属的领导,口碑很好。我相信他文中提到的郑伟灵,也不会是凶神恶煞模样,但在战争这种特殊的环境下,他们是真正的杀人不眨眼。但我们有理由谴责他们吗?那个杀了一百多人的郑伟灵,肯定是得过无数奖章的英雄,但我们能说他不"悲悯"吗?可见,悲悯,是有条件的;悲悯,是一个极其复杂的问题,不是书生的臆想。

长度、密度和难度

一味强调长篇之长,很容易招致现成的反驳,鲁迅、沈从文、张爱玲、汪曾祺、契诃夫、博尔赫斯,都是现成的例子。我当然不否认上列作家都是优秀的或者是伟大的作家,但他们不是列夫·托尔斯泰、陀思妥耶夫斯基、托马斯·曼、乔伊斯、普鲁斯特那样的作家,他们的作品里没有上述这些作家的皇皇巨作里那样一种波澜壮阔的浩瀚景象,这大概也是不争的事实。

长篇越来越短,与流行有关,与印刷与包装有关,与利益有关,与浮躁心态有关,也与那些盗版影碟有关。从苦难的生活中(这里的苦难并不仅仅是指物质生活的贫困,而更多是一种精神的苦难)和个人性格缺陷导致的悲剧中获得创作资源可以写出大作品,从盗版影碟中攫取创作资源,大概只能写出背离中国经验和中国感受的也许是精致的小玩意儿。也许会有人说,在当今这个时代,太长的小说谁人要看? 其实,要看的人,再长也看;不看的人,再短也不看。长,不是影响那些优秀读者的根本原因。当然,好是长的前提;只有长度,就像老祖母的裹脚布一样,当然不好,但假如是一匹绣着《清明上河图》那样精美图案的锦缎,长就是好了。

长不是抻面,不是注水,不是吹气,不是泡沫,不是通心粉,不是灯芯草,不是纸老虎;长是真家伙,是仙鹤之腿,不得不长,是不长不行的长,是必须这样长的长。万里长城,你为什么这样长? 是背后壮阔的江山社稷要它这样长。

长篇小说的密度,是指密集的事件、密集的人物、密集的思想。思想之潮汹涌澎湃,裹挟着事件、人物,排山倒海而来,让人目不暇接,不是那种用几句话就能说清的小说。

密集的事件当然不是事件的简单罗列,当然不是流水账。海明威的"冰山理论"对这样的长篇小说同样适用。

密集的人物当然不是沙丁鱼罐头式的密集,而是依然要个个鲜活、人人不同。一部好的长篇小说,主要人物应该能够进入文学人物的画廊,即便是次要人物,也应该是有血有肉的活人,而不是为了解决作家的叙述困难而拉来凑数的道具。

密集的思想,是指多种思想的冲突和绞杀。如果一部小说只有所谓的善与高尚,或者只有简单的、公式化的善恶对立,那这部小说的价值就值得怀疑。那些具有进步意义的小说,很可能是一个思想反动的作家写的。那些具有哲学思维的小说,大概都不是哲学家写的。好的长篇应该是"众声喧哗",应该是多义多解,很多情况下应该与作家的主观意图背道而驰。

在善与恶之间、美与丑之间、爱与恨之间,应该有一个模糊地带,而这里也许正是小说家施展才华的广阔天地。

也可以说,具有密度的长篇小说,应该是可以被一代代人误读的小说。这里的误读当然是针对着作家的主观意图而言。文学的魅力,就在于它能被误读。一部作家的主观意图和读者的读后感觉吻合了的小说,可能是一本畅销书,但不会是一部"伟大的小说"。

长篇小说的难度,是指艺术上的原创性。原创的总是陌生的,总是要求读者动点脑子的,总是要比阅读那些轻软滑溜的小说来得痛苦和艰难。难也是指结构上的难,语言上的难,思想上的难。

长篇小说的结构,当然可以平铺直叙,这是那些批判现实主义的经典作家的习惯写法。这也是一种颇为省事的写法。

结构从来就不是单纯的形式,它有时候就是内容。长篇小说的结构是长篇小说艺术的重要组成部分,是作家丰沛想象力的表现。好的结构,能够凸现故事的意义,也能够改变故事的单一意义。好的结构,可以超越故事,也可以解构故事。前几年我还说过,"结构就是政治"。如果要理解"结构就是政治",请看我的《酒国》和《天堂蒜薹之歌》。我们之所以在那些长篇经典作家之后,还可以写作长篇,从某种意义上说,就在于我们还可以在长篇的结构方面展示才华。

长篇小说的语言之难,当然是指具有鲜明个性的、陌生化的语言。但这陌生化的语言,应该是一种基本驯化的语言,不是故意地用方言土语制造阅读困难。方言土语自然是我们语言的富矿,但如果只局限在小说的对话部分使用方言土语,并希望借此实现人物语言的个性化,则是一个误区。把方言土语融入叙述语言,才是对语言的真正贡献。

长篇小说的长度、密度和难度,造成了它的庄严气象。它排斥投机取巧,它笨拙、大度、泥沙俱下,没有肉麻和精明,不需献媚和撒娇。

伟大的长篇是孤独的

在当今这个时代,读者多追流俗,不愿动脑子。

这当然没有什么不对。真正的长篇小说,知音难觅,但知音难觅是正常的。伟大的长篇小说,没有必要像宠物一样遍地打滚,也没有必要像鬣狗一样结群吠叫。它应该是鲸鱼,在深海里孤独地遨游着,响亮而沉重地呼吸着,波浪翻滚地交配着,血水浩荡地生产着,与成群结队的鲨鱼,保持着足够的距离。

长篇小说不能为了迎合这个煽情的时代而牺牲自己应有的尊严。长篇小说不能为了适应某些读者而缩短自己的长度,减小自己的密度,降低自己的难度。我就是要这么长,就是要这么密,就是要这么难。愿意看就看,不愿意看就不看。哪怕只剩下一个读者,我也要这样写。

二○○五年十一月

回忆"黄金时代"

从军艺文学系毕业,一转眼二十二年。我的第一本小说集《透明的红萝卜》出版也是二十二年。那年出生的孩子,也到了大学毕业的年龄。尽管我们心理上还在抗拒,但事实上已经老了。那时候有个唱大鼓的艺人骆玉笙正走红,她大概也是我们现在的年纪——也许稍微老一点——她唱的鼓词儿有一句我牢记不忘:"重整河山待后生。"因为这篇文章最早是应解放军艺术学院的学报之邀而写,所以我就感觉到是面对着文学系那些风华正茂的师弟、师妹们说话;希望有很多亲切,但愿不要有倚老卖老的嫌疑。我主张老了就该知趣,就该敬畏青年,就该闭嘴,就该让出地盘,让年轻人登台表演。文坛其实也是一个舞台,乱纷纷你方唱罢我登场。既是舞台,吃的也就是青春饭。师弟师妹们写的文章,我能找到的都看。你们写的东西,打死我也是写不出来的。这不是谦虚,就像我们当年写的东西,我们上一代的作家也是写不出来的一样。

我清楚地记着 1984 年 8 月 31 日上午,我搭乘单位的班车到军艺报到。我是第一个到的。大门口右侧的大杨树下,临时摆开了几张桌子。系里几个工作人员在那里张罗着,让我填各种表格,然后发给我一把宿舍的钥匙。宿舍在大门口右侧那栋灰楼里,一层,最西头南面第一间,靠厕所最近靠教室也最近。那么长的房间,西墙上还有一面黑板。宿舍里摆着四张铁床,四张崭新的杏黄色的写字台,还有四把电镀红塑胶坐垫椅子。我从来没有用过这么漂亮的写字台,也从来没坐过这么柔软的椅子。后来听说,这些都是徐怀中主任帮我们向学院里争取来的。这样的宿舍和摆设,真让我喜出望外。因为原说驻京部队的学员是要走读的。那时我连公共汽车都不太会坐,连拨号电话都不会用,部队远在延庆,一听说让我走读,顿时就懵了。我向系里的老师刘毅然请求,能不能让我住校?只要给个地儿就行,仓库,杂物间,甚至走廊上,都行。后来刘毅然告诉我不用走读了。面对这近乎豪华的宿舍,当时的感觉想哭。

可能因为我大哥是我们高密东北乡第一个大学生的缘故,我从小就感受到了大学生的荣耀,从小就萌发了上大学的梦想。这梦想近乎疯狂,师弟师妹们如感兴趣,可以找我那篇《我的大学梦》看看,其中尽管有夸张,但基本事实还是真的。那时的军艺文学系虽然是个专科,但毕竟也算跨进了大学的校门,毕竟可以堂而皇之地将解放军艺术学院的校徽挂在胸前,满足一下虚荣心。与我同样兴奋的我想绝不止我一个。记得开学不久的一个晚上,一同学的父亲带着一帮人从山东赶来,一进校门就大声喊叫:"这是解放军艺术大学吗?俺儿子在这里上大学呢!"老爷子的激动和自豪溢于言表。父尚如此,何况其子。

开学典礼后,有一个类似于自报家门的见面会。给我留下深刻印象的是朱向前同学的发言,滔滔不绝,旁征博引。我惊讶不已,暗想此人还来上什么学?直接到大学去教书得了。接下来就是上课了。许多久闻大名的人物,纷纷登台亮相。确有名副其实的,也确有名不副实的,但对我来说,所有的课都让我受益匪浅。

后来回想起来,怀中主任和系里的老师们根据我们的特点制定的教学方针是十分正确的,也是卓有成效的。我们的年龄,最小的也近三十岁,老一点的接近四十岁。大家都有一定的创作经验,都多少发表了一些作品,有好几位已经声名赫赫。学制只有两年,如果让我们像一般的大学生那样上课,显然不合适。而采用了那种既有名师系列授课,又有各界名流自由讲座的教学方式,既能弥补我们基础知识之不足,也能让我们时刻保持着与艺术界的联系,开阔我们的视野,刺激我们的创作热情。

尽管二十多年过去,但当时听课的情景还历历在目。像洪子诚、曹文轩老师的当代文学,赵德明、林一安、赵振江老师的拉美文学,唐月梅老师的日本文学,刘再复老师的"性格组合论",王富仁老师的鲁迅研究,汪曾祺、林斤澜、李陀先生的创作谈,等等,都给我留下了难以忘却的印象并将受益终生。另外如中央工艺美术学院孙景波老师的美术讲座,用幻灯的方式,向我们展示了数百幅精美的图画,其中一幅原始时代的老祖母的雕塑图片,成为我一部重要小说的灵感源头。还有中央乐团著名指挥家李德伦的音乐欣赏课,更让我终生愧疚。那时李大师正在全国各地搞交响乐普及运动,他的课从音乐起源谈起,当时我感到他把我们低估了。他的课比较长,耽误了食堂开饭的时间,大家似乎都有些不耐烦。他讲完后让大家提问,没有人提。我傻乎乎地站起来,说:"李老师给我们放了半天录音,但我们还没看到过您的指挥,您能不能对着录音机给我们比画几下子?"李大师不高兴地说:"我指挥过很多乐团,但还从来没有指挥过录音机。"后来,当我多少知道了一点音乐知识,多少知道了一点李德伦先生的经历和成就,才知道我的要求是多么荒谬和无知。

因为我们毕竟是写小说的,听了一些课后,便不禁手痒起来,一个轰轰烈烈的写作高潮,便不声不响地展开了。刚入学时宿舍的格局也发生了变化:每张床和每张桌子都用布幔遮拦起来,进去后如入迷宫。唯一没遮没拦的是我们宿舍。上星期我去绍兴文理学院讲课,与同宿舍的施放见面。他已经转业到绍兴图书馆任党委书记。回忆起当年情景,有点像王羲之《兰亭序》所言:"夫人之相与,俯仰一世,或取诸怀抱,悟言一室之内;或因寄所托,放浪形骸之外;虽取舍万殊,静躁不同,当其欣于所遇,暂得于己,快然自足,不知老之将至。及其所之既倦,情随事迁,感慨系之矣!"

那时我们文学系夜夜灯火通明,每个宿舍都像车间,大家的创作热情之高,创作速度之快,今日回想,如同神话。每到午夜时分,隔壁同学李本深兄,就用勺子敲着饭盆,在走廊里喊叫:"下工了,开饭了!"于是各个房间里便有人出来,去水房里打水,用热得快或者电炉子煮方便面。我们初入学时方便面两毛钱一包,后来涨到两毛五一包。我一次买了五十包,装在旅行袋里,放在床下。同时买了二两虾米,煮面时放上两粒,鲜美无比。同室中吃过我的面的,赞赏不已。那时学校伙食很差,吃饭排队,闹闹嚷嚷,如同集市。在房间里煮面可以节约大量时间,而且省钱。尽管校方多次查禁电炉,但屡禁不止。那时我认为方便面是世界上最好吃的东西,是伟大的发明。那时每星期只能洗一次澡,数百人争夺十几个莲蓬头。那时宿舍里暖气若有若无,脚上起了冻疮。那时的条件,与今日军艺无法相比,但我已经感觉很幸福。那时我们摽着劲儿写,写完后互相看。即便平时油嘴滑舌者,到了为同学的稿子提意见时,也庄重严肃起来。我们的集体努力,很快就在文学界造成了影响。全国各地的编辑们纷至沓来,来者总是有所收获。那时我们文学系像一个小说工厂,也有人戏称我们是造币车间。那时候一万元是一笔惊天动地的巨款,有好几个同学写成了万元户。那时有些老师劝我们不要着急写,应该利用难得的机会认真听课,多看点书。现在看来,我们那时近乎疯狂的写作,应该是正确的选择。因为那种写作的氛围是不可复制的,那种社会的环境也是不可复制的。我们毕业后,每个人的创作条件都比在校时要好,但大多并没写出比在校时更好的作品。创作确实有些难以理喻啊。

军艺文学系,几十年来之所以在社会上享有盛誉,我想重要的一点就是,这里能培养出作家,而且大都在校时即写出了力作。军艺文学系有这个传统,有这个氛围,而这一特点,即便是许多名牌院校的中文系也不具备。因此,我们当时看似急功近利的行为,也有一些正面的意义。当然听课很重要,看书也重要,甚至整理内务、出操跑步也很重要,但能在完成上述功课的同时,挤出一点时间来创作,却也十分必要。张爱玲说"出名要趁早",希望师弟师妹们努力。

八十年代,已经被评论界说成是文学的"黄金时代"。其实也是电影、美术、音乐等艺术门类的"黄金时代"。这样说的根据自然是那时期出了作品出了人才。不客气地说,我们军艺文学系是八十年代文学界的一道亮丽风景,缺了我们,这个文学的"黄金时代"是要褪色不少的。但我们当时并没有感觉到有多么好,我们那时与今天的人一样满腹牢骚,抱怨外部环境不好,抱怨禁区太多,抱怨许多处在领导岗位上的老作家思想保守,压制青年。尽管那时确有一些题材不能写,也确有一些作品写出来了却不能发表,但事实证明,该写的都变着法儿写了,写出来的作品,如果确是好货,即便当时没有发表,后来也都发表了。可见有一些禁区,并不妨碍文学的发展;完全无禁区,也未必产生伟大作品。

那段时间转瞬即逝,日子过去得越久,值得回味的东西越多。我那时少不谙事,虚荣肤浅,说过不该说的话,也做过不该做的事,伤过一些同学的心,至今想起了还很愧疚,但愿同学们已经原谅了我。

二○○八年六月二十一日

文学对当下生活的影响

历史上确实发生过因为一部小说、一首诗歌或者因为一出戏剧而引发社会变革的事件。但这样的事件是偶发的,是文学与社会生活发生关系的特殊形态。我们生活在互联网联通天下、信息过剩、文化生活多样化的当下社会,再也不会有写出一本《汤姆叔叔的小屋》而引发了一场废奴运动的斯托夫人的幸运,也不会有像托尔斯泰、巴尔扎克、莎士比亚那样被万众拥戴的社会地位,即便我们写出了与他们的著作同样伟大的作品。

但我们对我们所从事的文学工作,依然充满着兴趣,依然满怀着信心。因为文学是一切艺术的基础,因为文学是人类的精神需求,因为文学是语言的艺术,因为文学的审美功能是其他的艺术无法替代的。

我们现在的身份是写作者,但我们在成为写作者之前,首先是一个阅读者。我们的道德观念、价值观念、审美标准,很大程度上得益于阅读;我们通过阅读,塑造了自己的灵魂。我们在写作的同时,依然在阅读。我们的肉体在日渐衰老,但我们的灵魂依然在成长,我们的精神依然存在着日新月异的可能性。

　　在很长的历史时期里,写作是高贵的、令人敬仰的工作。作家、诗人的称谓,是放射光辉的桂冠,但在当下,这桂冠,已经暗淡无光,因为互联网的普及,因为网络上无限的空间,为写作提供了广阔的天地和发表作品的自由。只要你愿意,你就可以成为一个写作者,只要你愿意,就可以在那里发表自己的作品,并且找到自己的读者。"全民写作",曾经是一个虚张声势的口号,现在,这口号,已经成为现实或者正在成为现实。面对着这样的现实,关于"文学边缘化"的叹息,其实并不成立。在新的时代里,文学正以新的方式,呈现出空前的繁荣。

　　人人是写作者,人人也是读者,这就是我们面对的文学现实。小说是如此,诗歌更是如此。人人在受到别人的影响,人人也都在影响别人。这是热闹的现实,也是混乱的现实。但这样的热闹、混乱的局面,是否可以说是文学的好时代呢? 我们可以乐观,因为,写作的人多,阅读的人多,是文学繁荣的重要标志;但我们不可以盲目乐观,因为,衡量一个时代的文学,最重要的标准是看这个时代是否产生了伟大的作品,而伟大的作品,总是能够反映那个时代的生活本质,总是能够塑造出超越那个时代的芸芸众生的新人形象,总是能够将新的思想萌芽蕴藏其中。就目前的情形看,起码是在中国,还没有与这个时代相匹配的伟大作品出现,没有伟大作品,自然也就没有伟大作家。但我们不必太悲观,起码我自己,对未来的中国文学,充满了希望。

　　我们有成千上万的写作者,这里边难道没有藏龙卧虎吗? 我们可以对一个作者失去信心,但我们对一个时代的写作群体,则应该充满信心。我们对托尔斯泰、巴尔扎克、莎士比亚的时代充满向往,因为那样的时代孕育了伟大的作家和伟大的诗人,但生活在那个时代的作者们,也许并没有感到他们的时代有什么特异之处,他们感受到的,也许跟我们对当下的时代的感受一样,是混乱和绝望,是灰暗与龌龊。他们对他们那个时代的人性,也许与我们一样,是愤怒和仇恨,但他们的作品里,始终保持着希望和理想,他们对人,哪怕是对坏人,也保持着同情和爱。

如何正确地处理好生活与文学的关系,如何在黑暗中发现光明,如何从罪恶中发现美好,如何塑造出超越时代、具有永恒价值的典型人物,是每个时代的作家都面临着的共同课题。

我们生活着的时代是充满了喧嚣与骚动的时代,是人的各种欲望碰撞冲突的时代,是传统的观念受到挑战的时代,是新的生活方式不断产生又不断被扬弃的时代。面对着这样的时代,一个写作者,必须保持清醒的头脑,必须能拨开令人眼花缭乱的迷雾,看到生活的本质,必须能从瞬息万变的表象中,发现永恒的价值。

在我们所处的时代里,铺天盖地的信息,如潮水般涌来,又如潮水般退去,匪夷所思的奇闻逸事充斥网络,各种奇谈怪论震耳欲聋,真的和假的难以分辨,作秀被当成真情,真情被当成炒作,炒作变成了闹剧;乱说,乱骂,乱写;胡闹,胡弄,胡来;一切都成了相对,一切都不可相信,一切都被云遮雾罩。这就是我们的时代了,这就是我们的时代吗?

曾经有很多作家朋友说过:在我们的时代里,生活比文学更丰富,真实比虚构更奇特。言外之意是,需要虚构和想象的文学,已经没有用武之地,可以退出历史舞台了。我承认生活是文学的源泉;我知道,无论多么丰盛的想象力,也必须附着在想象的物质材料上,才可以张开翅膀翱翔。古往今来,确有很多作品是以真实事件和真实人物为素材的,但还没有一部小说,是真实事件的记录和真实人物的临摹。即便是自传体的作品,也都加进了作者的想象和虚构;即便作者试图用最诚实的态度如实记录,但虚构和想象,就如同空气和水一样,渗透到语言的颗粒和缝隙之间。因此,尽管我们的时代为我们提供了丰富奇特的素材,但这些素材和真正的文学作品之间,还有很大的距离。消灭这些距离,就是我们的工作。

我们当然都有写出能够影响时代的伟大作品的梦想,但要实现这样的梦想,却不是容易的事情。这需要能够包容万物的胸怀,需要把握历史进程的能力,需要洞察事物本质的眼光,当然还需要才华,当然还需要机遇。

尽管我们也许谁也写不出这样的伟大作品,但我们必须抱有这样的梦想。我们犹如一群登山者,向着极顶攀登,尽管最终到达顶峰的不是我,但我的努力,通过达到顶点者得到了体现。

我们无法脱离这个时代,我们不应该抱怨这个时代。我们应该用文学的方式来表现这个时代,我们也应该试图用文学来影响这个时代,尽管这影响是那样的式微,但聚沙成塔,集腋成裘,众多的写作者用心的写作,必将开出绚丽的思想艺术之花。

用文学的方式讲好中国故事任重而道远

　　最近几年，上到国家领导人，下到普通百姓，都在用自己的方式讲述中国的故事。这些故事，有的是用语言讲述的，有的是用行为讲述的。我们的工人帮助国外盖大楼、修铁路，我们的医务工作者在非洲救死扶伤，我们的海军在亚丁湾护航等，都是用行为讲述的中国故事。用行为讲述故事的人实际上也是创造故事的人。中国人民在实现中国梦伟大实践中的创造性思维、创造性劳动，已经构成了一个伟大的中国故事，为作家提供了丰富的灵感和创作源泉。

　　我看到刚刚获得安徒生文学奖的曹文轩老师在接受采访时说："我们说一个人有力量、有能力，除了他自己有点强之外，还在于背后他人的力量，这个他人，可能是一个具体的人，可能是一个家族，可能是一个团体，而我的背景是中国。这个经受了无数苦难与灾难的国家，一直源源不断地向我提供独特的写作资源。我的作品是独特的，只能发生在中国，但它涉及的主题寓意全人类。这应该是我获奖的最重要的原因。"今天参会的还有去年获得世界科幻文学最高奖雨果奖的刘慈欣，他获奖后接受媒体采访时也说过类似的话。他说，他研究科幻文学发展历史，发现当一个国家的国力上升、国家安定团结、文化繁荣发展的时候,也必定是科幻文学发展的黄金时代。所以他写的虽然是科幻小说,但背后同样有一个深厚的中国背景。我非常赞同曹文轩、刘慈欣的话,他们说出了中国作家的心里话。

刚才,我们的专家还讲到了坦赞铁路。这个故事非常有说服力,包含着非常丰富的情感。中国人在当年那么贫困的时候,还能够勒紧腰带省吃俭用地支持欠发达国家的弟兄们。现在我们比较富强了,我们仍然一如既往地支持发展中国家。这一点让我感到我们这个国家是有性格、有品德的,我们穷的时候有骨气,富的时候讲义气。这样一种国家形象,是靠千百万中国人用行动讲述的故事塑造出来的。

我们担任讲好中国故事的文化交流使者,需要在很多国际场合用口头叙述来讲故事。这是一项重要工作,作家也有这方面的优势。但我想,作家最根本的职责还是写作,最终要靠笔来写故事、讲故事。我个人的体会是,用文学的方式讲故事,应该先从自己的故事讲起,在自己的故事和自己熟悉的家人、亲戚朋友的故事基础上,在通过阅读、观察、采访等一切方式所获得的故事基础上,加以综合想象,诉之于语言、形象,最后成为文学作品。无论是口头讲述的故事还是用笔写出来的故事,最终还是人的故事,是人的命运的故事,人的情感的故事。作家要写出来的是人的丰富性,以及人的丰富性所呈现出的人类灵性与终极的向善与美的力量。从某种意义上说,我们所有的故事的核心是情感。一个故事只有情感饱满,才能够打动读者或者打动观众。

中国作家写出来的故事,当然首先是给中国读者看的,但也希望能够翻译出去让更多的外国读者看到。我认为,严肃的中国作家从来不会去揣摩外国读者的趣味,他只是把感动了他的东西写出来。只要是好的文学作品,必然会具有一种普遍性。这种普遍性建立在作家对人的深刻理解的基础上,也是文学能够走向世界的根本原因。

这就要求作家首先应该保持跟人民情感的一致性,跟人民同呼吸、共命运。我们亲历了这个伟大时代的变革,应该身体力行,把这个伟大时代的伟大故事讲出来、写出来,用自己的作品反映出这个时代中国人丰富的精神世界,哪怕只是一个小小的侧面。用文学的方式讲好中国故事,任重而道远。

东亚文学论坛与东亚文学

近年来,因为参与发起东亚文学论坛,我多次往返韩国与日本,与两国的作家、诗人和文化人士接触较多,围绕着这个题目,还是有一些可说的话。

先是在 2005 年,我去首尔参加由大山财团和韩国文化观光旅游部合办的世界作家大会,同时与会的有来自几十个国家的作家和诗人。日本作家,诺贝尔文学奖获得者大江健三郎先生也参加了这次会议并在会议上做了数次重要演讲。在演讲中,大江先生重申了他很早就提出的建立作为世界文学之一环的亚洲文学的想法,引起了会议的重视,作为亚洲作家,我自然更感兴趣。

2006 年冬,韩国外国语大学的朴宰雨教授来北京找我,说韩国的大山财团想联合中国和日本,举办一个能长期坚持的文学论坛,并说日本方面在大江健三郎先生的积极推动下已经组成了一个民间团体,就等着中国的态度。他们希望我能积极介入,寻找一个对此事感兴趣的单位,把这事儿干起来。我对朴教授说,在中国,若想举办这种跨国的大型论坛,如果没有官方的参与和支持,几乎是不可能的。朴教授是中国通,自然同意我的看法。他希望我能积极工作,尽快促成这件事。

我想这种活动,由中国作家协会来筹办最为合适,其时铁凝刚接任作协主席不久,正锐意改革,对外文学交流是她颇为关注的工作。我当即向她通报了情况,她很感兴趣,当即约定与朴教授见面。

为了尽快促成此事,我斟酌词语,给作协外联部写了一封信并请他们转呈作协党组领导。记得我在信中引述了韩国国父金九的话,大意是:东亚地区,由于地理和文化渊源,存在着建立政治、经济共同体的必要性和可能性,但由于历史的复杂原因,建立这样的共同体困难重重,但也是由于历史和文化的原因,建立文化的共同体的难度要小得多。现在,韩国和日本主动提出这样的意愿,我们应该积极响应。

过了一段时间,作协党组领导与我通话,说看到了我的信,对韩国和日本的诚意表示感谢。但由于那段时间里论坛太多太滥,有关部门发令控制论坛数量,此事只能暂缓,容后再议。但韩方非常执着,屡次派朴宰雨教授与大山财团的郭孝桓先生前来联络,并提出,为了培养感情,增加了解和信任,建议先举办中韩两国的双边文学交流。韩方先邀请中国作家和诗人组团去韩国,然后再组织韩国作家和诗人到中国,活动的主题他们都拟好了,先叫"从长江到汉江",再叫"从汉江到长江"。为了表示诚意,中方代表团访韩时的国际旅费由韩方承担,韩方访中时的国际旅费由韩方自己承担。

2008年年底,中国作家代表团一行数十人访韩,韩方予以隆重接待,会议期间,韩国重量级作家和诗人几乎全部出席。会议就中韩两国作家共同关心的问题进行了深入的讨论,收获了丰硕的成果。更重要的是,两国的作家、诗人相处融洽,建立了深厚的友谊。

回国后,我又给作协党组领导写了一封信,汇报了此次中国作家代表团访韩的情况,力陈举办东亚文学论坛的重要性。

同年十二月初,韩国作家代表团访华,无论是在北京还是在上海,都受到了热情隆重的接待,两国作家、诗人如老友重逢,有很多载歌载舞、感人肺腑的场面。在此期间,作协党组决定与韩、日两国一起筹办东亚文学论坛,并随即成立了专门机构。一场在东亚地区势必产生重大影响的文学盛事,终于拉开了序幕。

2008年9月28日,首届韩日中东亚文学论坛在首尔开幕,中国派出了以作协主席铁凝为团长的豪华阵营,日本派出了以岛田雅彦、津岛佑子等实力派作家为核心的强大团队,韩方的接待也是超规格,让与会者充分领略了东道主的热情和韩国文化的迷人之处。

2010年12月,日中韩东亚文学论坛在日本北九州开幕,岛田雅彦等人为筹备本届论坛,付出了巨大的精力。许多细节,令人感动。

2012年的下半年,中韩日东亚文学论坛①将在北京开幕,中国方面已经开始了紧锣密鼓的准备,我相信这次论坛也必将是一次盛会。

中韩、中日以及东亚地区各国之间文学交流日益繁多,东亚文学论坛,只是其中的一个组成部分。东亚地区的作家、诗人们的频繁交流的基础,一是因为本地区有共同的历史文化资源,使大家有了很多共同的话题和共同的写作素材;二是因为一衣带水的地理优势,使彼此的交往十分便捷。

我觉得,本地区的作家、诗人们频繁交流的目的,并不是希望大家都写出同样风格、同样内容的作品,恰恰相反,而是希望大家在寻找共性的同时更多地发现个性。大江健三郎先生构想中的亚洲文学,也是充分发展和保存个性的文学。在世界文学中,亚洲文学是个性鲜明的;在亚洲文学中,东亚地区的文学也是个性鲜明的;在东亚地区的文学中,无论是中国文学、韩国文学还是日本文学,都是个性鲜明的。而在世界文学中的亚洲文学的个性、在亚洲地区中的东亚文学的个性、在东亚地区中各国文学的个性,也恰是这些地区和国家

---

① 这届论坛实际举办时间后来延迟到了2015年6月。

的文学共性。我们最终希望每个作家和诗人都能写出个性鲜明的作品,但由于我们的历史文化基因的共同性,又使我们成为各自国家和地区文学共性的构成部分。

因为只能阅读翻译成汉语的作品,我阅读过的韩国和日本同行们的作品数量有限,但就在这有限的阅读中,也深深地感受到了同行们的思想深度和创新精神。我很佩服黄晳暎等老一代作家把握宏大历史题材的能力,也钦佩申京淑、殷熙耕等中年作家从自身经验和日常生活入手,对人性的深入剖析。当然,从许多八〇后年轻作家的作品中,我读出了许多陌生化的东西,他们的想法与他们的技法都表现出了文学革新的倾向和可能,而这是非常可贵的。

除了参加东亚文学论坛外,我还参加了许多与韩国、日本同行们交流的活动,虽然因为语言的障碍影响了我们交流的深度和广度,但有许多东西是无须语言而可以心领神会的,这些不需要言传也无须言传的东西,恰是文学最宝贵的精髓。

二〇一二年四月

关于微型小说

　　微型小说是微言大义,是见微知著,是拈花微笑;是言尽而意未尽,是欲言又止,是一言九鼎;是柳暗花明,是空山鸟语,是当头棒喝;是滴水可听海消息,是一叶知秋,是一粒米压死骆驼。

　　我荣幸地担任了"黔台杯·第二届世界华文微型小说大赛"的评委主任,因此阅读了大量微型小说,令我眼界大开,获益良多。

　　我创作微型小说,阅读微型小说,喜欢微型小说。

　　我觉得当下正是微型小说的时代。

二〇一三年八月四日

从《莲池》到《湖海》

　　《湖海》是家地区级刊物,我是这家刊物的顾问。挂名而已,其实是不顾也不问。但我对所有的地区级刊物是怀有深情的,对《湖海》更是如此——因为我的同学在这里任职——所以《湖海》让我写稿,我立即就写了。

　　我之所以对地区级刊物有感情,是因为我最早的五篇小说都是在一家地区级刊物上发表的。

　　这家刊物名叫《莲池》,是保定市文联办的。后来《莲池》改名为《小说创作》,再后来就没有了。向人打听了一下,说是穷死了。一个曾经很风火的刊物竟然穷死了,不能不令人遗憾。

　　1979 年秋天,我从渤海湾调到狼牙山下,在一个训练大队里担任政治教员,因为久久不能提干,前途渺茫,精神苦闷,便拿起笔来写小说。写出来就近往《莲池》寄。寄过去,退回来,再寄过去,又退回来。终于,有一天,收到了《莲池》一封信。信上说希望我能去编辑部谈谈。我把这封信翻来覆去地看,激动得一夜没合眼。第二天一大早,就搭上长途汽车赶到保定市,按着信封上的地址,找到了《莲池》编辑部。进门前我紧张得要命,双手不停地流汗。进了门就转着圈敬礼,然后把那封信拿出来。一个中年编辑看了信,说:"你等一下吧,老毛家远,还没到。"我就坐在一把木椅上等着,偷眼看着那几个编辑在埋头处理稿子,感到他们的工作庄严得要命。同时我还看到他们每个人面前都堆着一大摞稿子,于是知道爱好文学的人很多。等了大概半个小时,一个五十多岁的人哈着腰进了门。方才看过我的信的那个编辑说:"老毛,你的作者。"就这样我见到了我永远不敢忘记的毛兆晃老师。他个子很高,人很瘦,穿一身空空荡荡的、油渍麻花的中山装,身上散发出一股浓浓的烟味。他把我让到他的桌子前,简单地问了一下我的情况,然后把我那篇稿子拿出来,说稿子有一定基础,希望我能拿回去改改。说完了稿子,他问我喝不喝水,我说不喝,然后我就走了。

回到部队后,感到稿子不好改,干脆另起炉灶写了一篇,送到编辑部去给毛老师看。他一目十行地看了,说还不如第一篇好呢。他的话对我打击很大,但我还是对他保证,我愿意继续改,并且保证能改好。

这一次我把前后两篇小说揉到了一起,又送到了编辑部。

过了一段时间,毛老师来了一封信,说这一次改得很好,刊物决定要用了。不久,小说就在《莲池》上发表,头条,这就是我的处女作《春夜雨霏霏》。不久,《莲池》又发了我的第二篇小说《丑兵》,并且附上了一个编辑手记,说莫言是驻军某部一位战士,他的文笔细腻,感情真挚,这个作者大有希望等。

不久,毛兆晃老师到部队驻地来看我,他说想不到离城里这样远,早知道这样远就不让我跑来跑去的送稿子了。他牙齿不好,还有胃病,吃了很少一点饭。饭后,我与一个战友陪着他在山间闲走,我的战友说这山上出产上水石,他说他对养花养草很感兴趣,也喜欢养石头。又一次进城时,我背去了两块大石头,足有八十斤。下了汽车一打听,才知道毛老师住的地方在南郊。那时保定还是个很落后的地方,郊区不通车,我背着两块大石头走了十几里路,总算找到了他的家。他家住在六楼,我背着石头吭吭哧哧地爬上去,敲开了门。他一看我背了那么大两块石头,有些恼火,说谁让你往这背这样大的石头,其实我只要拳头大的一块就行了。他家养着几十盆君子兰,还养了几十只鹌鹑。他的老伴是机械厂的一个老工程师,人很慈祥。她做了很多好饭给我吃,我背着石头走了十几里路,的确饿了,便放开肚皮吃了一饱。

后来我又写了一组短小的水乡小说,毛老师说很有点孙犁小说的味道,于是他就带我到白洋淀去体验生活。他陪着我采访完著名的民兵英雄赵虎,因为家里有事,就提前回去了。我一个人在村子里转来转去,招来了很多疑问的目光。当时正是五月,夜里很凉,我借住在一个农民家的空房里,只有一铺炕,没有被子也没有枕头,睡觉时只好枕着胶鞋盖着褂子,睡了一夜就感冒了。那时白洋淀干得底朝天,我一个人孤独寂寞,也不知生活该怎么个体验法,主要的还是受不了那个罪,待了两天就跑了。后来见了毛老师,他还批评过我,说我不应该那样匆忙离开。

《莲池》发表了我的第三篇小说《因为孩子》。

1982年夏天,我被提拔为正排职教员,很快又调到北京的上级机关工作。在此期间,《莲池》又发表了我的第四篇小说《售棉大路》,转过年来,又发表了我的第五篇小说《民间音乐》。《售棉大路》被《小说月报》转载,《民间音乐》得到了孙犁先生的好评。他在天津日报上发表了一篇文章,其中一段提到了我:"去年的一期《莲池》,登了莫言一篇小说,题为《民间音乐》。我读过后,觉得写得不错。他写一个小瞎子,好乐器,天黑到达一个小镇,为一女店主收留。女店主想利用他的音乐天才,作为一种生财之道。小瞎子不愿意,很悲哀,一个人又向远方走去了。事情虽不甚典型,但也反映当前农村集镇一些生活风貌,以及从事商业的人们的一些心理变化。小说的写法,有些欧化,基本上还是现实主义的。主题有些艺术至上的味道,小说的气氛,还是不同一般的,小瞎子的形象,有些飘飘欲仙的空灵之感。"

几个月后,我拿着孙犁先生的文章和《民间音乐》敲开了解放军艺术学院的大门,从此走上了文学之路。

转眼过去了十几年,毛老师应已经六十多岁了吧?他的样子经常出现在我的眼前。北京距保定好像很近,又好像非常遥远。我是从《莲池》里扑腾出来的,它对于我永远是圣地。

地区级文学刊物对于培养本地区的作者作用很大,对于繁荣文学创作作用也很大。它好像一级台阶,踏着它可以往上登攀。我不敢想象,如果没有《莲池》给我的勇气,我会不会成为一个作家。但《莲池》终于穷死了。

《湖海》比《莲池》应该更大些,相信很多作家会在这里获得勇气,练出真本领。

一九八九年三月二十二日

星汉灿烂，若出其里

——祝贺《解放军文艺》600期

在中国，截止到目前，出版了600期并且一直没有改换名头的刊物，就我的阅读范围内，《解放军文艺》大概是唯一的了。600期，五十年，半个世纪。在这样风起云涌、波澜壮阔的五十年里，一茬茬编辑，一拨拨作者，一篇篇文章，一首首诗歌，一幅幅插图，一帧帧封面，排列开去，连缀起来，人如潮涌文如海，很不平凡，蔚为大观，令人感慨，令我浮想联翩。

这家刊物，不但现在与我们有关联，更重要的是与我们的青春岁月相关联。翻开某年某月的某期刊物，突然从里边发现了你的文章，而且那时光已经过去了二十年、三十年，甚至更长久，那份感动，非同寻常。因为那里边凝结了你的一段生命历程，有劳动的辛苦，也有收获的喜悦。而与此文相关的一些人、一些事、一些痛苦或欢乐，必在你的记忆里留有痕迹。

也不仅仅是那些刊载着你的作品的刊物里有你的青春和记忆，那些没有你的作品但曾经被你阅读过的刊物里，照样有你的情感在里边，或者成为珍珠，或者成为玛瑙，只要是能至今不忘的，就是不一般的。600 期《解放军文艺》,辉煌时期订户曾经达到几十万,累积起来,有几千万册,读者数亿,影响了多少人,产生了多么大的社会效益,一想,就感到了不起。这样的刊物,是解放军的光荣,也不仅仅是解放军的光荣。

尽管我已经转业到地方工作七年之久,但在梦中,经常还穿着军装招摇过市,而有些地方的读者,仍然会把信件寄到我原来所在的部队。因此,编辑让我写文章,回忆我与《解放军文艺》的交往,也还不是八竿子拨拉不着;而我答应写,也还不算厚颜无耻。《解放军文艺》,固然是解放军的刊物,但它的影响和它的意义,是超出军营的。它的作者和读者,也是来自五湖四海各行各业的。

"文革"前,我初识文字,从家兄的书箱里,发现了一本《解放军文艺》。哪年哪期,记不得了。只记得上边有长篇选载,题目好像叫《狂风暴雨日》。写一个游击队的英雄,皮肤黧黑,牙齿洁白,还是个神枪手。英雄跟一个比较富裕人家的女儿谈恋爱,但那女儿的爹,竟然为了十块大洋,把这个未来的女婿出卖了。这个游击队的好汉子,逃出来,到了未婚妻家,当着未婚妻的面,让她的爹跪在地上,在他的头顶上,摞上了十块大洋,然后,那好汉退后几步,掏出盒子炮,对准准岳父的头,漫不经心地扣动扳机。"叭",这是枪声;"飕",这是一块大洋飞出去的声音。"叭""飕""叭""飕"……十枪,打飞十块大洋。想想这是什么枪法吧!古代有善于使斧头的人,看到朋友鼻子上有块白灰,便挥动斧头,将那层白灰砍了下来。游击队的英雄,使的是枪,其技完全可以和古人媲美。斧头砍不准,至多砍掉鼻子;枪要打不准,脑袋就会开瓢。尤其是最后那一枪,危险程度最高。要揭了那块大洋,又不能伤了人。在那样的部位,伤了就比感冒严重。虽然是汉奸,但毕竟是自己未婚妻的爹,打死了,也不好交代。"叭",最后一枪响过;"飕",最后一块大洋飞起,飞到墙上,嵌了进去,用钳子都拔不出来。那准岳父,瘫在地上,翻着白眼,吓昏了。这个好汉,什么也没有说,就带着那姑娘,远走高飞,投奔光明的前程去了。这段描写,让我感到,革命的年代,真是浪漫,真是精彩,如果生在那样的时代,练出那样的枪法,恩爱情仇,惊险传奇,轰轰烈烈,留下许多美丽的传说,也不枉为人一世。十几年后,我当了兵,学写的第一篇小说,题目叫《妈妈》,故事跟这个差不多。写一个地主的女儿,带着当八路军的未婚夫,深夜潜入家,把自己的当了汉奸的爹,从被窝子里揪出来,光头上,摞上二十块大洋,然后与未婚夫,从腰里摸出大肚匣子枪——就是《林海雪原》里杨子荣使唤的那种——轮番开火。女的一枪,"叭""飕",一块大洋飞起,钉在墙上,用钳子都拔不出来。男的紧接着一枪,"叭""飕",一块大洋飞起,钉在墙上,用钳子都拔不出来。"叭""飕""叭""飕"……每人十枪,累计二十枪,将那二十块大洋,全部打飞,统统地钉在墙上,统统地用钳子都拔不出来。在他们的轮番射击下,那个头顶着大洋的老头子身体渐渐降低,当最后一块大洋打着呼哨从他的秃头上飞起时,他就像一堆泥土一样瘫软在地上。这篇习作,寄给《解放军文艺》,它的命运,待会儿再说。

那期刊物上,还有一篇文章,忘记了是小说还是散文,也很精彩,给我留下了难以磨灭的印象。文章写一个抗日的孤胆英雄,每逢月圆之夜,就飞身跳上火车,从背后抽出寒光闪闪的大刀,把押车的鬼子脑袋砍下来。他的英雄事迹,四处流传。后来,在火车上,他被鬼子从脖子后边砍了一刀,脑袋差不多掉了下来。英雄其实是死了。但作者紧接着写,村子里流传着,说英雄未死。说每当月圆之夜,英雄就会骑着高头大马,从大街上经过。说他骑在马上,左手托着下巴,右手提着大刀,脖子上围着一条绣着红色梅花的洁白绸巾。这个英雄的形象,经常地浮现在我的脑海中。最近几年,我给学生讲课时,经常地举这个例子。我觉得,在这个故事中,英雄不死,是浪漫是魔幻。一个脑袋几乎被砍掉的人,还能在月圆之夜骑着马在大街上徜徉,不是魔幻是什么?如果小说仅仅写到这里,那确实很一般,不值一提。但作者接下来的细部描写,非同凡响。英雄用左手托着下巴,脖子上围着绣有红色梅花的洁白绸巾,一下子就把一个魔幻的情节,用非常生活化的经验证实了,产生了巨大的说服力。这其实就是现代派小说的核心机密。情节是荒诞不经的,但细节是绝对真实的,是绝对地符合我们的日常生活经验的。如果不用左手托着下巴,那几乎被砍断了的脑袋很可能往前坠下,脖子上围一条绸巾,是为了固定住脑袋,至于那鲜红梅花,可以理解为是染上的血迹。而且,是什么人,给了他这样一条绣着梅花的洁白绸巾,浪漫的情节,隐藏在后边,可以任人想象。这样的细节描写,在经典著作中,经常可以看到。《聊斋志异》中有,《红楼梦》中也有。我还进一步地想,我们强调的想象力,其实,最重要的,就是这种细节描写的能力。许多作者的作品,看起来不令人信服,有学生腔调,其实就是没有细节描写的能力。而这样的细节描写的能力,建立在丰厚的日常生活经验基础之上。

过了十几年,"文革"后期,我送我大哥和侄子去青岛坐船回上海。火车上,在我们的座位对面,坐着一个年轻的解放军战士。他一边看着一本刊物,一边吸烟。这个战士,红口白牙,吸烟的姿势十分好看。一股股的白烟,从他的嘴巴里冒出来,然后爬进他的鼻子,然后再从他的嘴巴里吐出来。许多人,都在看着他独特的吸烟方式,我却把目光盯在他手中拿着的那本刊物上。那是一本《解放军文艺》。后来那战士看累了,将刊物放在小桌上,我向他请求,可不可以让我看看,战士点点头表示同意。于是,我就看到了我一生中看到的第二本《解放军文艺》。那上边有一篇文章,是浩然先生谈创作体会的。我看过他的《艳阳天》,还记得那个不同寻常的开头:萧长春死了老婆,三年还没续上弦。于是我对那个战士说:我看过浩然的书。那战士吃惊地看着我,问我:真的,你还看过浩然的书?我说:是的,我看过。那战士说:我还以为你不认识字呢。——过了十几年后,我考入解放军艺术学院文学系,从我们那三十五个同学中,一眼就把这个伙计认了出来,他还是那样吸烟,从嘴巴里吐出来,用鼻子吸进去,然后再从嘴巴里吐出来。

我写那篇题为《妈妈》的小说,寄到《解放军文艺》后,就天天盼望着回音。每天听到送信的乡邮递员骑跨的摩托车发出的声音,心中就怦怦乱跳,总感到好事就要降临到头上,这好事,就是《解放军文艺》的回信。但最终我还是把一个大信袋子盼来了,里边有我的《妈妈》,还有一封铅印的退稿信。当时正是话剧《于无声处》很热的时候,我不自量力地写了一部六幕话剧,寄到《解放军文艺》,又是天天盼望,盼回来一个大信袋,里边装着我的原稿,但那封退稿信,却是手写的,下边还盖着一个鲜红的大印章。我的教导员看了退稿信,拍着我的肩膀说:行啊,小伙子,折腾得《解放军文艺》都回信了。这封信,我保存了好多年,后来多次搬家,丢失了。真可惜,要不,完全可以拿到社里去,查对笔迹,找到这个给我亲笔写信的编辑。

我在《解放军文艺》发表的第一篇作品是《黑沙滩》,从一大堆自然来稿中发现了我这篇稿子的编辑,是刘增新老师。后来这篇小说还得了"解放军文艺"奖。后来我还在《解放军文艺》发表过中篇小说《高粱酒》、散文《马蹄》、报告文学《美丽的自杀》、短篇小说《苍蝇·门牙》等。《解放军文艺》是个好刊物,在我的文学道路上,给过我很大帮助,我不敢忘记。今后,我这个前军旅作者,一定要逮着机会就宣传它,宣传那个八路军游击队的神枪手对着自己的准岳父头顶上那摞大洋,"叭叭"地放枪,而那些大洋,"飕飕"地钉在墙上,用钳子都拔不出来。宣传那个脖子被几乎砍断但依然不死的抗日英雄,在明亮的月夜里,手托着下巴,脖子上围着洁白的绸巾,骑着高头大马,在大街上跑过。月光如水,马身如漆,文学不朽,英雄不死。

二○○三年十二月二十六日

我与《中国作家》的交往

    1985 年 3 月,创刊不久的《中国作家》发表了我的中篇小说《透明的红萝卜》和军艺文学系主任徐怀中先生与文学系同学座谈这篇小说的纪要,不久后又在华侨大厦举行了这篇作品的讨论会。讨论会由冯牧先生主持,许多评论家和作家都参加了。这样一来我就成了名。不久后,《中国作家》又发表了我的短篇小说《白狗秋千架》和中篇小说《筑路》。据责编说,这些稿子冯牧先生都亲自看过。后来我投给《中国作家》的稿子冯牧先生都是看过的。从朋友传过来的话里知道,冯先生对我很是器重,希望我能写出大作品,遗憾的是我狗屎扶不上墙,辜负了这位耿直老人的期望。冯牧先生去世后,我很想写篇文章表达一下我的心情,但马上又感到自己没有资格。正好《中国作家》为纪念创刊百期让我写稿,就趁此机会把我对冯牧先生的敬仰和感激之情表达一下吧。

    说起《透明的红萝卜》,不能不说到《中国作家》的编辑萧立军先生。他是《透明的红萝卜》的责编。为了组织那次座谈会,我们一起骑车去请徐怀中先生。那时我刚进北京不久,连拨号的电话都不会打,在北京的大街上骑车更是胆战心惊。在横穿西三环时,我险些葬身在一辆黄河大卡车轮下,把在我后边的萧立军吓得要命。我们将车子停在路边,他递给我一支烟,说这事就不要对任何人说了。他编完我的《筑路》之后,十几年来再也没有联系过,但我却经常想起他,有一点生死之交的感觉。

《白狗秋千架》的责编是解女士,当时她风度翩翩,很像一个话剧演员。编完小说后,我也再也没见过她,在一次聚会上见过她的先生,一个很谦逊的电影局官员。

1990 年代初期又跟时任《中国作家》副主编的章仲锷先生打过一些交道,一次给了他三个中篇(《战友重逢》《红耳朵》《白棉花》)让他看。章先生选中了《白棉花》,并且提了很好的修改意见。我遵照他的意见进行了修改,心中十分佩服他的看稿水平。稿子改好后,准备发,但这时我的故乡那份限在省内发行的刊物《风筝都》抢先把《白棉花》发了出来。章先生当即决定把《白棉花》撤了下来,并愤怒地说:"不惯他这些毛病!"当时,对传过来的章先生的话,我感到很委屈。因为在我之前,《风筝都》发过好几位名家的稿子,也是提前发,但并没有影响这些作品在全国闻名的大刊物上发表。《风筝都》的主编找我约稿时也说在他们的刊物上发表后,不影响在别的刊物发表。现在想起来,章仲锷先生是对的,我是错的。尽管现在一稿多投已经成为普遍现象,德高望重的老作家这样干,初出茅庐的小作家也这样干。

二〇〇四年三月

我与《小说选刊》

　　创刊于上个世纪八十年代的《小说选刊》,毫无疑问已经是当今的著名刊物。现在活跃于文坛的作家,大概都与这家刊物有过联系。

　　我于八十年代初开始发表小说,八十年代中期,凭借着中篇小说《透明的红萝卜》,获得了一些名声。那个时候,正是新时期文学的黄金时代,写小说的人多,关注小说的人也多。那时的《小说选刊》在作家和读者的心目中,享有很高的地位。一个初学写作者,如果作品能够被《小说选刊》选载,马上就会引起人们的注意,如果连续有两三篇作品被选载,那他或她,几乎就可以堂而皇之地将作家的桂冠戴在头上了。这样的地位,这样的效应,今日自然不可重复,但想起往日的辉煌,还是让人欣慰和感慨。

　　那时候我还比较年轻,经常做一些愚蠢而浅薄的事情。我做过的诸多傻事之一,就是曾经给《小说选刊》编辑部写过信,希望能选载我的《透明的红萝卜》。《小说选刊》没有理睬我。我相信在那个年代里,《小说选刊》每天都可能收到这样的信件。《小说选刊》有自己的标准。一个作者,写信推荐自己的作品,虽然也是合法行为,但总是不那么光彩。这件事一直是我的心病,早年曾经对朋友说过,现在借这个机会公之于众,也就等于把这块心病去了。

《小说选刊》虽然没有选载我的《透明的红萝卜》,但选载了我的《红高粱》,并且附上了李陀等人的评论,造成了很大的影响。粗粗地回忆一下,截至目前,《小说选刊》选载过我的作品有《大风》《猫事荟萃》《蝗虫奇谈》《沈园》《拇指铐》《木匠与狗》《牛》《三十年前的一次长跑比赛》《我们的七叔》,也许还有其他的篇目被我遗忘,但这已经足够证明《小说选刊》对我是很关注的,对此我深表感谢。更让我感动的是,今年,《小说选刊》增加了一个原创作品栏目,我的《火烧花篮阁》得以首篇发表,尽管这第一把火烧得似乎没有像原初设想得那样猛烈,但幸好有"抛砖引玉"的说法,后来的作品,必将使这个栏目呈现出鲜明的创新姿态,提醒着原创的意识,使我们的小说出现真正的百花齐放的局面。

新世纪的《小说选刊》,无论怎么努力,大概也难以再造上个世纪八十年代文学勃发时期那种辉煌,但作为一个经过了二十多年风风雨雨的刊物,已经成熟,并且表现出了自己的独特风貌。这种披沙拣金的精神,这种追求原创的姿态,都将使这本刊物不同凡响。今日的青年作者,作品如果被《小说选刊》选载,虽然不会像我们当年那样欣喜若狂,但心中肯定还是高兴。因为,这表示着他们的创作,得到了一种带有某种程度的权威肯定。今日的那些已经成名的作家,如果作品被《小说选刊》选载,心中也还是会欣慰的吧?这是我个人的经验,不一定带有普泛的意义。

二〇〇七年

第三辑

《红高粱家族》备忘录

《大众电影》(1987 年第 11 期)上有辛加坡一篇《〈红高粱家族〉备忘录》写得很有趣,其中提到了我,我很高兴。正好刚看了《红高粱》样片,《大西北电影》的编辑向我约稿,我就随便胡扯了下边的话。本文无法命题,只好套用辛加坡的了。

一、初识张艺谋

去年(1986)八月里,张艺谋到军艺找我,他的确是在楼道里吼叫我的名字,我开门把他迎接到学生宿舍。眼前的张艺谋穿着件破汗衫,一条破劳动布裤子,赤脚上穿着一双乡下农民多穿的用废轮胎胶布缝成的凉鞋,一个光溜溜的瘦而饱满的头,眼神忧伤,面容憔悴,耳朵坚挺,宛若铁皮剪成。我一见他就引为同党,他的确像我们村里的人。在这种城里人愈长愈如美丽家兔般玲珑但不可爱的年头里,见到个老乡亲真高兴。我住的那间宿舍潮湿阴暗,成群结队的耗子开运动会,还偷吃我的方便面,还往我脸盆里拉屎。有一天甚至从墙缝里爬出一条黑皮白花的蛇——我没打它——据说龙蛇俱为升腾之兆。在我们家乡,家蛇是万万不可打的。我盼望着这条黑蛇给我带来好运——借蛇之瑞气,混上个屁虱子一样大的官也好气指颐使、吆三喝四、指点江山、激扬文字,神气两天过过瘾——这时候,张艺谋来啦。

我们谈改编《红高粱》为电影的事。谈了统共不到十分钟。我说:"张艺谋我信任你!"接着我就把他送走了。

那时候他还在吴天明执导的《老井》里当演员,后来他因演得好被东京电影节评为"最佳男主角",这也是没办法的事。嫉妒也不行。吃酸葡萄也白搭。不服气想法演一部更好的超过他才是正路。——这跟弄小说之类的东西一样,嫉妒不行,谩骂也白搭,舔"评论家"的腚眼子顶多换块"豆腐干"吹吹你,但读者也不是笨蛋。文学也罢,电影也罢,最终都要变成商品,但做文学写作商大概不行,做电影商人大概可以吧。这几年在文坛上,见多了一些狼虫虎豹,提防不及就被狼咬一口,所以说话写文章总是如同大便秘结,所以见到无商人气、无表演出来的文坛英豪或影坛英豪的如同臭狗屎一样王八蛋架子、淳朴得如同"北方田野里的一株红高粱"一样的张艺谋,我就从心里敬重了他。

在那短暂的"会谈"中,我对张艺谋说:艺术家(我声明我不是什么艺术家,但我认为张艺谋是前程远大的、超过了三十五岁即算中年的、严肃的电影艺术家)都是极端主观的,都是应该胸有主见、有明确的追求、不惜挨骂也要走自己的道路的人。因此,我的小说要改编成电影,对我来说,只有抽取版税的意义,你完全可以另起炉灶。你要"我爷爷"和"我奶奶"在高粱地里试验原子弹也与我无关,非但无关,我还要欢呼你的好勇气。拍好了是你张艺谋的光荣,拍砸了是你张艺谋的耻辱。张艺谋则说,他欣赏小说中那种超旷放达、浪漫潇洒、不计小节、敢怒敢爱敢杀人放火敢痛骂狗娘养的王八蛋的精神状态。他认为我们不能那样老是"听奶奶讲革命英勇悲壮"哭不出泪来就捏鼻子。他说要拍出红高粱的神韵来,等等。

然后他就走啦。我送他到大门口。乍由老鼠洞里钻出来,八月的阳光灿烂夺目;我目送着张艺谋,见他的腿瘸,后来从辛加坡的文章里知道他的脚被钉子扎了,据说还流了好多蓝色的血。

二、在高密东北乡的高粱地里

今年六七月间,张艺谋拍来一封电报,希望我能回高密帮他们找找县里领导,获取帮助。说实话,当初他们把外景地选在高密,我就持反对态度。一,高密东北乡现在已变化很大,我所描写的高粱地是我爷爷他们年轻时存在过的,我根本没见过。那如火如荼的红高粱是我的神话、我的梦境、我的灵魂的辉煌坟墓。他们非要去高密东北乡拍红高粱,拍什么?当然可以种。第二,我在小说里早就写过:高密东北乡是最英雄好汉最王八蛋的地方,这些年,随着商品经济势不可挡地侵入农村经济生活,原先那种淳朴敦厚、讲义气、讲豪气的祖先风度都如用久了的铜钱,去了辉煌的古铜色,添了斑斑点点的绿锈。一切都要钱,你们有多少钱?

另外,因今年春天反对资产阶级自由化,我写报告文学《高密之光》得罪的那些可爱的人们就造谣说我被捉进了班房,每天都上老虎凳、灌辣椒水。我的胆小怕事的爹娘听到此信,吓得吃不下饭睡不着觉,我爹天天抱着收音机收听中央台的广播,生怕听到把我押到午门斩首的消息(他老人家也糊涂,斩我这样的小小格子虫一万颗首级,中央台也不值得广播)。在这种情况下,我回高密能起什么作用?

后来又听说,高密县的供电公司竟然要审查我们的剧本,我听了哭笑不得,也立即感到对世情更看透了一点。我不想说家乡的坏话了,因为,哪里也这样。也是因为家乡正是麦收季节,地里需要劳力,我就回高密了。

适时高密正是大旱,连续数月滴雨未落,连根深蒂固的大树也在火一样的阳光下低垂着落满灰尘的头颅,何况高粱呢?被干旱折磨得满脸红锈的父老乡亲们一个个愁眉苦脸,一个个举动迟缓,仿佛脑浆也干涸了。

家里人见我活蹦乱跳地回来,自然欢喜;关于坐老虎凳、灌辣椒水的美好传闻也不攻自破。爹忧心忡忡地劝我"解甲归田",他担心"瓦罐不离井沿破",他说千买卖万买卖不如在家刨土块。我相信父亲的话有道理,但却不想刨土块。美丽的田园生活都是吃多了动物尸体的公子王孙们想象出来的。其实农村生活残酷得要命,当一个农民的滋味不是那些公子哥儿们能够想象出来的;当然中国真正的有风流雅趣的公子哥儿也不多就是,到底还是一些"吃一顿涮羊肉便硬充作回民"的家伙占了多数。正像真正的高干子弟并不多,更多的是一些伪高干子弟、准高干子弟、候补高干子弟——这些家伙的派头比真高干子弟还要足——但终究是冒牌货,到了要紧的关头便显出小市民式的穷酸与无赖——也正是这些东西败坏了高干子弟的名誉。

话说远啦。回家后就听说西安电影制片厂的人来了。在《芙蓉镇》和《末代皇后》里饰过主角的姜文也来了。住在县府招待所,张艺谋和女主角巩俐等还没来。我知道要命的是什么,就骑着自行车蹿到离我家十华里、当年确实在那打过一场伏击战的孙家口。张艺谋他们在那儿花费万元种了几十亩高粱。

一到了那小石桥上,我真想哭。高粱全都半死不活,高的不足一米,低的只有一拃。叶子都打着卷,叶上茎上密布着一层蚜虫,连蚜虫都晒化啦,这毒日头。化了的蚜虫像胶油一样粘在我腿上。完了,我想,张艺谋这老兄初次执导,就眼见着倒了霉。

第二天就听说张艺谋等人来了。我赶到县府招待所看他们。首先谈到了高粱,谈到了因为我这个倒霉的原作者给他们带来的不愉快。但张艺谋劝我说:他们准备克服困难,他们不怕困难。他们要找县委,要化肥,要水,他们准备死皮赖脸,求爷爷告奶奶。

第二天,阴云密布。张艺谋说他们找到县委负责同志,批了五吨化肥。县里领导还把种了高粱的乡的领导召到县委开了会,要他们把管理高粱的事当作一项"政治任务",可见是很重视。我被县委领导的开明之举感动了。我说过,如果你们摄制组的资金紧张,我本人愿将应得的稿费拿出来买化肥。张艺谋笑了。

当天上午,下起毛毛细雨来了。我暗暗祝祷:可怜的老天你睁睁眼吧,下吧,下吧……我从朋友那里找了部车,直驰孙家口。找到村党支部书记,说了一大通话,意思是让他们把电影厂里拉来的化肥如数、尽快施到地里,不要叫外人笑话咱高密东北乡人图小利、不大度。此时雨点渐大。我们把车开到桥上,看到桥周围的高粱似乎有了些生气,雨点抽打着半枯的高粱叶子,发出一片温柔的、凄凉的、令人想流泪的窸窸窣窣声。

我回到家,已是下午。老母亲炒了两个鸡蛋,让我和老爹爹喝酒。我总感觉到那酒味道不对头,疑心是工业酒精兑的。我对父亲说出我的疑虑。父亲说这是公家的商店里买的,难道公家还能骗老百姓?我不愿意说什么啦,让我的一直对公家忠心耿耿、对党的忠诚超过了无数共产党员的老爹爹保存他心中的圣殿吧,但我的心里却在嘀咕:甭说高密东北乡的商店,就说北京的商店,货架上能有几件不是冒牌的名牌商品呢!

我们喝着酒,看到门外那雨愈下愈大,哗哗啦啦一片响声,地上一片明晃晃。万岁天老爷爷!爹被老天感动得脸上又多了几千条皱纹,我们无言静默,看着檐瓦上飞泻而下的明亮的雨水的瀑布,心里说不清什么滋味。

好啦,不用抗旱啦!老天爷开眼啦!这是爹的话。

好啦,张艺谋,你有福气。

我问:"爹,那高粱还成吗?"

爹说:"一下雨,再追上一遍化肥,就撺起来啦!误不了事!"

"我不信能长那么快!"

"庄稼也要撺时辰呢!高粱蹲到时候了,下了透雨,一夜长两!你爷爷说,夜里蹲在高粱地里,能听到高粱生长的声音,嘎吱嘎吱响啊……"

"老天,下吧,下吧,再下一夜!"

"胡说哟,再下半夜又该涝了!"爹说。

十天无雨旱,下雨两天涝,这就是苦难深重的高密东北乡的一大特点。祖先们为什么选择了这么块破地方定居?我们为什么不迁居?为什么那么多人闯了关东,临死前还是要回来,争取把骨头埋在胶河两岸的高粱地里?为什么我在这块土地上受尽了屈辱我也希望死后能埋在高粱地里,与我的老奶奶,与我的大爷爷大奶奶、爷爷奶奶、三爷爷三奶奶,与我的三叔四叔,与我的小侄女埋葬在一起?他们的坟墓上都长满了青草,他们早就在等待着我了……现在虽然没有高粱了,但几十年前洪水滔滔,高粱们在洪水中擎着暗红的头颅、人与骡马驴牛都聚集在河堤上望着无边无际的洪水和被残阳映照得如同血染的世界时的景象,总像梦一样地浮在我的脑海里……

傍晚,雨停了,我跑到供销社,要通了县府招待所的电话,找到了张艺谋。我说:艺谋,喜雨!他说:是喜雨。我说:俺爹说只要施足肥高粱十几天就能长没人高!一夜长两!他说:噢。

我当时感到这个电话多余打。

但还是兴奋得发抖。

后来又去了县府招待所,张艺谋把由他改定的剧本给我看。我看了,认为这个本子比我们那一稿要简洁得多,最使我佩服的是张艺谋把"红高粱家族"里繁杂的人物关系理得很顺并赋予了新的解释——这个难题在我们的稿子里解决了一半,张艺谋把它彻底解决了。张艺谋要我把剧本认真推敲,说还来得及修改,我看了五遍,只改定了几句歌词,和对几场戏提出了一些修改意见。

实际上,一个优秀的导演是根本不需要编剧的。或者说,编剧只能为优秀导演提供一些思维的原材料。如此而已。当然也没有故意贬低编剧的意思。

现在万事俱备,只等开拍了。趁着闲暇,我请剧组的部分同志到家里做客——我很想把全体剧组成员请到家里去。

当我把消息告诉家里人时,他们都很兴奋。我父亲则不声不响地扛着锄头下了地,很晚才回来。——父亲一直劝我谨慎,不要张狂,否则必招祸殃,我也尽量这样做。一大早,我娘、我婶婶就忙着擀"抃饼",我老婆则忙着上集采购。十点半时,一辆涂着若干大字的面包车停在我家打麦场上,从车上下来了张艺谋、副导演小杨、"我奶奶"巩俐、"我爷爷"姜文、摄影师小顾等人,一群百姓围观着这些穿着老土布衣服、剃着光头的演员们。——事后我二哥说看他们那"土"样子我也能演电影,我说你演个群众甲、鬼子兵乙之类没准还行。

下面向大家介绍抃饼吧:取一等白面,揉到好处,用擀杖擀得纸薄,放到鏊子上烤熟,罗到一起。然后将煮熟的鸡蛋揉到饼上、撒上细盐,放上大葱,卷成筒状,抃住即吃。这是旧社会里土匪的饭食,需要好牙齿。耐消化。朋友们都如俺村里的兄弟们一般随和,光着膀子吃抃饼。姜文吃得最多,还端着大盆子喝辣椒汤。"我奶奶"巩俐有些愁眉苦脸,她说抃饼头上没蛋不好吃。那天她穿着一条老粗布裤子,趿拉着鞋,腿上扎着绑腿,我母亲说:"这么个好闺女给打扮成什么样子啦,你们这些鳖蛋,净胡闹!"

巩俐要亲手给豆官卷张抃饼带回去,正卷着呢,姜文起身去屋里,一脚把一只装满开水的热水瓶给踢了。只听到响亮的爆炸,瓶胆炸裂,亮闪闪的玻璃碎屑沾在姜文身上,也溅到巩俐正卷着的抔饼上。姜文没烫坏真是太福气,他有些沮丧,我说:"此大吉之兆也。这说明我们的片子要爆响!"

巩俐那张饼不要了,我生怕水银碎屑把"我父亲"豆官给毁了,因为我想到革命样板戏《海港》里的阶级敌人钱守维把玻璃纤维混到散麦包里面而方海珍高唱沾到肠子上就有生命危险的事。——后来那张饼被我父亲吃掉了,他老人家绝对不是吝啬人——"我奶奶"为"我父亲"另卷了一张饼。

吃饭前,张艺谋到我家里看我母亲,他穿着裤头光着背,为我们母子二人拍了一张照片。我母亲说这个小伙子真和气,一点都不欺嫌庄户人。我认为母亲这个评价很高,我为张艺谋高兴。

我跟"我爷爷"和"我奶奶"合了一张影。因"我爷爷"赤膊,我也赤膊,立刻发现姜文一身肌肉,而我一身脂肪。姜文和巩俐每人拉住我一只胳膊。后来照片出来了,摄制组的同志讥笑我:"原以为'钢铁长城'坚不可摧呢!"——照片上,我的半边身体倾向巩俐,且龇牙咧嘴一副怪相。我当时就说:"巩俐捏住了我胳膊肘上的麻筋! 罪不在我。"这张照片丢失啦,我愿出一块钱买回来烧掉。

八月中旬,开拍那天,四乡的百姓都穿红着绿去看热闹。我驮着女儿远远地看了一眼,见姜文垂头丧气地坐在桥上,巩俐面色苍白,扶着一棵高粱。

乡亲们说:"大热天,穿着棉袄棉裤钻高粱地,把那个大嫚给热毁啦! 哎,干什么都不容易啊!"

也有人说:"莫言真不是东西,连他爷爷奶奶都糟蹋。"——我不生气,北京的一个巨大的文艺团体的一些"艺术人",在今年"反自由化"的高潮中,不是也说:他愿意把他二奶奶剥光了让日本人强奸……——这些王八蛋放出如此的狗屁我都不生气,何况对我的不是"艺术人"的乡亲们的几句外行话呢!

三、梦中的烧酒作坊

高密东北乡的红高粱如何变成香气扑鼻的高粱酒?我确实不知道。但我向在烧酒作坊里干过活的老人们了解过,也查阅过有关资料(我把资料复印了给张艺谋),因此我脑子里是有烧酒作坊的大概样子的。

从高密返京后,听说张艺谋带着摄制组到宁夏拍烧酒作坊的戏去了。有一次我夜里梦到了张艺谋在宁夏的"作坊"。今天一看片子,有关烧酒作坊的景物与我梦境中的那样相似!向摄制组中的能工巧匠致敬!

四、凌乱的感想

我认为,小说和电影还是有一种内在联系,这就为改编或移植提供了可能性。忠实于原著是比较困难的,但以原著为基础,通过画面,提供给观众别样的艺术感受则是完全可能的。优秀的小说往往是多义的,一部小说经由不同导演之手,可以弄出完全不同的片子,就像一架钢琴在不同的钢琴家手下应该发出不同的声音一样是毋庸置疑的。——毋庸置疑的话往往是废话,因此少说为佳。

我是以一个普通观众的身份来看张艺谋的《红高粱》的,我尽量避免把电影与小说进行比较——当然比较困难就是。

影片《红高粱》无疑是张艺谋的又一个辉煌的胜利,也应该是新中国电影的一个辉煌的胜利。相信观众会喜欢这部影片。

如果从原作者的立场出发,把我的血海一样的红高粱变成了一片绿高粱,我是感到遗憾的;但站在观众的立场上,那如同汹涌的波浪、充满了灵性、充满了活力、充满了神秘气氛的绿高粱,它激起了我那么多丰富的超越画面的联想,我只有赞美绿高粱啦。

夏天在高密时,我骑着自行车到田野里去,在胶县的地盘上,发现了一片正孕穗的绿高粱。这片高粱足有二百亩,坦坦荡荡,整齐如板块。当时正刮着轻柔的西北风,我站在河堤上,背后是生满芦苇的潮湿河床,虎斑蛙在水汪子里嘎嘎地叫着,窝来鸟在高空中呼哨着,所有的高粱叶子都在风中飘起来,所有的柔软的高粱秸秆都有节奏地起伏着。连天的绿浪涌过来,涌到我的心里来。高粱哗啦啦地哀鸣着,我感到它们为我哀鸣,我认为它们向我致意,我认为它们与我进行着精神上的交流,我感觉到那无数柔软的舞动的叶片对我的灵魂进行着凄凉的抚摸。我蹲在河堤上,直想放声恸哭,但哭不出来——这时,正是傍晚,如血的残阳涂在高粱上,更增添了高粱的神圣与壮丽——这时,张艺谋正带着他的兄弟们在孙家口那片残破的高粱地里抢镜——我想,将来,我能在影片里得到此刻我得到的感受,就会十分兴奋。我没有失望。

我始终认为高粱是我小说里的不屈的精魂,我也希望张艺谋的片子里的高粱成为具有灵性的巨大的象征,使"我爷爷""我奶奶"们的命运和高粱们紧密交织在一起,他基本做到了。他的摄影师顾长卫为张艺谋的成功做出了贡献也为他自己赢得了光荣——会是这样的。

五、几场令人难以忘怀的戏

1. 送亲路上的"颠轿"

影片中出现的抬轿送亲的戏太多太多啦,但真正拍出如此情趣和意味来的并不多见。那崎岖的道路、滚滚的黄尘、凄凉的喇叭、疯狂的舞蹈,究竟意味着什么? 这场拖得很长但并不使人厌烦的戏,为奶奶不平凡的一生做了充分的铺垫和暗示。

2. 野合

当"我爷爷"把"我奶奶"抢到高粱地里,把"我奶奶"扔在高粱的"婚床"上,"我奶奶"身着一身鲜艳红衣仰面朝着苍天、身体摆成一个"大"字,——高粱铺就的"婚床"变成了神圣的祭坛,"我爷爷"缓缓地跪在祭坛前……墨绿的高粱狂舞不止,犹如千万颗苦难深重的心灵向苍天呼吁;高亢、凄凉、壮丽的音乐,为这一组激荡人心的空镜增添了浓烈的神秘的气氛,将"我爷爷"和"我奶奶"的野合升华到了十分的高境。这场戏具有巨大的悲剧力量,音乐像锤子一样敲着我的心。

与我一起看了样片的一位朋友说应该让爷爷把奶奶的衣服撕开,露出一点胸脯,我回答他道:这种把衣服撕开、露出半个奶子的镜头俗滥俗滥!我倒是希望能把奶奶剥得一丝不挂,让奶奶美丽、圣洁的肉体暴露在天眼之下!他说:那不行!我说:是不行,虽然谁要是看了一丝不挂躺在祭坛上的奶奶就想入非非谁就是畜生!

这真遗憾!

人类的性关系有时是灵魂的撞击,是向上帝忏悔。有时不是。

别的话也就不好说。

3. 祭酒神与祭罗汉大爷

这两场戏造型上相似,但含意大不一样。前者诙谐,后者悲愤。中华民族的野性澎湃的生命潮和善于放出"最后的吼声"的牺牲精神,于此可略见一斑。

很久之前,张艺谋给我们几位编剧来信,说他正在读尼采的《悲剧的诞生》,说他特崇尚尼采所高扬的"酒神"精神。从这部片里,可以看到尼采对张艺谋的影响。

　　总之,这部影片富有浪漫精神和传奇色彩,做到了野蛮与柔媚的统一、崇高与滑稽的统一、诙谐与庄严的统一。如果要挑毛病的话,那么,我可以说:活剥了人皮才过瘾;要有一万亩高粱开着飞机拍才过瘾。

　　向《红高粱》剧组的朋友们祝贺!你们严肃的艺术态度、吃大苦耐大劳的牺牲精神,永远鞭策我;你们的才华则令我嫉妒,更主要是羡慕!

　　　　　　　　　　　　　　　　一九八七年十一月二十七日

牛 鬼 蛇 神

——指点姜文

　　为了理解一个人,我写这篇文章。但无数次惨痛的教训证明,要真正理解一个人,比拔着自己的头发离开地球还要困难。人总是站在自己的角度,用自己的思想、感情去猜测、推断他人的心理。由此得出的结论,必定带着浓重的个人色彩。也有个别人在个别的情况下准确地理解了他人在某些时期的精神活动,这种个别情况得之于上帝的恩赐,千载难逢。

　　我很难得到上帝的恩宠,尤其是面对着这个上帝的宠儿的时候。

　　上帝对这个人表示宠爱的方式看似反常却又十分正常,他有时高高举起皮鞭,抽打他的精神;有时捧过糖果,抚慰他的灵魂。爱与恨交织,恩与威并行,呐喊与细语,酷虐与柔情,对立的两极总是水乳交融地融成一体,犹如一枚硬币。

　　我们只能靠推测得知这个在当今中国乃至世界影坛声名赫赫的电影明星刚一出生时的模样,那模样好看不到画报封面上去。在1960年代普遍饥饿中诞生的婴儿都应该像瘦弱的猫,瘦长的猫头上配一副肥大的耳朵,大概就是今日影星的初生模样。我没有对他进行过认真采访,甚至已经记不清他到底是 1963 年还是 1964 年出生。我模模糊糊地记得他说他父亲是个军人。他出生在唐山,然后跟着父母走南闯北。我也不知道这个人的父亲是否像许多天才的父亲一样,用耐心和学识引导儿子走向辉煌。只听说他的母亲是个十分敏感,但看问题却异常尖锐、深刻的人。儿子总是在各方面都更多地肖母。他毫无疑问地继承了母亲的敏感和灵悟,但没有母亲的感觉那般纤弱。他的感觉基本上是一股粗豪的风,彩色的风。他应该是个早熟的男孩,当与他同龄的孩子们还在幼儿园中班里咿咿呀呀地发嗲时,他却凭着那五个如同用火柴棍摆起来的坚硬大字砸开了一年级学堂的门板。那五个字被地球上最多的人呼唤过,是那个时代的最强者:毛主席万岁!他至今还保留着他自认为十分珍贵的手迹的照片。那时他在唐山,后来他到了北京。又后来去贵州,又去过哪里我不知道。他自己说在中学时当过英语的课代表,现在他那点结结巴巴的英语大半得之于斯时。这个人在少年时代是否就表现出了他的表演天才不得而知。一般地说在那个时代里多数中、小学生都登台表演过这样那样的节目,他当不例外。他的早熟极有可能与他上学早有关,他一直是班里最小的学生。现在他依然显示着与他的年龄不太相称的成熟。后来他考入中央戏剧学院。在中戏毕业时他与很多同学合演过一出话剧。我只记得他说有丛珊,他保留着录像带。我没看,我相信总有一天会有认真的人去对他的青春往事钩沉探微,许多妙趣横生、富有象征意味的生活细节会出现在他的传记里或者他的自传里。我也许能看到。

第一次看到姜文的"庄严法相"是在我的故乡——高密县政府招待所里,那是 1987 年的盛夏,张艺谋率领着他的人马到此地拍摄电影《九九青杀口》(后又改名为《红高粱》)。

似乎在楼房的走廊里,我们握了一下手,彼此都不热情。不久后,张艺谋、姜文、巩俐等人乘车到东北乡我的老家去。那天姜文赤着膊,穿一条大裤头子,腰扎一条红布腰带,脚穿一双笨鞋。当然剃着光头。他的皮肤被太阳晒得很黑,一身好膘。这样的形象与《芙蓉镇》里留着大分头、拿着指挥棒,翩翩指挥唱喜歌的形象相差甚远。中午吃饭,吃抃饼卷大葱鸡蛋。他食量颇大,最后用一大盆子,将菜汤与饼搅拌在一起,放量大吃,有鸿门宴上樊哙风度。

我一堂弟见这,偷问我:

"哥,这家伙的粮票够吃么?"

饭罢,他不慎一脚踹倒一只热水瓶,一声爆响,瓶胆炸成千片万片,玻璃细屑与热水溅到他的身上。我感到这是一个好兆头,便说:

"好!这部影片一定会爆响。"

他却在院子里一边拍打身上的碎玻璃一边龇牙咧嘴。

我再也不提这只热水瓶的事了,再提就有"讨债"之嫌了。

隔了数年,又见过几次姜文。而这时的姜文,已经与吃抃饼那个人不太一样了。外形的变化很难觉察,容易觉察到的是那种得到了巨大声誉之后的宽厚和对自己才华的自信。经过几次不能算长的聚会和交谈,增加了我对他的亲切。了解谈不上,理解更谈不上,但我感受到了他的精彩。当然,更精彩的是他的创作。生活中的姜文究竟是什么样子,对于观众来说其实并不重要,重要的是他在银幕上的表现。

一、尽管姜文对他在中央戏剧学院的话剧舞台上的表演津津乐道,尽管我们根据他后来的表演可以想象到这个青年人在与同学们的演出中会有很多令人难忘的表现,但根据中国话剧的传统,我们基本上可以猜测到二十出头的小青年姜文的话剧表演是夸张的、过火的,他在声嘶力竭地呼喊着,但却有那么一丝丝的油滑的、反讽的、故作严肃的幽默效果在偷偷地流溢出来。这种与流行的话剧不谐调的东西,正是他掂着的敲响电影大门的砖头。谁也不敢否认话剧表演的训练对姜文的作用,但许多人却被这种训练毁掉了。

二、选中姜文担任《末代皇后》男主角溥仪的导演是慧眼独具的。姜文的外形与溥仪的肖似可能是打动导演的一个原因,但不会是主要原因。这部影片的题名昭示着这是一部表现女人的戏。但事实是,我们看到的影片中,由于姜文的出色表演,男人和女人,在戏中,最起码也是平分了秋色。姜文为观众奉献了一个煞有介事、装模作样,像一只衣冠楚楚的猴子一样的末代皇帝。历史生活中的溥仪肯定不是姜文表演出的样子,这无关紧要。如果能够表演出一个能让目睹过溥仪形容、熟悉溥仪起居习惯的人都认可的溥仪,应该说是一种成功的表演,但这种表演的基础是模仿,而不是创造。惟妙惟肖的模仿是艺术的一层境界,但不是最高境界。据说前苏联表演列宁的演员在形体方面并不肖似列宁,但当他双手插在腰里、仰着头风风火火地走过莫斯科电影制片厂大楼走廊时,导演认为:这就是列宁。列宁的精神穿透墙壁洋溢到莫斯科的街道上。这种表演是列宁精神的一种延续。这就不能不让我遗憾地想到,中国近年来拍摄的伟人巨片中,那些演员们,把自己的才华过多地浪费到了对伟人的音容笑貌的模仿上,而忘记了精神的开掘,更忘记了用自己的精神气质去统治影片中的角色。当然这里存在着许多方面的困难。像,还是不像,是一般观众的感觉,角色是能够改造的,杰出的演员都在不知不觉地改造着观众,而在改造的过程中,演员也改造了社会。我们的确看够了那些偶像般的表演。演员始终端着一副伟人的架子,四肢僵硬、肩背紧张、手足无措,如同套着无形的枷锁。这是对演员的酷刑也是对伟人的不尊重也是对觉悟了的观众的嘲弄。实际上应该像有无数个哈姆莱特一样,应该有许多个个性鲜明的毛泽东。外形大概有些肖似就可以,更多的是让毛泽东的英雄气质、浪漫精神冲破甲壳洋溢出来,淹没剧院,在大街小巷上流淌。经过化妆,姜文也能饰演毛泽东,我相信这将是生龙活虎的毛泽东。他与那位安息在水晶棺中的伟人既相似又不相似,他留给观众的启迪都将是空前的。我曾经三次将下边的一个构想写入文章——这是第四次——假如我是导演,我想把毛泽东当年在延安窑洞里一边拉开棉裤捉虱子一边与美国记者纵谈天下大势这一生动细节拍进影片。这才是大英雄的本色,大名士的风流。毛泽东要真是像现在银幕上的那样子,那可是太乏味了。总有一天,我想会有人在电影中再现这一伟大的细节。

我曾与姜文谈到扮演楚霸王项羽和汉高祖刘邦的问题,他说他都能演。他说他能用精神演项羽用技巧演刘邦。他的自信令我振奋,都能演,妙极了。当然,扮演刘邦和项羽比扮演毛泽东,问题要单纯许多。但他的"用精神演戏"是所有演员都可以思考的。

回头来看《末代皇后》中姜文的表现,就是一个精神压住外形的样板。应该有一千个溥仪,姜文的溥仪是一个用姜文精神统治着的皇帝。由于初次出道,这个落魄皇帝的身上透露出了姜文本人的一些精神气味。溥仪身着军服装腔作势地走过列队两侧的仪仗时,让我想到一个在"文革"中傲步街头的中学生红卫兵。溥仪痛打婉容时,也让我想到一个红卫兵在打走资派。我认为他在这部影片的表演中借助了很多青少年时期的感情体验,这些体验是属于他个人的,当然也就是新鲜的。这些富有个性色彩的新鲜体验像一股蓬勃的血液注入到角色中去,注入到被剧本限定的角色思想中去,于是角色便被画龙点睛,飞腾起来,一抖胳膊,遍体的羽毛便纷纷展开。但仅仅依靠个体感受推而广之去统治接踵而来的角色是远远不够的——这也是二流演员栽了跟斗的地方,单独地看他们一个创作,有人性有特色相当不错,两个三个看罢,便禁不住扼腕叹息,清朝的服装,西服革履长袍包装着同一个肉体是事情的本来面貌,但如果这些形形色色的服饰包装着同样的感觉同样的精神,就彻底完了蛋。完蛋不完蛋,其实是无可奈何的。

三、谢晋先生选中姜文担任《芙蓉镇》的男主角秦癫子,是一个成功,也是一个失败。姜文在《芙蓉镇》里的突出表现,是这部影片获得重大成功的一个重大因素;但同样因为姜文的表演使《芙蓉镇》在谢先生的一系列作品中发出了一种不和谐的声音。这是一种透露出几丝玩世的、自嘲的声音,这种声音是属于现代的,是与古典的、传统的、庄严的现实主义主旋律格格不入的。《红色娘子军》里没有这种声音,《天云山传奇》里没有这种声音,《高山下的花环》里没有这种声音,《清凉寺钟声》里也没有这种声音。在这些影片里,只有仇恨和热爱,间或有一些无伤主题的牢骚,大家都在顺着谢先生指引的方向,调动自己的感情,先是咬牙切齿,然后热泪盈眶。咬牙切齿和热泪盈眶都是感情激荡的产物,都是不冷静的表现,而不冷静恰恰是思想的大敌。我不认为感情激荡就不艺术就不现代,但感情激荡并不能成为评价艺术的终极的、唯一的标准。文学界有很多老先生也在犯着这样的错误,在很多次的作品讨论会上我很多次听到几位老先生说:"这部作品好极了,因为我在读这部作品时流泪了。"让人流泪的作品就一定是好极了的作品吗? 真是不见得。老歌德的《少年维特之烦恼》就不仅是让读者流泪了,他甚至断送了好些个年轻人的生命,但我并不认为这部作品有多高的文学价值。相反地,他的《浮士德》很难勾出人的眼泪,更不会让青年人去自杀,但文学价值比《少年维特之烦恼》大到不知哪里去了。见不平切齿,因同情流泪,是一种通俗的感情反映,人类的感情活动应该有比这更高级的形式,艺术家是否应该为唤起人的更高级一些感情活动而努力呢? 我觉得似乎是应该的。

姜文没有把秦癫子变成抹到观众眼里的万金油,这某种程度得力于古华的小说确定了秦癫子的性格中的基本倾向,也得力于改编者阿城准确地汲取了原著的精神,当然更得力于谢导向另一个阵营的短暂的投降。姜文在表演秦癫子扫街时的天才挥洒,像一笔浓重的油彩,勾出了秦癫子性格的基本轮廓——这一次舞蹈与影片前半部分指挥唱喜歌时的舞蹈遥相呼应,仿佛一个主题的再次重视与变奏——另一个细节也是强有力的：送结婚申请，自我贬抑为黑帮。我感到通过这几个外壳轻松骨子里沉重的细节，秦癫子便活生生地活了。当然，这些在原著中都可以找到根据，但假如没有姜文飞鸟一样灵动的表演，同样的细节可能只会传达出沉重的、凝滞的感觉。《芙蓉镇》流水般的感觉多么依赖了姜文的表演。

如果说他在《末代皇后》里的表演更多地借助青少年时代那种狐假虎威、装腔作势的亲身感受，塑造了一个打上姜文浓重印记的傀儡皇帝的话，那么，在《芙蓉镇》里，他注入到秦癫子这个角色里的血液就不仅仅是一己的，而是博取的。这是他的表演生涯的一个飞跃。这个人有一种霸占别人感觉的能力。他的同化能力很好，很快地能把他人的血液变成自己的血液，把别人的感觉变成自己的感觉。这种转化过程依赖于对人与生活的理解。这种能力人人皆有，但程度不同。这就是一个天才演员与平庸演员的区别，当然也是一个优秀艺术家和平庸艺术家的区别。

上述的细节很可能还有着一种童趣的外壳，但等到影片末尾时，劳改归来的秦癫子在轮渡上与宿敌李国香不期相遇时，姜文的表演是宽厚的、沉甸甸的，这时，儿童的感觉消逝了，灵动的麻雀变成了铩羽蹲踞的鸱鹰。他的身上积累着力量，他几乎没有说话，犹如苍黄的大地，地表上什么都没有，但灼热的岩浆却在深层里涌流。

《芙蓉镇》节约了观众的眼泪，却浪费了观众的脑汁。这应该是谢晋先生的一个意外的收获。

四、不管权威们愿不愿意承认，《红高粱》是新中国电影史上一座辉煌的里程碑。这部影片是第五代导演们、也是新一代电影演员们努力的总结，是逐步分崩离析的电影队伍的诸多分队中首先冲向世界的一个分队。得奖西柏林虽然不能完全证明这部影片达到了国际水准，但这起码是一个证明。这个由张艺谋率领的突击队里，姜文担当了头牌骁将。从来没有哪一部电影像《红高粱》这样赢得了那么多的高度赞美和强烈批评。事过几年,可以感觉到这些赞美和批评都有些过分,都很难说是冷静思索的产物。

这些人的批评是没有什么道理的。他们继承了批《武训传》的传统,旁征博引,字字句句都像真理——基本上是在抓虱子、撒尿问题上绕圈子——所以看起来热热闹闹的《红高粱》论辩,实质上并没有多少严肃的、纯粹艺术的话题。这种起哄为《红高粱》带来了巨额票房价值,却没有多少艺术上的收获。当然,我们希望每一部影片能激起这种七嘴八舌的争议,使穷愁潦倒的电影厂从困境中直起腰来,但这种机会一去不返,于是一切令人当时不愉快的叫骂声也变成了甜蜜的啰唆在电影界诸位先生女士们耳边——也在我的耳朵边上——袅袅缭绕……

事实上,在《红高粱》之前,那几位构成了"第五代导演"阵营的主将们,已经用《黄土地》《一人和八个》《盗马贼》《猎场札撒》等影片,宣布了新一代电影导演与传统的咬牙流泪的正统电影的决裂,但这种决裂是藕断丝连的,是不彻底的。他们的影片所造成的令人耳目一新的效果更多地依赖了电影观念和电影技术的革新,这批影片对摄影师的依赖胜过对演员的依赖,摄影的贡献大于演员的贡献。这种现象也许是电影进步过程中的一个必需的环节,无可厚非,但我的问题是《红高粱》与这批影片的区别。摄影师出身的张艺谋自然不愿意丢掉他的辉煌的尝试,摄影师顾长卫也展示了他的出色的技能,单就造型优美、画面考究这一点来看,《红高粱》无疑与前面所述的诸片有共同之处,但仅仅依靠这一点,《红高粱》无法问鼎西柏林,也无法引起观众那么浓厚的兴趣。《红高粱》比前面所述的"第五代导演"的作品多了什么?多了关于人的理解,多了一种类似于古典浪漫主义的激情,多了"人应该怎样生活""人原来可以这样生活""人曾经这样生活过"这样一些古老的话题。而实现这些话题,单靠摄影师的天才是不够的。演员举足轻重的作用在《红高粱》里表现了出来。

《红高粱》从先锋的角度看甚至是对前述先锋影片的一种倒退,但事实证明,这种倒退,却变成了一次强有力的开拓,就像从茂密的草丛中退了一步,然后挥动开长把子的大钐镰,眼前高草纷纷披靡,闪出一片开阔地。

刚刚饰演过傀儡皇帝和落魄文人的姜文这次面对着一个剽悍凶猛、赤膊上阵的土匪头子余占鳌。演员与角色,在一开始时,应该是两个虎视眈眈的拳击对手;他们先是绕着场子兜圈子,斗智慧,找机会,寻找对手的弱点,然后,乱纷纷一阵皮拳抢罢,总有一位被打翻在地,不是演员打翻了角色,就是角色打翻了演员。角色打翻了演员那么角色演演员,演员打翻了角色演员演角色。真是烦死了!这很容易落入"本色演员"与"性格演员"的老套之中,我的意思是:好演员当然是能演皇帝又能演流氓的演员,好演员当然是演皇帝像皇帝演流氓像流氓。好演员当然不是在不同的包装下发出同样气味的糖果子,打败了角色的演员当然不是永远只发一种气味的糖果子。真烦死了,我的意思是:好演员在打败角色之后应该把自己的精神、自己的个性贯注到角色中去,去与剧本设定的角色精神融合。这样,你演的皇帝与你演的流氓才能成为个性鲜明的典型,而不是一种类型。演员的个性特征与剧本设定的角色的个性特征经过争斗之后的融会贯通是通向令人难忘的银幕形象的必由之路。谁是这形象的精神特征的主导呢?换言之是谁指挥谁呢?当然是演员的个性指挥角色的个性。写到此,一句响亮的话涌上我的心头:我们的原则是党指挥枪,而绝不允许枪指挥党!

在这场姜文与余占鳌的拳击格斗中,姜文胜得十分艰难。姜文一拳打翻了末代皇帝溥仪,两拳放倒了文化馆员秦癫子,但三拳四拳也没能打倒草莽英雄余占鳌。余占鳌是何等人?从小就杀人越货、打家劫舍、阴鸷毒辣、狂放不羁、腰里插着盒子炮、嘴角斜叼哈德门的活土匪,那么容易就能放翻?但毕竟他被姜文放翻了。姜文出的不是堂堂正正之拳,他用上了恶作剧和流氓习气。在中国数千年的封建史上,多半是流氓无赖和恶作剧集团最终打败了堂堂正正之师而黄袍加身当了皇帝,姜文的斗争胜利又一次证明了这道理。作为小说的原作者,我当然清楚我笔下的余占鳌的性格主要特征。他的身上当然也有些流氓气,当然他也喜欢恶作剧,但基本上他是个严肃的土匪头子。姜文却对这个人物进行了个性化的处理,他放大了余占鳌性格中的恶作剧成分,从而使他的这个角色与以往的银幕上的土匪头子、黑道人物有了鲜明的区别。这是一个有几分可爱的土匪,但他确实是土匪;他的凶狠、他的阴谋、他的强悍,一点不逊于其他的土匪,但他有几分可爱而不是可怕。这就是姜文的贡献。这也是造成了电影《红高粱》十分流畅又妙趣横生的前半部分的一个重要原因;而到了《红高粱》的后半部分,土匪余占鳌身上的"猴气"不见了,"虎气"和"狼气"重了,影片也僵硬了。但我更愿意把这失败的原因归之于剧本的缺陷,而不诿过他人。宽容地说,《红高粱》后半部分也不错,但较之前半部分,就有一种从童话世界回归到现实世界的失望感觉。

五、《红高粱》之后,姜文与刘晓庆合演了《春桃》《李莲英》,这是他与青春伴侣刘晓庆的第二次、第三次合作。第一次合作是在高墙黑瓦的北京小巷与鬼气森森帝王宫殿。这两位中国电影明星的个人生活事实上早已成了亿万观众的热门话题,千夫所指,无疾而死,但他们却把这些风起云涌的流言当成了鞭策,坦率地生活着,勤奋地工作着,献出了《春桃》,又献出了《李莲英》。这是两个勇敢的人,如果在男女感情上允许动用大字眼的话,那么我认为姜刘之间维持着一种崇高的关系,一种如十月的天空一般明朗的关系。其实万千影迷的议论是充满厚爱的,相信他们也感受到了这种厚爱。

挟着草莽英雄余占鳌的雄风,他进入旧北京的小胡同。正如暴雨雷霆之后会有和风细雨一样,从《红高粱》到《春桃》,就是一种类似的转换。我不想否定这部影片，但我却真心感到这不是姜文的力作；男主角对姜文来说太轻松了，姜文也演得太轻松了，他心满意足地生活在他的小康之家里苟且偷安，身上的肥膘也许厚了半寸，尽管饰演男主角，姜文只用了自己的皮肉。这不是姜文的过错。正如当年别林斯基评论老托尔斯泰一样：一个天才的男高音压低了调门用中音演唱时，那高音的素质依然能表现出来。在《春桃》里姜文用皮肉演戏，但他的"用精神演戏"基质还时不时地溢出来，而这每一次的溢出，都成为观众的深刻的印象。比如那在暗夜中悄悄伸向春桃的手，那望着旧城墙上香烟广告女郎的眼睛。

经过短暂的和风细雨之后，天空突然阴沉了，鬼气森森，侵人肌肤，大太监李莲英蓬松着纷乱的白发，从坟墓里钻了出来。姜与刘的三次合作，只有《李莲英》堪称为珠联璧合。我认为在《芙蓉镇》里，姜文的奇思妙想，无疑部分地淹没了刘晓庆的光辉；而在《春桃》中刘晓庆与那个法定的半截丈夫的通力合作，无疑使姜文苍白平庸。是什么原因压制了姜文飞扬的个性，使他由轰轰烈烈的火焰变成了明明灭灭的鬼火？因为李莲英被阉割了男性器官。在这次的演员的争斗中，角色李莲英与姜文平手，造成了一种均衡，而这难得的均衡恰好成就了这部影片。刘记慈禧的紫色威仪镇压着姜记李莲英残存的男性意识，形成并驾齐驱的局面(那两个慈禧伏在李莲英背上的镜头富有象征意味)，于是，《李莲英》里的男女角色与男女演员都丧失了性别符号，叫喊了数千年的"男女平等"的口号，在《李莲英》里得到了实现。女权主义者、妇女解放运动者可以从《李莲英》里得到许多启示吧？

六、在《本命年》中，姜文饰演了一个屡有恶迹但良心不泯的青年。这是一个召唤同情和理解的故事，也是一个事实上已经变得很通俗的故事。这部影片如果早五年映出，极有可能造出振聋发聩的效果，但令人遗憾的是，看饱了王朔式电影的观众，对这种游魂一般的北京恶劣市民的变种,已经有了某种程度的厌烦。所以尽管编剧、导演、演员都是优秀的,但在题材上还是吃了不大不小的亏。由此设想开去,中国的电影不但在呼唤富有异端邪想的演员和导演,也同时在呼唤有异思奇想的编剧,甚至,对优秀剧作家的呼唤声,比其他呼唤声更为焦迫。

姜文在《本命年》里的表现无疑也是上了水平线的,他演起这种角色来,应该是驾轻就熟、得心应手。但我隐隐约约地感觉到,这种轻松流畅后边,隐藏着一种滑向平庸的危险,还隐藏着姜文啃硬骨、攻顽固堡垒、干大活儿的渴望。他一边应付裕如地干着手中的活儿,一边把目光投向远方的高山峻岭、激流飞瀑、妖风迷雾,那里在忽隐忽现着他的梦想。他感觉到了,但恐怕很难条分缕析地表述出来的理想艺术境界在吸引着他的目光。

我不得不特别强调:《本命年》的编、导、演都是目前中国最好的,影片本身也是这几年里中国推出的优秀影片之一;前边的言辞是建立在无可奈何基础上的,就像我不得不在这里特意重复的原因一样。《本命年》结尾时,观众走光了,男主角流着鲜血躺在座椅之间。这个结尾令我莫名其妙地联想到中国新电影的现状,想到此不由得一丝忧伤之情爬上心头。粉碎"四人帮"十几年来,诸多的艺术家冒着飞蝗般的流矢,勇猛地冲锋,冲到剧院,却面对着被惨淡灯光照耀着的一排排座椅,鲜花枯萎了,喝彩声消散了,观众回家睡觉去了,男主角苦苦追求的姑娘跟着腰缠万贯的"大款"跑了,男主角捂着流出的肠子倒了。

但我更相信这是一个短暂的冷场,鲜花还会水灵灵娇艳欲滴,喝彩声还会如潮涌起,观众睡醒了觉还会回来,跑了的姑娘浪够了也会归来,更重要的是,男主角肚子上的血是化妆师浇上的红墨水。姜文与他的同行们活蹦乱跳着,野心勃勃着,跃跃欲试着——往一个更高的山头攀登。姜文心目中的更高的山头是什么?换言之,演了一系列成功的或是不太成功的角色,经过休整、补充、思考之后,他想演怎样的角色?

他说:十几年来,我们折腾来折腾去,实际上还是没逃脱出某些苏联电影的模式:好人也有阴暗心理,坏人也有善良感情,一切都那么中庸,和谐,不走极端……我现在特别想走几次极端,演一个真正的坏蛋、流氓,超出规律的坏,没有道理的坏,非常人的情感,一开始就进入一种特定的精神状态……

我想这样的角色就是牛鬼蛇神。按词典上解释,牛鬼蛇神的本意是指奇形怪状的鬼神,而世界上没有鬼神,鬼神不过是人的一种异化状态。人的异化、极端状态,正是人的本质的某些方面集中、强烈、极端的表现,能够演出这种状态,能够让人看到牛鬼蛇神,才能够让人更全面地认识自身,从而发扬优点,纠正缺点,走向完美。

一九九一年三月

妖 仙 狐 媚

——激扬巩俐

我们不得不承认这样一个事实：在广大影迷的心目中，巩俐的名字是和张艺谋的名字联系在一起的。如果本文回避了这个问题，将使读到这篇文章的人感到不满足；更重要的是，如果回避了这个问题，这篇文章便首先丧失了一种面对人生和艺术的坦率品格。影星和绯闻，就像一个人和她的影子一样紧密相连，外国如此，中国也如此。中国在过去的年代里，也确曾制造过一些个人生活严谨检点、完美无缺的影星，但多数观众总是用怀疑的态度来对待这些道德楷模。观众面对着"道德影星"，心里会发出疑问：这可能吗？由此可见，观众需要影星，也需要影星们的绯闻，来丰富茶余饭后的生活。如果全世界的影星都没了绯闻，将使人们的生活贫乏许多，也将使以赚钱为目的花边小报版面苍白。

其实，传播影星绯闻这经久不衰的现象，并没有太多的道德评判意味，这是一种建立在温饱生活基础上的乐趣。一方面红影星生活在强光灯下，一举一动都引人注目；一方面大众丰衣足食、社会安定团结，议论身边人的隐私，要冒得罪人的风险，而影星是公共的，看似离得很近、实则离得很远的形象,议论他们,既容易取得共同话题,又不会招致仇恨,所以影星绯闻永远是闲适社会的热门话题;如果影星没有绯闻,如果影星有绯闻而不被议论,社会就有点麻烦了。影星愈红,绯闻愈被人关注;绯闻愈火,影星愈红。这又是事情的两个方面。真正的影星,是不应该为这种事情烦恼的,更不应该为此浪费精力而影响自己的创作,只怕到了人们连她的绯闻都不感兴趣的时候,她的艺术道路也就到了头。

巩俐和张艺谋的关系,恐怕不能简单地以绯闻总括,观众并不一定盼望着她和他终成眷属;她和他是否能够成眷属,也只有他们自己和上帝知道。现在我知道的仅仅是:这两个人,互相搀扶着走过了一段艰难的人生和艺术的探索道路,并且共同体验了成功的欢乐和失败的沮丧。我们没有权力去探听他们之间关系的真实状况,也没有必要去祝愿什么,但我在对她和他的"采访"和交谈中,多次听到过这两个人对对方才华的充分肯定和钦佩,亲密的感情溢于言表。这两个人的合作是命运使然,先是有慧眼的张艺谋大胆启用了当时名不见经传的戏剧学院二年级学生巩俐,然后是巩俐一次二次三次地为张艺谋的影片增添光彩。这两个人的合作为观众提供了有趣的话题,更为世界的观众贡献了辉煌的劳动成果。从本来的意义上说,杰出的演员和导演是国家的瑰宝;从艺术的意义上说,获得了世界性声誉的巩俐和张艺谋,他们的劳动,是属于全人类的。

伟大的画家高更为了艺术,舍弃了自己在巴黎的舒适家庭,只身一人到南太平洋群岛上,与土著人过着原始落后的生活,创造了灿烂的艺术瑰宝。他的行为几乎背离了当时法国社会的全部道德标准,招致了无数的谴责。一百年过去了,当时谴责高更的人都化成了泥土,道德也变了模样,但高更的杰作使他的英名永垂不朽。

如果一个女人和一个男人的合作能够创造出有利于人类的东西……

一

　　1965 年 12 月 31 日,当新年的钟声即将敲响还没敲响时,在沈阳市
的一家医院里,一位年近四十的知识妇女,生下了一个瘦弱的女孩,这
个女孩就是巩俐。其时,巩俐的父亲和舅舅正焦急地在产房外等候着,
护士向他们报告了婴儿的性别。她的父亲满脸喜色,她的舅舅却遗憾
而沮丧。孩子的父亲对孩子的舅舅说:对不起,老兄,咱们有约在先。

　　眉飞色舞的影星巩俐对笔者说:我纯属一条漏网之鱼——我妈
妈做了绝育手术数年后又怀上了我——起初还以为是病呢——找医
生检查,医生说:怀孕了。我妈妈说:我绝育了呀。这是怎么回事?
医生说:谁知道你们怎么回事。我妈妈已经有了三个男孩一个女
孩,不想再要了——要不也不会做绝育手术——医生却说:"既然怀
上了,好不容易怀上了,就生了吧。"——那时还不兴计划生育——我
舅舅与我父母亲约好,生个男孩归他,生了女孩我爸妈舍不得送他。

　　巩俐的父母亲无法想到,这个纯属偶然得到的女孩,二十年后,
会给他们带来那么大的荣誉,当然也有烦恼。因为巩俐并没有像某
些天才那样,从小就显露出异于常人的素质。她一岁时,随着父母兄
姐移居济南,在这个夏季酷热冬季严寒的城市里像大多数孩子一样,
由幼儿园——小学——中学,平稳而乏味地度过了她的青少年岁月。
高中毕业后,高考落榜,她过起了"待业青年"的生活。这期间她在山
东文艺出版社当过资料员,在山东大学幼儿园当过阿姨。她当资料
员那些日子,已经尘封雾迷,连她自己也想不起了;可她当阿姨的记
忆,却异常鲜活,她领着孩子们唱歌跳舞,那些天真活泼的小脸花儿
一样开放在她的脑海里。她半玩笑地说:"我当阿姨时,孩子们的家
长都忐怕我,都讨好我,怕我给她们的孩子'小鞋'穿。"今日影星说
起孩子很动感情,她说《红高粱》里有个豆官,《菊豆》里有个孩子,

《秋菊的故事》(亦即《秋菊打官司》,下同)里有个妹子,而她与这几个孩子都建立了深厚的感情。《红高粱》里扮演豆官的那个孩子的母亲甚至都有点吃醋了。她对儿子说:她(巩俐)是假的,我是真的。她只带着你拍戏,而我给你洗衣服。说起《秋菊的故事》中那个女孩,巩俐眼睛潮湿,她把那女孩写给她的信出示给笔者看,一口一个"我妹子",显然是真动感情。

巩俐的父母并没有对她抱着过高的期望,对她报考艺术院校的事没有在意。巩俐说她母亲说她"小鼻子小眼小嘴巴,除了嗓子不错会唱几句歌",没发现有什么表演天才,所以对她的数次失败也认为是正常的。

考解放军艺术学院和上海戏剧学院失败后,巩俐不服气,这时,有一位毕业于军艺的人帮她了解了一些表演方面的基本知识,她报考中央戏剧学院,考中了。

巩俐说她穿着一条牛仔裤、背着一个黄挎包到中央戏剧学院这个被无数稍有姿色的少男少女们梦想着的圣殿报到时,学校已经开学三天。那天,她的同学们正在操场上操练,她跟着一位老师,傻不拉叽地上了操场,老师说:同学们,这位是山东来的巩俐同学。那些自然也是幸运之儿的同学们打量着这个晚来的姑娘:她身高体瘦,脑袋玲珑小巧,五官紧凑,嘴唇丰满,牙齿不整齐,据说还有一颗妙趣横生的虎牙(据说这颗虎牙后来拔掉了);她的确不是那种冰肌雪肤的牙雕美人,没有明媚夺目的肉的色彩;她身上透露出一种野乎乎的、类似凶猛的食肉小兽那种毛茸茸的、牙齿锋利雪白、口唇灵活鲜红的原始风采,尤其是她那两只不算太大,当然也不小的眼睛里射出的漆黑的、警觉的光芒,不由得使她的同学们心头一震。

笔者曾在两个文学艺术班里混过数年,深知同行之间的那种说不清楚、但又确实存在着的酸溜溜的关系,我嫉妒过别人,别人也嫉妒过我。但巩俐说她与同学们却相处得很好,过去很好现在依然很好。一个在事业上取得了辉煌成功的人,容易看到同行们的优点,她甚至对旧日的、至今不太得志的朋友产生一种同情,恨不得拉他们一把,而且只要有机会,她也真会拉他们一把。

巩俐在中戏的头两年里,已经显示出了良好的潜质。她是班上第一个被选中去担任一部电视剧中角色的。就在她跟着这个剧组到外地拍戏时,当时已经因为摄制《黄土地》《一个和八个》等先锋影片而名声大噪的秦国人张艺谋,带着几个人到了中戏,为他即将执导的第一部影片《红高粱》挑选女主角,而这时,巩俐在江南的青山绿水间撒欢尥蹶子,对于正在等待着她的好运气浑然不知。

关于张艺谋选巩俐的传闻颇多。比较权威的说法是,张首先选中的是巩俐的一位后来也有不俗表现的女同学,但心中总感到有些欠缺,这时巩俐回来了。巩俐的时而张牙舞爪如小兽、时而梳毛闭眼如小鸟的天然风姿一下子就打中了张艺谋。但另一位先被选中的姑娘与巩俐相比也是燕瘦环肥独有韵味,左顾右盼的张艺谋,玩了个古老的掷钱游戏,把一枚硬币抛起来,根据硬币落稳时的正面和反面来决定。硬币落地,巩俐被选中。

这段传闻是否可靠,对于本文来说意义不大。我想要说的话是:偶然性这一甚至无数次改变了世界面貌的哲学范畴,落到一个人的头上,就是所谓的命运。偶然性就是某种意义上的打破常规;如果一切都循规蹈矩,比大海还要浩瀚的人心里,就不会有上帝的位置。巩俐从一开始就是偶然性的产物,这一次偶然性又光顾了她。当然,奠定了她今日辉煌的,还是必然性。不知道当年那位劝说巩俐母亲生下巩俐的医生是否说过:这个孩子注定要名满天下!

二

在 1987 年干旱的夏季里,一群剃着光头、赤着臂膊、趿拉着鞋子、腰里插着大烟袋的男人们突然出现在被尘土和烈日折磨得死气沉沉的高密县城的街道上。他们的不修边幅和放诞行为吸引了高密人的注意力,也招致了不满。原来电影演员就是这模样!于是对电影的神秘和崇敬烟消云散,高密部分人与《红高粱》剧组的不愉快也埋下了种子。而这时,唯一给高密人留下好印象的是初出茅庐的巩俐小姐。她那时经常挑着两只木桶在县府招待所的大院里蹒来蹒去,身上穿着不伦不类的服装,脸上凝着忧虑重重的表情。我初见这样子的巩俐,心中不由升起了团团狐疑之云。说实话,巩俐与我心目中的"奶奶"形象相差甚远。在我的心目中,"奶奶"是一株鲜艳夺目、水分充足的带刺的玫瑰,而那时的巩俐小姐更像一位初谙世事的女学生——事实上她正是一个女学生——于是我怀疑张艺谋走了眼,于是我担心这部戏将砸在巩俐手里。

尽管我对巩俐抱着不信任的态度,但我还是积极地帮助剧组做了一些工作:我找到县委领导,为剧组争取到五吨化肥,催那些长得远远没达到拍摄要求的高粱,并骑车跑到高密东北乡签约种植高粱的那个村党支部书记家,向他吹嘘这部电影的编、导、演水平如何高,这部电影的意义如何大,拍出来肯定能在国际上得大奖云云,希望他发动村民把高粱好好管理一下。那党支部书记说:"关键的是要下雨,追上化肥也白搭。"《红高粱》剧组有福气,一场透雨落下来,他们的高粱发疯般地长起来。拍摄开始那天,高密东北乡那座有名的小石桥周围人山人海,比赶大集还热闹。我抱着女儿,远远地看了一会,便骑车回家了。

1987年底,《红高粱》编剧之一朱伟打电话邀我去看片子。我骑车去了小西天电影资料馆,一进楼,恰好碰上了头戴一顶绒线帽、身穿羽绒服、足蹬一双游牧民族姑娘们喜穿的那种高筒翻毛靴子的巩俐。她跟我打了一个招呼,便急如星火地窜走了。较之夏天时,她似乎白胖了一些,身上洋溢着许多现代都市青年的气息,夏天时笼罩着那脸庞的惶惑和犹豫之情不见了。我想,使她产生变化的究竟是什么呢?

两个小时后,伴随着影片结尾时那沉重的、令人心颤的铜锣声,我心潮翻卷着走出电影资料馆大门。我的确强烈地预感到,这部影片很快就会成为文艺圈内的热门话题,而事情的发展超出了我的想象:随着《红高粱》在西柏林的得奖,《妹妹你大胆地往前走》吼遍了大江南北,而由此引发的争论,直到今天还没有完全平息。

看完影片《红高粱》的当天晚上,我应《大西北电影》之约,连夜赶出了一篇八千字的文章。记得我在文章中曾专门用一节分析了演员的表演,其中仿佛不乏一些精彩文字,只可惜这篇文章我已无法找到了,否则抄上几段倒很现成。不过也好,由于当时是激动在电影营造的气氛里,溢美之词多,冷静思考少。事过数年,一切都成了过眼的烟云,回过头来想一想巩俐和《红高粱》,也许会客观一些。

毫无疑问,《红高粱》是一部具有鲜明风格的影片,那种让人耳目一新、热血沸腾的感觉,是剧组集体努力的结果。巩俐凭着她的天资和颖悟,基本上完成了"奶奶"形象的塑造,她能够比较自然而准确地完成了这个具有浓郁浪漫主义色彩角色的创造,对于一个与1930年代相距遥远的大二学生来说,绝对是一次严峻的考验。

狄德罗说过:一个出色的演员倘若碰上平庸的伙伴给他配戏,他只好放弃自己的理想范本以便与同台演出的那个可怜家伙取齐,于是他不必再作精心的揣摩和正确的判断。在两个人散步或者围炉谈话的时候本能地也会发生这种情况:"讲话的一方使对方也降低自己的调门,或者换一个比喻,这和玩惠斯特牌戏一样,假如你不能指望你的同伙紧密配合,你有一部分技巧就没有用武之地。"(《演员奇谈》狄德罗)

我完全同意狄德罗的精辟见解,因此我更感到初出茅庐的巩俐第一次上镜就遇到了姜文是她的幸运,当然,如果没有她的颖悟,如果不是她飞快地适应了姜文的节奏而随着他翩翩起舞的话,姜文就只好降低他的调门舍弃他的技巧为了和谐与她平稳地表演,那样巩俐就完了,《红高粱》也就完了。

电影是遗憾的艺术。不久前巩俐对笔者说:如果让我重演一次《红高粱》,我肯定要比那时演得好。那时,我无法体察"奶奶"这样一个叛逆女性的复杂心理活动。我只能运用形体和表情,无法调动感情。

所以就出现了影片中"奶奶"对着土匪司令余占鳌的比较皮相的"粲然一笑",那种我认为应该有的神谕般的暗示没能从巩俐的眼睛里流溢出来。所以就出现了麻风父子被干掉、"奶奶"勇敢地接管烧酒作坊时的巩俐表演的缺乏自信。虽然这种由一个柔弱女子到一个精明强悍的女掌柜的突然转折缺乏必要的铺垫和合理性,但我相信今天的巩俐会粉碎了这些不合理性而底气充足、令人信服地帮助"奶奶"完成这个转变。

电影史上常常有这样的现象:一部影片的成功,有时并不完全依赖演员的杰出表演——当然大凡大获成功的影片中演员的表现也总是不错的——而因为影片所提示的主题对于某个时期的社会现实具有强烈的批判意义,抑或是影片所宣扬的某种生活态度、所暴露的某种人类精神本质引起了观众心理的强烈共鸣或深刻省悟。《红高粱》基本上是这样一部影片,它并非如某些评论家所说仅仅"暴露了中国人的疮疤",而是在发扬光大中华民族不屈不挠的生命力量上下了大力气。巩俐和姜文高举着的是批判封建、张扬人性的义旗,当巩俐代表着"奶奶"仰面朝天躺倒在"爷爷"用利剑开辟出来的祭坛上时,神圣和庄严便产生了。这时官能意义上的性,便具有了灵魂献祭的宗教意义。当然,这一重要意义,那些靠写大批判文章起家的蠢驴们是无法理喻的。

三

《红高粱》之后,巩俐在张艺谋执导的商业影片《代号美洲豹》中担任了角色。这部影片原本以赚钱为目的——好像也没赚到钱——反倒招致了不少艺术上的批评。过后,无论是跟张艺谋还是巩俐谈起《代号美洲豹》,他们都淡然一笑。不久,她又在香港导演李翰祥的《一代妖后》中扮演了角色,巩俐在这部影片中表演平平,只是因为挟着金熊奖的余威,观众才给予她一些特别的注意。

接下来,她与张艺谋双双演"秦俑"。这是一个打通了前后三千年的故事,制片人明确的商业目的使这部影片场面宏大,奇景迭出,但终因剧情的平庸落套以及与现实世界的遥远距离,导致了艺术上的失败。巩俐在《古今大战秦俑情》中的表演不好也不坏,虽然她给《古今大战秦俑情》带来了光彩,但这光彩的产生不是来自演技,而是来自她与张艺谋联袂演出这一富有挑战意味的行动。我看过香港人甘国亮制作的一盒录像带,从中了解了《古今大战秦俑情》之外的一些故事。我看到张艺谋被汽车挤折腿后,甘国亮偷拍下来的巩俐的眼睛,那双眼睛已经失去了清纯,变得忧悒和深邃。就是在这盒录像里,巩俐说她喜欢蛇,喜欢红色黑色和白色。不久前巩俐又说她非常喜欢天鹅。如果说我听她说喜欢蛇时感到有些可怕,那么,听她说喜欢天鹅时,那喜欢蛇的女人也就变得非常容易理解了。蛇是柔软、善变、流水一样的感觉,天鹅挺着蛇样的脖子在流水中漫游。一个优秀的女演员,应该兼具蛇的灵活滑溜和天鹅的高傲娴静。一句话,她应该复杂,复杂就是成熟。凭着一种下意识,我感到《古今大战秦俑情》的那段日子,是巩俐的艰难岁月。张艺谋的不幸伤腿,使她痛苦地悟到:世界上的事情多半是不由人自主的。在这个世界上,不做铁砧,便做铁锤。生命是短暂的,艺术是永恒的。

四

经过上述短暂而骚乱的过场之后,巩俐积累了足够的痛苦和关于男人与女人这一古老话题的深刻的体验,进入了她创作生涯的第二个重要时期。这时期从她主演《菊豆》开始,到《大红灯笼高高挂》结束,当然是与张艺谋同舟共济,密切合作。

从《红高粱》到《菊豆》,与其说张艺谋的艺术风格发生了变化,毋宁说他的人生态度发生了变化。他的《红高粱》充满着狂欢的精神,画面是流动的,情绪是热烈、粗野、明朗的,影片男主人公那充满恶作剧色彩的种种勇敢行动恰好暗合着狂欢的世界感受:具有强大的蓬勃的改造力量,具有无法摧毁的生命力。换言之,他的《红高粱》表现的是狂欢式的生活,是脱离常规、离经叛道的生活。最重要的是,这些离经叛道者取得了成功,创立了一种新鲜的生活准则,而旧的秩序和准则像麻风病人一样被杀死并抛尸深塘。《红高粱》与《菊豆》间隔两年,这两年的变化令人怵目:《菊豆》虽然仍具有《红高粱》那种杀父意味,但却完全脱尽了狂欢的色彩,代之以刻骨的绝望和对性的巨大恐惧。在《菊豆》中,张艺谋强化了刘恒原著中那种阴森森的宿命色彩,这种强化,几乎等于宣告:面对着命运,任何抗争都将以毁灭告终。

张艺谋电影主题的这种深刻变化具有丰富的社会学意蕴,我没有能力分析。我要说的是:张的变化,使演员巩俐面临着一场严峻考验。《红》剧中的九儿和《菊》剧中菊豆虽都是具有叛逆性格的角色,但她们的心理却有巨大的差别。如果说巩俐依靠颖悟和良好的形体模仿能力能把九儿演得差强人意,那么,面对着复杂的菊豆,上述的本领就远远不够了。九儿是一只天鹅、菊豆就是一条蛇。演蛇难。演菊豆需要一个女人在黑暗生活中的全部体验,谁也不可能有菊豆那么多的可怕体验,这就需要演员的天才心智去创造性地虚拟感受这无法感受的生活。

我带着重重疑问问巩俐依靠着什么把握了菊豆丰富的内心世界,她说不清楚。但她演出来了。她演出了遭受杨金山性虐待之后菊豆肉体的疲惫和内心的痛苦;她演出了菊豆对侄儿杨天青年轻肉体的渴望和对伦常法规的恐惧;她演出了菊豆挑逗勾引侄儿时那种建立在对杨金山仇恨基础上的破罐子破摔的狂荡心态;她演出了菊豆初次沉浸在肉欲的欢乐中那种亦死亦痛的畸形感受;她演出了菊豆怀上天青的孩子又欺瞒了杨金山后那种邪恶的快乐心理;她演出了菊豆初做人母、苟且偷欢的那种病态幸福;她演出了菊豆对图谋杀子的杨金山的刻骨仇恨;她演出了菊豆在杨金山灵前那种对未来的巨大恐怖感;她演出了菊豆忍受着巨大耻辱与情夫拦棺时的那种疯狂心境;她演出了菊豆对逐渐长大的儿子的畏惧,她演出了菊豆面对命运的绝望。

如果说巩俐靠运气走了红,那么,当她从吞噬掉菊豆的熊熊烈火中走出来之后,我们就面对着她的艺术天才。

五

在根据苏童的著名小说《妻妾成群》改编的《大红灯笼高高挂》里,巩俐饰演了女学生出身的四姨太。这部影片主题的鲜明性在第五代导演的作品中是少见的,它把批判的矛头直指封建夫权,简直是在呼唤妇女的解放,控诉吃人的旧社会对妇女的摧残和迫害。此片第三次显示了张艺谋导演的某些特殊嗜好:他喜欢在没有象征的地方弄出象征来。先有高粱,后来染坊,这次是严整的四合院和极夸张的灯笼。由于创作意图的过于明显,便流露出一些矫饰的、人为的意味。单部去看,可能都不错,三部全看,便有疑义。尽管如此,《大红灯笼高高挂》仍然不失为一部富有奇思妙构的优秀影片,差一点问鼎奥斯卡,可以部分地证明这个判断。

从作品意蕴上比较,《大红灯笼高高挂》比《菊豆》简约,从角色的性格上比较,四姨太也比菊豆单纯。这同样是一个古旧的故事:几个姨太太争风吃醋,勾心斗角,结果是,有的死了,有的发疯,然后又有新的姨太太来替代她们。写这种妻妾争斗的故事,《金瓶梅》已成绝唱,谁也不可能就故事本身再翻出什么新花样,谁也不可能再塑造出一个比潘金莲更立体的小老婆形象。苏童的贡献是华丽隽永的语言和从容不迫的叙事态度;张艺谋的贡献是他营造场面的奇构和他把日常生活象征化的妙想。巩俐的贡献是她靠着纯熟的演技和良好的感觉实现了张艺谋的构想。

总体来看,巩俐在《大红灯笼高高挂》中的创作是与《菊豆》在同一个水平上的平面推进,没有滑下来,也没有跃上去,当然能做到这一点也很不容易。

六

我们期待着《秋菊的故事》,这同样是一部根据小说改编的电影。据张艺谋说,他这一次彻底改变了风格,没有搭景,更没有玩象征。几乎所有的镜头都是偷拍,制作出来的影片将具有朴素的纪实风格。影片讲述了一个农村孕妇携带妹子进城告状的故事,巩俐蓬头垢面、破衣烂衫、学了一口纯正的陕西方言,完全混迹于人群中,在一个自由市场连续数次挨摊问价,激起摊主的愤怒,竟没被发现。由此推想,巩俐的表演一定不差,也一定会使秋菊与前述数角色迥然有别。

七

现在的巩俐红透了半边天。《北京青年报》上用杏子般的大字叫喊着：港台佳丽，难敌巩俐，一顾倾香港，再顾倾日本。现在的巩俐忙极了。刚拍完《秋菊的故事》，就投入到陈凯歌执导的《霸王别姬》中去，又应约主演黄蜀芹执导的《潘玉良》（即《画魂》），去美国参加奥斯卡颁奖式，又基本答应在一位美国导演的片子中饰演江青……现在的巩俐身价百倍，是制片商愿出巨资聘请的演员。现在的巩俐依然挂职在中央戏剧学院，"抢"了一间房子，作为在京的住处。现在的巩俐依然喜欢穿牛仔裤。现在的巩俐说她最希望能死死地睡上几天几夜。现在的巩俐说当有人问起她跟张艺谋的关系时，她总是说：早就结婚了，你真是太孤陋寡闻了。现在的巩俐充满自信，但却能笑着倾听我这个门外汉对她的创作评头论足。我说巩俐你应该演一个年龄二三十，智力只有三岁儿童水平的角色。现在的巩俐笑着说：那不是白痴吗？现在的巩俐不同意狄德罗关于演员在表演时绝对不能动感情的理论，她认为狄德罗的理论对话剧舞台可能是正确的：观众只能看演员的形体。电影不行。一个特写镜头，对着你的眼睛，心里没有，眼睛里空空洞洞，怎么行？现在的巩俐听笔者说的女演员应该是妖仙狐媚，哈哈一笑，不置可否。现在的巩俐事实上承受着巨大的压力。

有一句话送给现在的巩俐最合适：妹妹你大胆地往前走！

补记：此文写成于 1991 年，然后便在抽屉里沉睡了。这种隔靴搔痒的门外汉文章，实在羞于发表。但毕竟是写了，况又可抵一份稿债，就拿出来发了吧，也算是对《红高粱》的一个纪念。文章写成之后，很快就看到了《秋菊打官司》，我同意很多人的看法：巩俐在《秋菊打官司》中的表演，有令人振奋的飞跃。后来的《潘玉良》《西楚霸王》《活着》我都没有看，不敢置喙。写巩俐的文章铺天盖地，她将是一个长久的热门话题。在本世纪的最后十几年里，因为有了巩俐，人们的生活多了光彩。祝愿巩俐在下个世纪，取得更辉煌的成就。

关于木偶的随想

　　1992年7月某日晚上，去首都剧场看林兆华导演的迪伦马特的著名话剧《罗慕路斯大帝》。将此剧本翻译成中文并一直热心话剧的李健鸣教授要我写点感想，于是就有了下面这些话：

　　（1）对于木头来说，被雕刻成偶像，较之被劈成柴，被解成床板，被镟成车轴……应该是一件幸运的事，这类似于人被推举到偶像的位置上。偶像有偶像的烦恼，木头也有烦恼吗？

　　木偶的运动与木头没有关系，幕后的牵线人借木偶传达一个故事或一种感情给观看木偶戏的人。也许观众中有动了感情热泪盈眶的人，但幕后的人手忙脚乱，进行着复杂的技术操作，他们的思想活动与剧情无关。

　　（2）人竟然被木头骗了。

　　（3）不知从什么时候起，被人利用或操纵的人被讥为"木偶"或者"傀儡"。但这"傀儡"依然是一种威权，只有经过它，权力才能实施。所以这"傀儡"的作用类似于公章。

　　（4）有多少人当了"傀儡"而不自觉，有多少"傀儡"不甘心做"傀儡"。不甘心做"傀儡"，就是要别人做"傀儡"，于是就有了宫廷政变,于是就有了人头落地。但也有想当"傀儡"而当不成的人。

（5）"傀儡"的痛苦建立在丰衣足食的基础上。只要往深处想,谁人又不被别人利用呢?

（6）最初时,上帝闲得无聊,用两块木头刻出了一雌一雄两个动物,这就是人类的始祖。人类刻木偶,是在重复上帝的行为。

（7）人死之后,经过特殊处理,可以变成一种类似木偶的东西,叫作"木乃伊"。能变成"木乃伊"者,生前都显赫得很那!

（8）看看木偶戏,杀人的心也许就淡了,也许就浓了。浓和淡是一个问题的两种表现。

一九九三年

小女子大写意

　　小女子者,浙江青田人王少求也。王1954年生,从女人的角度来讲,已经不小了,但从一个画家的角度来看,正所谓黄金时代也。认识王少求之前,先认识了她的夫君尹舒拉。那是在浙江南浔的一个与文学有关的会议上,来去匆匆,的确也没留下什么深刻印象。过了大概一年吧,尹忽然来电话,说人在北京,有重要的事迫切地想见我。很快他就带着公子和夫人出现在我家的客厅里了。他们为了公子遭人欺负的事,想来京寻个地方说理,但很难,所以那天讲的基本上都是那件令人愤怒而痛苦的事情。王少求乖巧而拘谨地坐在椅子上,基本沉默着,像个典型的贤妻良母,当时我做梦也没想到这个女子竟然是个气度如虹、泼墨如瀑的画家。后来尹托人带给我一块青田玉雕,说是雕了一束红高粱,但我怎么看怎么像一穗粉葡萄。尽管如此,得了礼物,心中还是很高兴,回忆起他们一家三口的容貌,感到这是个郎才女貌、孩子才貌双全的幸福家庭。

　　去年夏天,尹又来了电话,说刚修了房子,请我为他妻子的书房题一块匾,题词他已拟好,为"少求书屋"。我以拿不起毛笔为由力辞,他坚请,并说可以用钢笔写。只好答应,用了半个上午,写了几十张纸,还是选不出一张像样的,胡乱选了两张传过去,尹回话竟然说好,我自然知道不好。这时我还不知道"少求"是个名字。心中却在想,尹是个很有趣的人,竟然为妻子特辟一间书屋。不久后,收到了两本画集,一本是尹舒拉的,一本是王少求的。我真正吃了一惊,才知道尹不但能作文,而且还能绘画。当然更让我吃惊的还是王少求的画集,这个沉默的女子,竟然是一个笔墨豪放不让须眉的画家,名字当然也很有意味。想到我竟然敢为一个画家的书屋用钢笔(钢笔也用不好)题匾,不由得心中惭愧。

于是就翻来覆去地读王少求的画集,爱不释手,如饮美酒。我无缘读到王少求孩提时代的作品,从画集作品的纪年里,可以看出《蝴蝶花》是全书所收的最早作品。她的夫君说这是王少求第一次在浙江画坛崭露头角的作品。在 1979 年 3 月 8 日的浙江省展览馆大厅里,《蝴蝶花》曾吸引过许多赞许的目光。该作以没骨工笔形式处理画面,无论从形式到内容,都非常契合一位青年女子的绘画体验,画作清冷的色调、妩媚的姿态,都让我想象到二十年前的王少求那种悒郁而高贵的姿态。《荔枝岁时熟》是她时隔十年后重返浙江画坛的敲门砖。该作在"浙江省花鸟画研究会首届花鸟画展"上首次展出,引起了行家的关注。单从作品的取材来看,与十年前的《蝴蝶花》并没有多大的区别,可是从色彩线条的构成来看就大不一样了。该作辛辣的笔线和东方美术里红、墨、白三色的对比,形成了一种特有的艺术氛围。她的夫君说她十年走完了中国学院派花鸟画的万里长征,在艺术的认识上产生了一个质的飞跃。

认识一旦产生飞跃,绘事必将开出广阔天地。我细读画集中的《荷塘清暑》《好鸟》等作,逸笔草草,将大片空白留给了读者,使人想起中国戏剧中布景与演员关系上产生的妙趣,同时她的画风也变得更加典雅隽永。

前面提及的作品,从取材上看,几乎都是在歌颂生命的青春和美

好,如日初升光芒四射的旋律是她的不倦追求。但是,当我看到她的
《秋日荷塘》和《寒秋》等作品时,才感到她在以生命和自然的抗争方
面,也有自己独到的认识和见地。与其说这种体验带有几许残酷和
风雷激荡,不若说是潇洒超脱和冷逸肃穆。鲁迅先生认为静穆的艺
术是伟大的艺术,这论点正可以从《秋日荷塘》等作品里得到认证。
我虽然不懂画,但依然从《秋日荷塘》中得到了这样的体验。但我却
又无法知道王少求面对着一池已经逝去美丽的美丽,又是一种怎样
的心境?

她的夫君告诉我,她自己比较喜欢那幅《回归时刻》,此作虽然也
有一种东方的美丽在跳动,但总有一种家酿的女儿红掺和了葡萄酒
的感觉,有一种特别的味道。相比之下,我更喜欢她的《稻菽飘香》
《墨气凌云》以及用作画集封面的《牡丹》。这几幅小品,或红或绿或
青或紫,类似于明清笔记小说的境界,秀雅放任兼得朴素风流,读来
令人浮想联翩超然出世。

王少求的夫君画的是山水,技艺也不凡,但两本画集摆在一起,
我更喜欢王少求的这本。尹君的修为似乎更在少求之上,可是他的
画为什么不能像少求的画那样打动我呢?我想大概王少求在提笔作
画的时候,考虑的问题比她的夫君少一些吧?她可能没有尹君那么
多的理论,她可能比尹君多了些对艺术的直觉。她认为画画就是画
画,随心所欲,自然天成,我笔写我心,于是就具有了这种直入人心、
见性见灵的力量和魅力吧?

读熟了王少求的画集,抱着一片好奇之心,从她的夫君处,探得
了她的身世,方知幽兰多在深谷,或者可说是"真人不露相"。

少求的祖父,是浙江瑞安名人,早年和鲁迅先生同时留学日本学
医,归国后服务乡梓,声名卓著。少求的父亲少年从戎,身经百战,解
放前夕继承家学,接管了青田医院,成为本地很有名望的西医。少求
的母亲也是医生,是傅连暲先生的学生。王家多子女,生活贫寒,少

求从小就"穷人的孩子早当家",劈柴担水,劳作不辍。她十几岁时就借着灶火读了很多书,最爱读的是《红楼梦》,读过多种版本,并且颇有见地。十几年前与一个在当地有"红学家"之称的书店经理为邻,曾经提出与其进行"论红"比赛,并且敢让"红学家"持书的先手。本地有一个对《红楼梦》入迷、并在字里行间做过千言万语批注的人听到少求的大名,特将自己批注过的书献上求教,少求认真读罢,悄谓夫君曰:"此人是条书虫,不是书痴!"

尽管我基本上是个画盲,但感于少求夫妇对我的友谊,更重要的是少求女士大作对我的冲击,也就顾不上浅薄,甘冒被方家嗤笑的尴尬,作这篇外行文章。

一九九九年九月十八日

我 与 话 剧

你也许不相信，我的真正的"处女作"不是小说，而是一部名为《离婚》的六幕话剧。那还是 1978 年，我在黄县当兵的时候。当时，宗福先的话剧《于无声处》红遍全国，随后不久又有《丹心谱》《陈毅出山》等一批话剧上演，一时蔚成大观。看多了自然就跃跃欲试，于是就托战友的朋友从县图书馆里借来了曹禺、郭沫若的剧本集，一通狂读，然后就生吞活剥地写出了《离婚》。写完后让我的教导员看，他看了说好，并且还给我画了插图。稿子寄到《解放军文艺》后，就开始了满怀希望的等待。等了三个月，《解放军文艺》把稿子退了回来，并且回了一封不是铅印的信。信上没有说我的话剧不好，只是说刊物版面有限，难以发表大型作品，希望投到演出单位看看。我感到很沮丧，教导员却表扬我说："行啊，小伙子，折腾得连《解放军文艺》都不敢发表了！"于是我又往省市的话剧团投，结果可想而知。这部手稿一直保存到 1982 年，有一天我把它从箱子底下翻出来一看，不由得面红耳赤，一狠心点上火烧了，就像销毁了一段不光彩的历史。从此之后就与话剧告别，别说是不写，连看的机会也很少。

一直到了 1996 年秋，时在广州军区话剧团任编剧的王树增动员我与他合作给空军话剧团的导演王向明写一个有关楚汉战争的剧本,我力辞不却,只好抱着试试看的态度答应下来。然后我们三个就开始"侃"剧本,前后"侃"了有五天或者六天。我们一次次地由兴奋到沮丧,又由沮丧到兴奋。如果不是因为王向明澎湃激情的感染和他为话剧献身的精神的感召,我肯定要打退堂鼓。把基本的思路确定下来之后,就开始动笔写作。前后五易其稿,耗时无算,终于使剧本达到了让导演大体认可的程度。接下来,为了将剧本搬上舞台,王向明究竟付出了多少劳动,我就不知详情了,但我凭猜想也基本上能知道其中的艰辛。王向明身上比较集中地体现了话剧人勇于探索、不屈不挠,甚至是知其不可为而为之的精神。

该剧最初的题目叫《钢琴伴奏·霸王别姬》,从这个题目也可以看出我们试图用一种现代的方式讲述一个几乎是家喻户晓的历史故事的野心。最初的定稿分成了古今对照的两个部分,古代部分自然是讲述项羽、虞姬、刘邦、吕雉这四个在秦汉之间那段短暂的历史里光彩夺目的人物之间的恩爱情仇;现代部分则讲述了一对下乡知青和一个因为历史的原因成为了女知青丈夫的农村青年之间的感情纠葛。后来我们意识到,话剧的现代性,并不完全由事件的当代性和外在的文明因素(譬如钢琴伴奏)决定,许多历久常新的经典,其中的故事已经陈旧,但陈旧故事中所包含的多样性的意义和人类至今难以解决的普遍性矛盾,又使得古老的经典能够不断地放射出灿烂的光辉。这是思想的光辉而不是故事的光辉,这是矛盾重重的思辨的光辉而不是善恶分明的说教的光辉。于是我们决定,舍弃故事的现代部分,钢琴自然也就搬走。

小仲马说:"所谓历史事件,只不过是我挂小说的钉子。"我们也可以说:"历史事件上,悬挂的是剧作家的思想。"但仅有思想构不成戏剧,思想还是要通过人物的言行表现出来。我们在创作的过程中,认真地研究了司马迁的《史记》。我们发现,在相当大的程度上,《史记》与其说是历史，还不如说是小说。这就为我们在遵循着被大家所公认的历史事实的前提下大胆地、合理地虚构提供了根据。我们设计了许多在历史上完全可能发生但史书上没有记载的情节，来表现我们对这些历史人物的理解。理解就是阐释，阐释就是创造，而创造的最重要的标志就是我们写出了我们的项羽、我们的虞姬、我们的刘邦、我们的吕雉。

毫无疑问，没有一个从事历史题材的艺术家不考虑借古讽今、借古影今、借古鉴今的问题，尤其是话剧这种直接地跟观众交流的艺术，台上的演出如果不能激起台下观众丰富的联想、会意的微笑，那这场演出就是失败。当然，我们不会笨拙地去影射攻击什么，我们希望提供给观众的是我们也无法解决的矛盾，这些矛盾存在了几千年，现在依然存在着，将来也会存在着。我们无法做出谁是谁非的判断；我们不做判断，我们请观众判断，观众也可以无法做出判断。其实我们并不盼望观众随着剧中人物的喜怒哀乐而喜怒哀乐，我们希望观众帮助我们思索。

话剧搬上舞台，其实就变成了商品，商品需要广告，我们的广告是：

这是一部与现代生活息息相关的历史剧；

这是一部让女人思索自己该做一个什么样子的女人的历史剧；

这是一部让男人思索自己该做一个什么样子的男人的历史剧；

这是一部让历史融入现代的历史剧；

也是一部让现代照亮历史的历史剧。

其实所有的戏剧都是历史剧。

在即将到来的初冬里,在声名赫赫的首都剧场小剧场里,我们的
话剧《霸王别姬》(暂名)即将上演,作为编剧之一,我感到喜悦,又感
到担忧;喜悦的原因不必说,担忧的原因也不必说。

二〇〇〇年

西部的突破

　　今年的早些时候，《美丽的大脚》的导演杨亚洲先生和主演倪萍女士和我一起吃饭，席间谈了一个想改编成电影剧本并由倪萍主演的故事。我对杨亚洲先生近年来在影视方面的突出业绩和息影十四年后试图东山再起的倪萍女士的执着深为钦佩和感动。但那个故事实在太容易让我联想到日本的一部电影，于是就推辞了他们想让我担任编剧的邀请。

　　现在，《美丽的大脚》出现在我的眼前并把我打动。这已经不是我听说过的那个故事，而是另外一个由李唯先生演绎成剧本的故事。

　　我的脑子里浮现着这部影片留给我的许多难以忘却的画面，心中转动着许多念头，但要诉诸笔端，却觉得困难重重。一部好的艺术作品，留给人的最初印象大概都是这样：你看完了，觉得好，但要说出好在什么地方，却是那样的艰难。艺术的魅力是只可以心领神会而很难言传的。但我还是想为这部片子说点什么。

　　回忆起从上个世纪八十年代初开始的思想和艺术的解放运动，从文学的角度我可以如数家珍，但要我从电影的角度来谈，就感到力不从心。我大概地认为，在这场延续了二十多年并且依然还在进行着的运动中,无论是从文学的角度还是从电影的角度来观察、总结,西部,这个既是文化又是地理的概念,是无论如何也绕不过去的。无论是从影片表现的地域风情还是从影片的制作单位来看,中国的"西部电影"这个概念是可以成立的。我的意思是说,诸如《黄土地》《老井》《人生》《一个和八个》《红高粱》等这些曾经赢得过大量观众并且为中国电影在国际上赢得了巨大声誉的影片,所表现的基本上都是我国西北地区的生活,并且都是由西安电影制片厂摄制的。这部新鲜出炉的《美丽的大脚》也是这样。

在艺术创作中,经常可以看到这种现象:在某个时期内,一些题材和风格近似的作品联袂出现。这不是谁模仿了谁的问题,而是艺术创作中的一种不约而同。这样的作品集体是确定一种艺术风格的物质基础。一旦某种艺术风格形成之后,风格的负面效应便同时出现并给后来的创作者带来巨大的困难。在电影创作中,这种现象更加突出和明显。事情发展到极端,突破就在眼前。当中国的西部电影成为一种风格化的作品后,便进入了痛苦的沉寂时期。但在这种痛苦的沉寂中,突破正在酝酿着,犹如地火在地下运行。突破,一般地总是从风格化作品的边缘突破。我的意思是说,任何突破,都不大可能是全新的创造,而是在继承的基础上的部分出新。我认为《美丽的大脚》就是这样一部作品。它继承了西部电影的几乎所有因素,并赋之以新意。我还想大胆地说:《美丽的大脚》可能成为新西部电影的第一部作品,并且艺术地介入到国家对西北大开发的热潮中并发挥它的社会效应。

我没有必要笨拙地复述这个故事,我只想谈谈从这部影片中感受到的某些哲学意味。

我认为北京志愿者夏小姐在这个荒凉村落的出现,是富于象征意味的。这是一种文化增援,也是一种文化的"入侵"。她带来了被大众认为的先进,也带来了自身的落后。她部分地改变了这里的人,这里的人也部分地改变了她。她与乡村女教师大脚张美丽的冲突，首先是文化的冲突，然后才是个人的冲突。在这种冲突中，她们彼此改变了对方，最后实现了双赢。

同理，张美丽带领着学生的北京之旅，也是一种"入侵"，但这种"入侵"对张美丽来说是一次全胜的"掠夺"。她带回了金钱，带回了给情人购买的新衣，更在这里找到了、强化了人的自尊与自信——也是西部的自尊与自信——并把它带回她们的西部。这次"入侵"，更深层次地改变了她自己，但作为她的"入侵"的对抗者——夏小姐的丈夫刘先生——却大败亏输。他在这次对抗中，没有得到任何东西，只是暴露了他身上原本固有的许多东西。我们必须承认，刘先生不是一个坏人，甚至可以说他是个挺不错的男人，如果遇到同样的情况，我们并不能保证比他做得更好。所以，我们都是凡夫俗子，但相形之下，貌似比我们无知、比我们卑贱的张美丽和她那群学生们，却放射出来"真人"的光辉。

这部影片给予了我这样的暗示：任何事物都可以归纳出哲学的命题，任何事物都是矛盾的统一体。物质的贫困，并不意味着精神的贫困，而物质的富裕并不意味着精神的富裕。愚昧的人可能更邪恶，也可能更善良。贫穷的人可能更卑俗也可能更刚强。这种生活中处处存在的相对性，正是影片传达给我们的、超越了故事层面的意味深长的东西。生着一双大脚的张美丽，生前的最后阶段，曾鼓足了勇气，试图冲破乡村道德的桎梏，去争取自己的幸福。这正是文明的"入侵"和她对文明的"入侵"所带来的深刻变化的表现。这种变化是一个人的本质的觉醒，具有不容置疑的进步意义。但她却最终在她的学生也是她的情人的儿子的棒喝之下退却了。这个细节表现了进步的艰难与文化的制约。而最令人震撼的，还是顽童王大河那番话中的一句："老师，你要改正自己的错误！"她那一番意味深长的临终话语，像巨雷一样震动人心："人是哭着来到人世的，但我们要笑着走。"她最终是个意识到了自我但并没有完全自我实现的悲剧性人物,从她的身上,我看到了西部的问题和西部的希望,也由此看到了西部电影存在的问题和希望。要想改变一个地区的落后面貌,外来的支援可以发挥作用,但最终还是要依赖这个地区的人的觉悟,就像一个人要想改变自己的命运,外来的帮助可以起作用,但最终还是要依赖自己的觉悟一样。开发西部是中国人在新世纪里最大的梦想,举起"新西部电影"的大旗并用优秀的作品来证明它,是西部电影人在新世纪里最大的梦想,这两个梦想相辅相成。在某些特定的条件下,艺术作品可以具有某种前瞻性,我觉得《美丽的大脚》就是一部具有前瞻性的影片,当然这种前瞻性是隐藏的,不是直露的。

二〇〇一年十月

画坛革命者

　　有一首歌是这样唱的：革命者永远是年轻，他好比大松树冬夏长青。今年盛夏，在朋友的引领下，拜见了鹤发童颜的周韶华先生，这首歌的旋律和它所营造的意境，便时时在耳畔回旋、在脑海浮现。用青松喻革命者，早已经是大俗套，但我实在也想不出更恰当的喻体，来比喻这个十二岁即参加了八路军、八十年代初又用高屋建瓴般的理论建树和横扫千军般的艺术实践掀起了一场画坛革命的双重革命者。

　　我是美术门外汉，虽然也看过不少画册和画展，国外的一些著名的艺术馆所也进去参观过，面对着画作，似乎也能感受到那作品的氛围，也能想象到画家的创作状态，但上升到理性层次的艺术感受，是几乎丝毫也无的。今年得识周先生，观他画室，听他谈吐，看他画作，几同我的美术启蒙，仿佛从一道门缝里，窥见了艺术殿堂里的辉煌图景。读一个作家，有时可以看到一部缩微的文学史；看一个画家，有时可以看到一条师承递进变革创新的道路。周先生就是这样的画家。在中国山水画的漫长历史上，涌现出过许多突破传统又丰富了传统的大家，周先生就是这灿烂群星中的一颗。

最先打动了我、引起我强烈共鸣的并不是周先生的画作,而是他的理论文章。上世纪八十年代初,当禁锢初开,传统复尊,诸多画家沉溺在旧有图式中难以自拔时,周先生即发出了"自将秋水洗双眼,一生不受古人欺"的清醒呼声。这是自警,也是警世。周先生不是历史虚无主义者,他其实是真正的历史继承者。但他的继承不是依样画葫芦,而是扬弃和变革。他经过长期的研究和思考,辩证地解决了继承传统和变革创新的关系问题。他反对的是自宋元以来那种陈陈相因、消极避世的文人画传统,他主张"隔代遗传",直接汉唐,从民族的文化源头上去感受和承接那种健康蓬勃的生命气息,他倡导"横向借鉴",用大胸怀、大气魄,主动地向西方学习、向民间学习、向所有的姊妹艺术学习。他提出建构"全方位观照"的艺术视野,要"思接千载,视通万里,胸罗宇宙,气吞洪荒,立足现在,面向未来,天地人融贯一体,过去、现在、未来连成一片,把对整体的宏观把握渗透到形象底蕴的精微表现上。把纵向、横向和多层次的观察与想象连接起来,表现生命与灵气,呈现物我精神之光"。这些理论,今天看来,依然如黄钟大吕,使人振奋,使人血热,恨不得立即行动起来。

周先生的理论,与其说是为了号召他人,不如说是为他自己制定了行动纲领。在接下来的二十多年里,他探大河之源,登地球之巅,入戈壁瀚海,风餐露宿,身体力行,师法自然,领略造化之美。他流连碑林汉墓,拜谒石窟佛龛,爬梳典籍,临摹先贤,承接祖宗遗产。然后面壁凝思,破茧化蝶,于是便有了"大河寻梦""梦溯仰韶""汉唐雄风"等振聋发聩的系列作品。周先生的这些大作,契合了传统和现代,融合了东方和西方;是民族的,也是世界的;是传统的,更是现代的;是写实的,更是写意的;是具体的,更是象征的;是理性的,更是感悟的。它们共同传达了人类和自然之间那样一种健康和谐的美妙关系。他的画里有红陶、有青铜、有黑铁、有黄釉、有汉简、有魏碑、有丝绸、有棉麻,是浑然一体的交响乐;是行星运行般的舒缓与疾速、沉重与轻盈;是光与色、线与面的统一;是一种开天辟地般的英雄气概。已经不仅仅是气韵生动了,是气吞云梦,气壮山河,气冲牛斗。是"文起八代之衰"般的雄风,是这个山河的写照,是与这个时代的精神相匹配的壮美艺术。

今年上半年,周先生运如椽大笔,焚膏继晷,完成了他的"荆楚狂歌"系列作品。他将作品的照相寄给我,让我感到荣幸而惶恐。还是那句话——我是美术的门外汉,面对着周先生的大作,只有直感而无理性分析。我感到周先生这个系列,是又一次超越。与此前的作品相比,这个系列的整体风格是内敛的。尤其是那四十幅小品,圆融平衡,如幻如梦。黑与红的色彩,既是对抗,又是互补,构成了端庄凝重之美。器物鸟兽,既是尘世的,又是仙界的。总体上营造出一种伟大的和谐。这不仅是楚人的理想,更是周先生的理想吧。正如周先生释画文所道:"变狰狞为和善,改禁锢为自由,生命至上,自由至上,是楚艺术的伟大主题。"这岂止是楚艺术的伟大主题,这应该是人类社会的终极追求。

二○○六年十一月四日

看《卖花姑娘》

　　从过去的五十年岁月中,选择一件亲身经历、难以忘却并且与当时的社会政治生活和新闻有一定关联的事件,我马上想到的就是看《卖花姑娘》。

　　那是 1973 年的初夏,正是小麦将熟、槐花盛开的季节。在此之前,关于朝鲜电影《卖花姑娘》的传说,就已经在我们的村庄里流传开来。我们村子里有一个年轻女人,丈夫在青岛当兵,她去青岛探亲时看了这部电影。这是个有文化的女人,说起话来眉飞色舞。从她的描述中,我们知道了这部电影的基本故事情节,而且还知道了这是一部催人泪下的电影。她说如果看了这部电影不哭,那就不是人了。她还说有一个连亲爹亲娘死去都没有流过一滴眼泪的士兵,看《卖花姑娘》时哭得昏死过去,被救护车拉到了医院。对她的夸张描述,村子里的很多人都不以为然。这个女人每次从青岛探亲回来,总是要对我们这些从来没有进过城市的人卖弄见闻。对她的话,我们抱着半信半疑的态度。经过了上世纪五十年代的"大跃进"、六十年代的大饥饿,紧接着是文化大革命,中国老百姓,几乎每个人都吃过苦头,难道还会有一部电影比我们的生活更凄凉? 难道还会有一部电影能让我们这些饱经苦难的人哭出来吗?

过了不久,村子里的高音喇叭播放了《卖花姑娘》在县城开始放映的消息,而且还播放了好几篇关于这部电影的评论。当时我们不知道电视为何物,也没有资格看到报纸,所谓新闻,就是挂在村中高杆上、每天三次播音的高音喇叭。给《卖花姑娘》写评论的人,用比我们村子里那个军人妻子还要夸张的语言,绘声绘色地描述着这部电影的内容和观众的反应。我似乎看到,观众的眼泪汇成了小河,从电影院里流淌出来。那年我18岁,正是精力旺盛的时候。那时候农村实行的是准军事化管理,如果没有充足的理由,是不允许旷工外出的。如果我们向队长请假说要去县城看电影,我估计队长会把我们当成神经病。但对《卖花姑娘》的渴望,已经变得不可遏制。我和村子里两个和我年龄差不多的小伙子,永乐和元智,向队长请求了一项艰巨的劳动任务:挖生产队饲养棚前的大圈肥。这个大圈里积攒着十五头牛、两匹马一个春天排泄的粪便,数量有几十立方之多,平常情况下要五个壮劳动力用整整一天才能挖完。这活儿又脏又累,没人愿干。队长看到我们三个平日里调皮捣蛋的家伙主动请求干这脏活,好像看到太阳从西边升起一样奇怪。

我们黎明即起,挥汗如雨,只用了一个上午就把那一大圈肥挖了出来,赢得了一个下午的宝贵时间。匆匆吃了一点午饭,便向县城进发。村子距离县城有50里路,没有公共汽车,有公共汽车我们也坐不起。村子里只有两辆自行车,拥有自行车的人,都是村子里的干部。他们的自行车,给我们骑,我们也不敢骑;万一骑坏了,只怕是砸锅卖铁也难以偿还。我们只有用脚来完成这段旅途。我们悄悄地出了村庄,没让任何人看到。出村之后,一直小跑前进。尽管上午出了大力气,但《卖花姑娘》吸引着我们,也没有感到有多累。赶到县城时,已经是傍晚时分。我们急忙跑到电影院售票处,想买晚上七点的票。但售票处挂出的小黑板上写着,晚上七点的票已经卖完,不但七点的票卖完了,连九点那场的票也卖完了。而此时,电影院里正在放映着《卖花姑娘》,那幽怨优美的音乐从高音喇叭里传出来,让我们的心境无比凄凉。我们在电影院前面的广场上沮丧地转悠着。不时有人来问我们有没有多余的票。只有一个油头滑脑的人悄悄地问我们要不要票。我们很兴奋。当时的电影票价是每张两毛五分钱,但这个人跟我们每张要一元。我们三个人身上的钱凑起来也不够买一张。我们劳动一上午,奔波一下午,非常疲倦,非常饥饿。我们原来计划着,买上电影票后,就到饭店里,每人花三毛钱、四两粮票,买两碗肉丝面条,犒赏一下自己。电影票买不到,我们连吃肉丝面的心都没有了。

正在我们转来转去、无计可施之时,永乐用手掌一拍额头,说:"有了,我有办法啦!"永乐的干爹,在县供销社土产公司工作,而土产公司,就在电影院后边那条小街上。

我们找到了永乐的干爹,他正在梧桐树下摇着蒲扇喝水。这是个很好的人,至今让我难忘。在当时的社会环境下,吃公家饭的人和农民之间的差距之大,现在的人难以想象。听我们讲明来意后,他上下打量着风尘仆仆的我们,感叹道:"就为了看一场电影?"他紧接着说:"不过这部电影的确值得看。"他安顿我们喝茶,然后出去给我们弄票。我们喝着茶,肚子咕噜噜地响着,满怀希望地等待着。过了一会儿,他回来了,抱歉地对我们说:"没弄到七点的,弄到三张九点的。晚是晚了点,不过你们专为看这电影而来,再晚也要看是不是?""是的,再晚也要看,别说是九点的,就是后半夜两点的我们也要看。"我们异口同声地说。这个人,真是个慷慨大度的好人,他不但为我们搞到了票,还买来了六个烧饼,一包烧肉。他说:"你们将就着吃点,垫垫肚子吧。"

迎着出场观众哭肿的眼睛,我们进场成了观众。影片一开始,当那个美丽的卖花姑娘抱着鲜花、唱着那首响遍中国大地的卖花谣出现在银幕上时,我的眼睛就潮湿了。几分钟后,当卖花姑娘的妹妹被地主老婆烫瞎眼睛时,我的眼泪便奔涌而出,一直到终场,我的眼泪再也没有干过。剧场中一片抽泣,有的观众嚎啕大哭,有的晕厥过去。演到坏人肆虐时,观众发出愤怒的吼声。演到坏人受到惩罚时,剧院里一片掌声。电影看完,灯光亮起。周遭的人都是满脸泪痕。元智家庭出身地主,按说这种不但煽阶级情而且煽阶级恨的片子对他不会起作用,但他哭得似乎比我们还要凄惨。他胸前的衣裳被泪水打湿,脸上泪痕斑斑,好像一个被风雨吹打得破烂不堪的纸灯笼。

看完电影后,我们没好意思再去惊动永乐的干爹,尽管他让我们看完了电影后再到他那里去吃点东西。我们摸着黑走上回家之路。田野里寂静异常,广大的高密县的地盘上,好像只有我们三个人在夜行。道路两边的麦田里,即将成熟的小麦散发清香,河流中的青蛙发出郁闷的叫声。我们非常累也非常困,但心中却有一种空空荡荡的满足感。

回到村子后,我们三个成了传奇人物,好像我们不是去县城看了一场电影,而是去干了一件惊天动地的大事。小学校里有一个喜欢往报社投稿的青年教师,专门对我们进行了采访。他把我们看《卖花姑娘》的事添油加醋地写成了一篇稿子,投到了省报。省报竟然给他发表了。不但省报发表了他的稿子,县广播站也广播了他的稿子。我们听到广播里播放与自己有关的新闻,感到既兴奋又恐慌。在很长的一段时间里,村子里人们看我们的眼神都有点异样。而小学校里那个青年教师,因为这篇稿子,很快就被调到县委宣传部当了干事,从此走上了官场,一直当到了副省级的高干。

为了写这篇文章,我去音像店买回来《卖花姑娘》的影碟,重看了一遍。我不但重看了《卖花姑娘》,还上网搜索了与这部影片有关的信息。从这些信息中,我才知道,该剧的原创者,竟然是朝鲜的前领袖金日成,而将该剧搬上银幕的具体组织者,竟然是金日成的儿子、当今朝鲜领袖金正日。据网上的有关文章说,正是因为成功地组织了《卖花姑娘》等影片的拍摄和几部歌剧的排演,使金正日赢得了金日成和老一辈朝鲜革命家的信任,奠定了他的接班人的地位,并最终顺利而牢固地掌握了最高权力。至此我才明白,三十多年前,中国共产党为什么要花那么大的气力,来宣传推广这部电影。

重看《卖花姑娘》,我深深地感到了这部影片的公式化、概念化、简单化,但就是这样一部影片,竟然让几亿中国人哭得昏天黑地。有人戏说,如果把中国人看《卖花姑娘》时流淌的眼泪收集起来,会有几吨之重。据网上说,当时的朝鲜劳动党宣传部门对《卖花姑娘》在中国引起的巨大反响也感到不可思议,并专门要去了中国的翻译本研究。

为什么这样一部用今天的眼光看起来很一般的影片会产生那么强烈的催泪效果呢?难道那个时代的中国人泪腺特别发达吗?我认真地思考了这个问题,感到事情还是有它的特定的原因的。因为那个时候,文化大革命爆发已经七年,在很长的一段时间里,人们不但失去了人身自由,而且失去了情感自由。加上头一年林彪事件的发生,使中国人沉浸在一种失望、绝望、悲伤、压抑的情绪中。而国内的艺术,只有那八部空洞说教、不食人间烟火、毫无感情色彩的样板戏。《卖花姑娘》幽怨优美的音乐,在当时来说是非常绚丽的画面,美丽的姑娘,凄惨的命运,温暖的情感,大团圆的结局,显然比中国的八个样板戏高明许多。《卖花姑娘》填补了中国人的感情空白,唤起了他们对正常情感的向往,成为了他们情感宣泄的渠道。所以,我想,我们当时,并不是为了卖花姑娘的凄惨命运哭泣,我们是为自己哭泣。往大里说,我们是为民族和国家的命运哭泣。通过这次全民性的集体大哭,中国社会悄悄地发生了转机。《卖花姑娘》在中国的放映,不仅仅是一次文化交流活动,还是一次重大的政治事件。它是文化大革命彻底失败的一个标志。眼泪洗清了人民的眼睛,痛定思痛,人民希望能过上正常生活，当然，我们当时所希望的正常生活，也不过就是文化大革命前的那种生活，并没有想到像今天这样。

重看《卖花姑娘》，距离上次看已经过去三十二年。尽管我看出了这部影片的公式化、简单化和情节的虚假，但到了那些催泪的关节点，依然是热泪盈眶。金日成和金正日都深谙催泪艺术，他们对人类的情感反应有精到的把握，他们知道用什么样的情节，可以让观众流出眼泪——拼命地折磨一个美丽善良的小女孩，烫瞎她的眼睛，让她饱受委屈，把她扔到冰天雪地里冻着，看你们哭不哭。

二〇〇五年六月二十三日
为法国《世界报》撰写

柏 林 观 戏

3月23日晚,在柏林世界文化宫剧场,以"文化与记忆"为题的中国文化月拉开序幕。据说这是德国历史上举办的以中国文化为主题的最大活动。活动内容包括戏剧演出、艺术讲座、美术展览、作家朗诵等。也许是因为对戏剧的痴迷和爱好,我觉得这诸多项目中,能够给德国观众留下深刻印象的,必是戏剧演出。开幕式当晚的演出剧目,是台湾当代传奇剧场的创办人、著名京剧演员吴兴国的独角戏《李尔在此》。

吴兴国,在台湾早就是大名鼎鼎的人物,在国际戏剧界也有相当的知名度,但在大陆戏剧界,却长期不为人所知。随着前几年的北京演出和北京大学讲座,他的名声也渐渐扩散开来。当然,名声是身外之物,重要的是他四十年来千锤百炼化为绕指柔的艺术成就,已经引起了大陆同行和诸多戏迷票友的关注。现在把大师的桂冠献给吴兴国也不是不可以,但没有必要这么着急,是他的早晚是他的;但已经可以把"京剧革命先锋"的称号献给他了,给他个先锋称号,让他继续冲锋。

京剧,曾经是那样地辉煌,曾经是那样深入地影响着中国百姓的日常生活,曾经是那样地让中国人如醉如痴,但随着社会的发展和科技的进步,它日渐式微,正在变成艺术化石。上世纪八十年代开始,大陆戏剧界奋起努力,想再造京剧的辉煌,政府也大力支持,上下同心,希望能使这个濒临绝境的剧种恢复青春。差不多与此同时,在台湾,吴兴国,几乎是匹马单枪,"将对传统的热情与爱,转化成一场愤怒的革命",他生怕同侪和前辈们"京剧恐怕要随着我们走入坟墓"的担忧变成现实。他追问思考"我最爱的京剧怎么会没法吸引人"。他和一群志同道合的年轻人创办了当代传奇剧场,首先从变革传统京剧剧本的思想贫乏、结构松散、语言粗糙、节奏拖沓、人物平面化入手,将莎士比亚的《马克白》,改编成了吴兴国的,也是中国的《欲望城国》。此剧亮相舞台,据说"观众欣喜若狂,有人大叫,有人流泪,台北艺文界足足震动了一个星期"。当然,总是会有不同看法,"吴兴国是京剧传统的破坏者"的说法也颇有市场。传统与现代,继承与创新,是一切老艺术的老矛盾。不创新,死定了,但创新的尺度如何把握? 是向老观众献媚还是向新观众靠拢? 众说纷纭,莫衷一是。我是主张大胆创新,不惜拆掉废墟、摧毁腐朽偶像的,哪怕矫枉过了正,也不要紧。事实上,那些已经成了偶像的大师,当初都是大胆的革命者。他们当年的创新,也是伴随着欢呼和诟病。对赞扬和批判,吴兴国无暇顾及,他一部部地编排新戏,用作品,把自己垫高到新的境界。

我无缘现场观看吴兴国的《欲望城国》,但有幸看了他演出的录像。果然相当不错。剧本大胆留白,节奏快捷,演员基本功扎实,唱、念、做、打俱佳,对剧中人物理解深刻,不仅仅是用技巧演出,更是用心灵演出,用心灵带动技巧。服装、造型、舞台调度都颇具新意。

好吧,看改编自莎翁名剧的《李尔在此》。在柏林世界文化宫大剧场舞台上,吴兴国一人分饰十角,生、旦、净、丑,唱腔形体频转换,文武昆乱不挡,东方与西方融合,古典与现代接轨,确是有意味的形式,确是有深度的作品,给观众留下思索的巨大空间。

　　演出结束,掌声经久不息。西方观众的教养和礼貌常常会让中国的表演者产生错觉,但礼貌性的鼓掌和按捺不住的欢呼我还是能够辨别的。

　　演出后,在一起吃点心。卸妆后的吴兴国看上去根本不像一个五十多岁的人。我油然想起一句歌词:革命人永远是年轻。我向他表示了敬意。他的舞蹈演员出身的太太,当代传奇剧场的制作人,与他一起进行京剧革命的林秀伟女士,问我愿不愿意为吴兴国也为他们的剧社写篇文章,我不假思索地说:我愿意。

二〇〇六年四月

我与奥运开幕式

　　2006 年 8 月初某夜,梦中构想奥运开幕式,醒后兴奋无比,爬起来匆匆记住要点。第二天整理成文,给几个朋友看。本为逗趣,没料想朋友将此消息辗转告诉了奥运开幕式领导班子。8 月 13 日晚,在北五环北京市会议中心,张和平(奥运开幕式总指挥)、张艺谋、陈维亚请我与潘阳和王浙滨吃饭。我忐忑不安地将几份稿子给他们看。看完之后,他们有的淡淡一笑,有的面无表情。张导说,类似的东西,他们收到很多,网上更是铺天盖地。他们需要的不是这种构思,而是希望找到一个能够代表中华民族灵魂的东西。我说了阴阳五行、儒家思想、河图洛书之类,但显然都是老生常谈。他们的时间如此紧张,我却用这样的东西来让他们请我吃饭,简直是罪过。那顿饭我吃得非常尴尬,深感羞愧,并且歉疚。只好反复说,我是想用这种方式来表达一个中国公民对奥运会的向往与支持。其实,我是有私心的。我想,如果我的方案,哪怕能给他们一点启发,我也可以厚着脸皮向他们讨要一张奥运开幕式的入场券。现在,奥运开幕式已经成为历史,而我的开幕式构想,也成为朋友们取笑我的话题。

《新民晚报》热情约稿,让我谈谈奥运开幕式,就将当时的手稿从纸堆里找出来,抄录附后。如此馊案,或可供读者开颜一笑。

2008 年北京奥运会开幕式构想
(外行之狂想)

第一部分: 追日奔月

以远古神话"夸父追日""嫦娥奔月"为素材,表现远古人类的理想和幻想。

在鸟巢上方,一个耀眼的"太阳"缓缓旋转,先是一位手持木杖、赤裸上身、腰系"树叶"的剽悍男子奔跑追赶——后有数十乃至数百名同样衣饰男子络绎奔出,绕场追赶——太阳飞升而去,众男子手中木杖化为火炬。

一轮"明月"缓缓升起。一群美貌古装少女集体拜月——拜月舞。一少女着洁白羽衣,升空,落到"月亮"上,飞出"鸟巢"。

本节主题歌:

因为渴望光明,我们追赶太阳。因为惧怕黑暗,我们飞向月亮。跑啊跑啊,跑得更快;飞啊飞啊,飞得更高;更快更高是人类的向往。

我们追赶太阳,太阳给我们温暖;我们飞向月亮,月亮给我们幻想。跑啊跑啊,跑得更快;飞啊飞啊,飞得更高;更快更高是我们的理想。

让我们的追求变成花朵,让我们的幻想插上翅膀。为了光明和幸福永驻人间,为了和平与爱情源远流长。跑啊跑啊,跑得更快;飞啊飞啊,飞得更高;让美丽的花朵处处开放。

第二部分： 铸铜造字

表现先秦时期科技与文化的进步，以及战争、对抗和人民对和平生活的向往。

炉火熊熊，宝剑铸成。

在一白色大屏幕上，依次展现甲骨、钟鼎、籀、篆、隶、楷、行、草等汉字发展演变之历史。可以由不同时期的著名人物如李斯、钟繇、王羲之、颜真卿、李白等人持如椽巨笔作象征性的笔舞，屏幕上的文字也不时转换，文字可从《诗经》《易经》等古籍中寻摘。

群武士作剑舞，作格斗之舞，象征战争。

女人们夺下武器，投掷火炉。

公孙大娘剑器舞。

推出一悬挂支架上之巨钟，和平钟声。

大屏幕上推出各种文字之大字，字义俱为：和平钟声。

第三部分： 东渡西航

表现中国人民不畏艰险抱无限之诚意，百折不挠，开辟海上航线，实现中外文化交流。

东渡，唐朝鉴真和尚六渡扶桑，终使佛教与盛唐文化在日本开花结果。

西航，明朝三宝太监郑和率庞大船队下西洋，直达东非海岸。郑和信奉伊斯兰教。

关键是造几艘逼真之大船模型，有樯橹，有风帆，且风帆能鼓动起来。

大屏幕可继续使用，展现精美之瓷器、丝绸、家具等中国古代器物。

第四部分：龙凤呈祥

表现进入新千年的人类生活,构建和谐社会的美好愿望。

在男女歌唱演员的歌唱声中,几百对美丽男女,盛装华服,集体舞蹈,舞蹈形式多变,充满浪漫抒情气氛。

可设计"百鸟朝凤舞"和"龙凤呈祥舞"。当歌声和舞蹈停止时,成群福娃欢呼入场。

儿童歌曲大合唱中,一轮"明月"缓缓下降,悬在"鸟巢"上方。嫦娥从"月亮"中翩翩飞下,点火。

本节歌曲:

一、让我们唱歌跳舞,目光对着目光;让我们心心相印,传递着美好理想。天涯共此时,一轮明月光。百姓齐欢呼,万众共仰望。

让我们握手拥抱,共享幸福时光;让我们相亲相爱,实现和平愿望。天涯共此时,一轮明月光。举世皆瞩目,奥运在东方。

二、儿童合唱、朗诵(先朗诵一遍,然后合唱)

风儿轻,月儿圆,嫦娥姑姑要下凡。天上没有好风景,幸福生活在人间。

其他建议

使用具有全人类意义的神话素材,摒弃已被西方观众所熟知的"中国文化符号",不要兵马俑,不要红灯笼,不要茉莉花,用象征的手法,表现人类的漫长历史和对未来的美好向往。

聘请科技专家,实现艺术构想。

建设"奥运博物馆"。

二〇〇八年

画 外 之 音

　　"画中有话"策展人李颖让我就这次展览说几句话,因为多年的友谊和对她为中外文化交流做出的贡献的敬意,未加思索就应承下来。写小说可以一日万言的我,面对着这十五位艺术家的作品,虽然思绪纷纭,但却理屈词穷。说什么,怎么说,对于一个绘画与造型艺术的门外汉,确实是一个问题。其实许多东西,是只可意会,不可言传的。但不言传又无法交流,即便抽象如音乐,也不得不借助语言的阐释,这是艺术创作领域的一个普遍的困境。因此,请允许我从一个外行的角度,说一些粗浅的感受。

　　我想,当这十五位艺术家,拿起他们的画笔——不仅仅是画笔——把他们的构思付诸画布或其他载体时,这作品在他的心中,已经栩栩如生了。当然不排除在创作过程中突发的灵感和神来之笔,但为什么要创作这件作品的意图,大概不会有什么大的变化吧。

　　专业的艺术欣赏者,面对着一件作品,也许会首先从技术或者技巧的角度来分析,但我或者像我一样的门外汉,面对着一件艺术作品时,大都会试图去追寻创作者的想法——他想表达什么? 他要告诉我们什么? 然后我们便感受,便思索,便得出一个明晰或者模糊的结论,我们自以为这便是创作者的主观意图。其实,我们的结论是建立在自身经验的基础上的,我们从这件作品所生发的联想,与我们自己的生活经验息息相关。我们的结论与创作者的意图也许一致,也许南辕北辙。其实,艺术作品的创作者,并不一定能将自己的意图条分缕析地诉诸语言,而欣赏者也不必过多地考虑作者的意图,自己的感受,才是最重要的。

如果观赏者从作品中读出的话,与创作者想表达的话是一致的,这会让创作者感受到幸遇知音的欣喜;但这并不应该是创作者期盼的境界。如果观赏者从作品中读出了创作者并没有想到的话,而且这些话也能说服创作者,那这就是真正的佳境。

我想,一件好的美术作品,如同一部好的文学作品,必有丰富的内涵,为不同的读者和观众,提供广阔的阐释空间。如同读《红楼梦》,"经学家看见易,道学家看见淫,才子看见缠绵,革命家看见排满,流言家看见宫闱秘事……"面对着同一件艺术品,不同的观众会得到甚至完全不同的感受。即便是同一个观众,在不同的时期来看同一件作品,也会有感受上的差别。

如何创作出这样具有丰富阐释性、可以超越时代的作品,是各种艺术行当的艺术家面临着的共同问题。我觉得,入选这次展览的十五位创作者,都是有这种自觉追求的艺术家。他们都试图将自身经验与社会生活结合起来,都试图使自己的作品具有更多的象征意义,具有更多的画中之话与画外之音,他们都试图表达对这个时代的看法和感受:困惑、忧虑、迷茫、痛苦、孤独、冷漠、同情、怜悯,当然更重要的还有爱……他们将种种感觉,用梦幻的方式或者变形的方式,用夸张的手法或者怪诞的手法,用拼贴的手段或者杂交的手段,总之是用技术的艺术或艺术的技术表现出来,成就了一件件可以让人驻足之前、浮想联翩而又感慨万端的作品。

丰富的个性展示构成了一个时代的艺术的多样性,而这些丰富的个性展示中,又包含着一个时代的共同语码,这大约也是艺术品走向大众的哲学基础。我没有资格也没有能力对这次入展的作品逐一地品头论足,但我可以说,这十五位艺术家是个性鲜明的,他们的作品为我们提供了不同的思维向度和空间,他们在发现社会生活中的荒诞和病态时,同时发现了人的价值;他们对这个社会进行冷嘲和热讽时,同时表达了他们对人的尊重和对自由的热爱。

二〇〇八年十二月七日

长袜子皮皮随想

　　据说,长袜子皮皮这个后来被全世界亿万儿童所熟知的名字,是从阿斯特里德·林格伦生病的女儿嘴里最先吐出来的。那是1941年,在瑞典斯德哥尔摩的一家医院里。女儿给出了故事主人公的名字,妈妈就顺口编下去。六十多年过去了,长袜子皮皮已经被翻译成了八十六种文字,走进了全世界千万个家庭,成为亿万儿童的朋友,并在他们心中永远地占有了一个位置。

　　我们都曾经是长袜子皮皮朋友中的一员,我们曾经多少次地幻想着成为她邻居的那两个孩子——杜米和阿妮卡——跨过维拉·维洛古拉的门槛,进入皮皮的家,看她独立自主地磨咖啡、擦地板、烤馅饼,看她将一匹马从屋子里轻松地举到院子里,看她惩治蛮横的警察和凶恶的小偷,听她发表那些好像是离经叛道却让孩子们喜欢的奇谈怪论。我们更希望能像幸运的杜米和阿妮卡那样,跟随着皮皮去做那些恶作剧的游戏,去航海,去冒险,去探索这个浩瀚世界上的无穷奥秘。

　　皮皮拥有传奇的身世,有用不完的金币,有大得不可思议的力气,还有虽然充满稚气但却超越了成人的智慧与勇气。她倚仗着这些而战无不胜。她也是倚仗着这些才可以为所欲为地生活。这些，也正是她能够吸引亿万儿童的地方。每个孩子都渴望着成为英雄，每个孩子都希望摆脱成人的管制而随心所欲地生活，皮皮体现了儿童们的梦想。因此，我们在幻想着成为杜米和阿妮卡之后，更渴望着能成为皮皮。

最初阅读《长袜子皮皮》的读者，如今已经成为老人。但皮皮依然是那个梳着硬邦邦的小辫子，鼻子上生满雀斑，咧着大嘴巴，穿着五颜六色的连衣裙、两只颜色不一的长袜子、两只比她的脚大一倍的黑皮鞋的女孩子。她还将继续成为一代代孩子们的朋友，并用她种种不可思议的行为和奇特的想法，影响着他们的生活。

即便是已经老了的我们，重读这本书，依然会受到感动。因为这本书里有我们的童年；因为长袜子皮皮不畏强权、敢于向邪恶抗争的品质，正是这个世界上日渐缺少的，而她敢于想象、善于创造的天性，正是人类能够不断进步的保证。

从鞭炮到佛道

　　辛卯春节,我在高密东北乡陪八十八岁的父亲过年。除夕之夜,鞭炮烟花从黄昏响到黎明。午夜时分,站在高坡上眺望县城,见那片夜空不时被璀璨的焰火照亮,爆豆般的鞭炮声连成一片,其中夹杂着闷雷般的炮声,硝烟滚滚,火药味很浓。经历过战争的父亲感叹道:"当年八路打高密,也没闹出这么大的动静啊!这要糟蹋多少钱……"是啊,这要糟蹋多少钱啊!从南到北,从西到东,在这个夜晚,中国的土地上,覆盖着一层鞭炮的残骸;中国的夜空,弥漫着滚滚的硝烟。这就是过年,有钱的过年,没钱的也过年;这就是欢乐,富人欢乐,穷人也欢乐。谁说中国没有狂欢节?春节就是中国人的狂欢节。先是几亿人的大流动,动用着最昂贵和最便宜的交通工具,朝着不同的方向,飞机、火车、汽车、摩托车、自行车,实在不行就开动双腿,克服种种困难,跨越层层障碍,方向虽然不同,但目标都是一个,那就是:回家!回家干什么?过年!哪怕这些家在大山深处,在崖畔尽头,在沙漠边缘,在海岛渔村……哪怕回到家看到的是贫穷落后,听到的是怨恨牢骚,感受到的是世态炎凉……所有这些,都挡不住回家的脚步。

儿时盼过年,目的很明确,那就是穿新衣,吃水饺,放鞭炮;现在怕过年,原因很模糊,认真想想,大概是对衰老与死亡的恐怖。平时如无病痛,也就忘了年龄,但年是个节点,是个提醒,每到这时候,你必须明白:又长了一岁。对小孩子来说,"长一岁"里有成长的欢乐;而中老年人,从"长一岁"里体会到的是不可抗拒的规律和无可奈何的悲哀。说得更直白一点,过一次年,就离死亡更近了一步。在狂欢中,在鞭炮声中,向死亡靠拢。当然,有死亡便有新生,新陈代谢,生生不息,这是规律。但衰老和死亡总是件让人不愉快的事。想到了这一层,便可以看到地藏菩萨向我们遥遥地招手了。

笛安小友给我定的题目是关于地藏的。我写文章喜欢绕,绕来绕去,总会绕到题上。何况这地藏,包罗万象,关乎六道三界,关乎地狱心魔,关乎罪孽超度,有关大千世界的一切问题,都可以从这里得到一个说法。

说到地藏菩萨,不能不提到九华山,因为这九华山是地藏菩萨的道场。说到地藏菩萨,与其说是一个具体的形象,不如说是一种献身的精神。因为他有无量的化身,可以为孝女,也可以为伟男。那位在九华山开辟道场并留下不坏肉身的新罗高僧金乔觉,不过是地藏菩萨的一次化身。地藏菩萨的精神就是:"地狱未空,誓不成佛。众生度尽,方证菩提。"这精神至高无上,但俗世中有些境界显然由此派生,如"见困难就上,见荣誉就让","把生的希望让给别人,把死的危机留给自己","肩住黑暗的闸门,放他们到宽阔光明的地方"等等,皆可当如是解。更有那美国电影《泰坦尼克号》,以及诸多的灾难片中,面临生死关头,总有人贪生怕死,也总是有人,一次次地苦海救人,最后把生的希望推向别人,自己去死。我想大凡是人,看到这情节,总是会被感动,而能被感动,就说明我们每个人其实都具备了地藏的精神,只是没有机会表现出来罢了。这也正是我佛所说:万物皆有佛性,如果正确引导,皆可觉悟,超脱六道之苦厄。但可惜尘世中欲望太多,那可贵的灵性,皆被污染,放不出灵光了。

我去过很多的庙宇,也进过很多的教堂。去教堂,是看艺术,看文化;而进庙宇,则基本上是看人心:自我的心,众人的心。学佛参禅,对于我等俗众来说,略通皮毛即好,如果真的悟透了,那也就没有这个世界了。这人的社会、物的世界,说破了"神马都是浮云",那争名逐利、建功立业还有什么意义? 那些祈求佛祖保佑他们的贪官污吏,那些重金买得烧新年第一炷香的达官贵人,不都是糊涂鬼、可怜虫吗?

按照佛教的解说,六道皆是苦海,即便在人道之上的阿修罗道和天神道,也还是有欲望,因而也就有痛苦,只有到了那诸般皆无的涅槃之境才能永脱苦海。这个至高无上的境界,对一般俗众来说,其实并无什么吸引力。我想,对一般俗众,不妨简化点,知道地狱、畜生、人、天神四道,并知道一个灵魂种子可因为自己的行为而在这四道中转化即可。地狱里的鬼,如果存心向善,积累功德,就如同那刑满释放的罪犯出狱一样,可以晋升到畜生道里去,或做飞鸟,或做游鱼,或做山林中的猛兽,或做农夫家的役畜。这道里自然又分了许多的等级,譬如,做一条鱼总比做一只蛆虫好;做一只鸽子,总比做一只乌鸦好。同是做马做牛,又有不同。譬如做了皇上的坐骑,那可以吃精美的饲料,披华丽的鞍鞯;而做了拉磨的驴子,那就要被蒙着眼睛转圈,还要不时遭受鞭打。在畜生道里做好了,那就有可能晋升到人界里去,虽然有"乱世人不如太平犬"的说法,但总体上,人还是比畜生高了一个级别。当然,同是为人,也有诸多的差别,这都是由前世的善恶而定。人世中积累福德,可升天界,成为神仙,长生不老,无病无灾,对于俗众,到了这一层,我想就够了。当然,天神犯了错误可贬到人世,人犯了罪孽可沦为畜生,畜生犯错可堕入地狱,如此轮回,全是因为行善或作恶的果,因果报应。其实,我想,对于大众,知道善有善报恶有恶报就可以了,这是有利于安定团结、有利于构建和谐社会的。如果按唯物主义的解释，人活一世如同草木一秋，肉体消失灵魂即涣散，既没有天堂地狱，更没有因果报应，那这个世界可就彻底乱了套。人类社会之所以还能大体维持和平，人心之所以大体还能向善，除了法律的硬性约束外，实有赖于宗教的软性控制。正因为有了天堂地狱，有了因果报应，才使好人有所企盼，坏人有所忌惮。当然，生活中处处可见好人不得好报、恶棍作威作福的现象，令我们产生怀疑和动摇，但佛教已经为这种现象准备了答案。善恶有报，不是不报，是因为时候未到。今世不报，来世报；今世受苦，有可能是因为前世造了孽。这马上又涉及了罪与救赎。《地藏经》就是教人自我拯救之法，或者自己做出牺牲，做出努力以拯救已堕落入地狱的亲友之法。佛是相当宽容的，放下屠刀，立地成佛；一动善念，心地澄明。有钱的可施舍钱财，布施福德，舍得方能成正果，放下就是活神仙；那些没钱的，亦可以用别的方式来积德抵罪。既不能出钱，又不能出力，那么，念一声阿弥陀佛，亦能让堕入地狱的亲人见到一线光明。关键是心诚，作过恶的，真的为那些恶感到痛苦。欲行善的，是真的动了善念；只图心安，不求报答。那些去庙宇里与佛祖做买卖的，那些做行善秀的，无异于缘木求鱼，南辕北辙。更有那恶人，明明行的是男盗女娼，但满口仁义道德，心毒如蛇蝎，嘴利如锋刃，高举着悲悯、忏悔的大旗，实则是借公器报私仇，挟道德灭异己；这样的人，还不如明目张胆的强盗可爱，正所谓"真流氓胜过伪君子"也。

　　我曾对恶棍深恶痛绝，也曾幻想着用种种的方法消灭他们，或将他们的画皮揭开，让善良的人们看到他们的真面目，但终于明白，正如地狱永远不会空而地藏菩萨永远不会成佛一样，恶人也是永远消灭不净的。这恶人，其实是人中的一个品种，教育和善行，均难改变种性。而也许，这样的天生的坏种，是不会受到惩罚的；就好像狼虎捕食弱类，那本是造物赋予他们的权力，纯种的坏人，大约也是造物特地造出来放到人间来显示它的存在的。所以我想：那些纯粹的坏人和那些纯粹的好人,都是神灵存在的证明。想到此,心里也就坦然,也就不会再生出"他怎么这样坏呢"与"他怎么能这样呢"的疑问,更不会再去恨他,因此也就少了一些执迷,多了一点觉悟。

这茫茫宇宙中除了我们看得到摸得着或想象到的之外,到底还存在着一些什么,这从来就是个问题,也从来不是一个问题,关键是想与不想。其实想得太多了不好,一点不想也不好。对我等俗人来说,略微想想,略知大概,切莫深究,比较妥当;否则,只怕未证菩提,先入魔道,其悲也大矣。十几年前,我去马来西亚,结识了一位对佛教很有研究的黄先生,我向他请教六道轮回的问题,他说:六道轮回就在人心中。你若一动善念,境界顿高,瞬间可达天界;你若一动恶念,品格陡降,刹那即堕地狱。所谓"心可为天堂,亦可为地狱"是也。修行者,就应该时刻保持净心,不动任何念头,无欲无色,如此即可抵涅槃境界,这可实在是太难太难了。所以,我们一般人,也就不必去追求那至高的境界,我们还是在尘世里,存着对地狱的畏惧和对天堂的憧憬生活为好。

还是呼应一下鞭炮的事吧。前些年禁放时,曾大力宣传放鞭炮的坏处,如伤害人体甚至生命,如污染环境引起火灾,如造成浪费等等,但是开禁之后,这些宣传便销声匿迹了。开禁前的鞭炮,其花色和威力与开禁后不可同日而语。如今的鞭,有长达两万头的,如今的炮,好像是用炸药制造,其威力不亚于手雷。另外,开禁前的鞭炮,多是老百姓放;开禁之后,凡放出惊天动地之巨响、造成灿烂夺目之光辉的,大多是公家单位。每年春节,公家单位燃放烟花爆竹的花费,必是个惊人的数字。纳税人的血汗钱,顷刻间化为硝烟纸屑。至于因放烟花爆竹而造成的死伤事故,也不会是个小数吧。我从县公安局朋友那里得知,今年春节期间,高密因燃放烟花爆竹造成两人死亡:一人醉卧在一盘礼花上,胸膛被炸成蜂窝煤状;另一人的脑壳,被礼花崩到了房脊之上。这后一位,据说是当地一个无人敢惹、作恶多端的"好孩子",他的死,让深受其害的乡邻们纷纷感到报应不爽。
你看,虽然没有多少人去读经念佛,但佛教的基本原理早已深入人
心,成为中国老百姓的文化基因。

二〇一一年三月十一日

顾彬堪比呼雷豹

少时看《隋唐演义》，废寝忘食。最喜欢的人物，是程咬金。此爷武艺平平，但性格憨直，不慕富贵，向往自由生活，连皇帝都不愿意做，而且是福将，总是能歪打正着地取得胜利。最喜欢的马，是虎牢关总兵尚师徒胯下神驹呼雷豹。尚师徒也是那个时代的杰出人物，排名第十条好汉，武艺自然不凡。他的神驹呼雷豹，身躯伟岸，毛色斑驳，据说是购自西域，大概是汗血宝马。一般的汗血宝马，无非是日行一千，夜行八百，但这呼雷豹，除了善跑能战，还有绝招。此马头上（也有说是脖子下边的）长了一颗肉瘤，瘤上生了一撮（也有说是三根的）痒痒毛。尚师徒每与人战，战烦了或者气力不佳时，就捏住那肉瘤上的痒痒毛拽拽，这一拽，可了不得，只见那马扬鬃竖尾，从鼻孔里喷出一股黑烟，同时发出雷鸣般的吼叫。与它对阵的马，听到这吼声，顿时就屁滚尿流，瘫倒在地。马上战将，或被斩首，或被生擒。尚师徒依仗着呼雷豹，祸害了许多好汉。

后来，尚师徒与秦叔宝战，中了诡计，呼雷豹被秦叔宝的战友王伯当盗走。秦叔宝用呼雷豹换回了被尚师徒活捉的程咬金。第二次又战，尚师徒又中了秦叔宝同样的诡计，呼雷豹又被王伯当盗走。这一次,该着呼雷豹倒霉了。

程咬金被换回来,自己不觉羞耻,但旁人看不下去,说:老程,你嘚瑟什么?不过是个马换的。老程心中不悦,就去马厩里找呼雷豹算账。进了马厩,看到那呼雷豹单独拴着,旁边那些马,按说也都是久经战阵的宝马,可一匹匹都战栗不止。老程想,这是什么鸡巴马,头上生了个鸡巴瘤,瘤上生了几根鸡巴毛,可偏偏这么大的威风!老程想,俺今天要看看你到底有多大能耐。于是就上前去,扯着那几根毛一拽,那呼雷豹鼻孔里喷出一股黑烟,发出一声吼叫,马厩里那些马纷纷跌倒,自然还是屁滚尿流。老程是个有童心的,好奇,喜欢恶作剧,将呼雷豹骑了出去,揪着那撮痒痒毛,死命地拽。那马连声吼叫,连连喷烟,连稻田里的牛,山梁上的兔子,都翻倒在地,窜稀遗尿。树上的乌鸦,都石头般落到地上。老程恼起来,索性将那撮痒痒毛给薅光了。呼雷豹忍痛奋蹄,将老程颠下来,然后跑回去找主人了。尚师徒见到宝马归来,心中大喜,但看到马瘤上痒痒毛被薅光,心中又十分难过。呼雷豹肉瘤上的痒痒毛被薅光,自然也就不能喷烟吼叫了。尽管不能喷烟吼叫,但还是一匹神驹。在后来的故事里,还有好几次神勇的表现。

近年来德国汉学家顾彬教授,可以说是一匹当之无愧的"黑马"。他对中国当代文学频发高论,诸多观点,皆有石破天惊之威。国内大学,争相客座之;论坛、会议,纷纷邀请之;各类媒体,频频采访之。顾彬教授只要一发言,当代作家们,虽不至于屁滚尿流跌翻在地,但也是闻声觳觫,胆战心惊。顾彬教授对我的批评最多,我其实从他的批评中悟到了很多东西。顾彬教授应该能从我的新作《蛙》中看到他的批评所发挥的作用。如果《蛙》里看不到,那就在今后的作品里看。

写此文的本意是为顾彬教授鸣不平。中国那么多的媒体,那么多的大学,那么多的会议,不论什么人,逮着老爷子就采访,就对谈,引逗着让他批评当代中国作家,老爷子哪有那么多的新思想新观点?

就像那呼雷豹,也不是每揪一次痒痒毛就能喷出黑烟来。更何况,有那些小坏记者,就想着看老爷子发威,就想着看当代中国作家窜稀,于是就像程咬金乱揪呼雷豹一样,揪着老爷子不放。于是,老爷子的言论,渐渐地没了新意,没了新意,也就渐渐地失去了威力。

顾彬教授当然不是呼雷豹,当代中国作家当然也不是那些看到呼雷豹喷烟、听到呼雷豹吼叫就屁滚尿流的马。不过是个比喻,不过是个联想。列宁说:所有的比喻都是蹩脚的。莫言说:所有的联想,基本上都是胡思乱想。因此,顾彬教授看到此文,不必动怒,应该会意一笑。老兄,我为您准备的五粮液还没得着机会送您呢。

二○一四年十月

图书在版编目(CIP)数据

虚伪的教育/莫言著.—杭州:浙江文艺出版社,2019.7
(莫言作品典藏大系)
ISBN 978－7－5339－5713－1

Ⅰ.①虚…　Ⅱ.①莫…　Ⅲ.①散文集—中国—当代
Ⅳ.①I267

中国版本图书馆 CIP 数据核字(2019)第 109539 号

统　　筹　曹元勇
责任编辑　王丽荣
文字编辑　庄馨丽
封面设计　一千遍工作室
插页设计　夏艺堂艺术设计
责任印制　吴春娟

虚伪的教育

莫言　著

出版　浙江文艺出版社
地址　杭州市体育场路 347 号　　邮编　310006
网址　www.zjwycbs.cn
经销　浙江省新华书店集团有限公司
印刷　杭州富春印务有限公司
开本　650 毫米×970 毫米　1/16
字数　225 千字
印张　18
插页　10
版次　2019 年 7 月第 1 版　2019 年 7 月第 1 次印刷
书号　ISBN 978－7－5339－5713－1
定价　69.00 元(精装)